U0125368

本书的出版得到天津市哲学社会科学规划后期资助项目（项目号：YWHQ-2-16）和天津师范大学学术出版基金的资助，特此致谢。

顺应与抗争
奴隶制下的美国黑人文化

Adaptation and Antagonization
The Making of Black Culture under American Slavery

陈志杰　著

中国社会科学出版社

图书在版编目（CIP）数据

顺应与抗争：奴隶制下的美国黑人文化/陈志杰著. —北京：
中国社会科学出版社，2010.6
ISBN 978-7-5004-8830-9

Ⅰ.①顺… Ⅱ.①陈… Ⅲ.①奴隶制度－美国黑人－
民族文化－研究 Ⅳ.①K712.8

中国版本图书馆 CIP 数据核字（2010）第 109115 号

责任编辑　储诚喜
责任校对　郭　娟
封面设计　格子工作室
技术编辑　王炳图

出版发行　中国社会科学出版社
社　　址　北京鼓楼西大街甲 158 号　　邮　编　100720
电　　话　010－84029450（邮购）
网　　址　http://www.csspw.cn
经　　销　新华书店
印　　刷　北京君升印刷有限公司　　装　订　广增装订厂
版　　次　2010 年 6 月第 1 版　　印　次　2010 年 6 月第 1 次印刷
开　　本　880×1230　1/32
印　　张　8.25　　插　页　2
字　　数　228 千字
定　　价　28.00 元

凡购买中国社会科学出版社图书，如有质量问题请与本社发行部联系调换
版权所有　侵权必究

目　录

导　言

　　美国黑人问题历来是国内外史学界关注焦点。美国自始以来就是一个种族多元的社会，黑人是人口最多的少数种族。黑人作为一个群体，具有自身的文化特征，黑人文化是美国社会文化的一个重要组成部分。

　　早在 1619 年，即第一批英国清教徒乘"五月花"号到达北美大陆的前一年，20 余名黑人就被一艘荷兰船从西印度群岛运到了詹姆斯敦[①]，从此揭开了黑白两个种族相互接触的序幕。在美国历史的发展进程中，黑人长期以来处于被压迫、受歧视的地位，其经历无疑是悲剧性的。但黑人并非只是被动的受害者，黑人的历史不是在白人压迫下消极应付的历史，美国著名小说家拉尔夫·埃利森曾说，"一个民族岂能仅靠消极应付生存发展三百多年"?[②]

---

　　① 韦斯利·弗兰克·克雷文：《白人、红种人和黑人：17 世纪的弗吉尼亚人》（Wesley Frank Craven, *White*, *Red*, *and Black*：*The Seventeenth-Century Virginian*），纽约 1971 年版，第 77—78 页。

　　② 拉尔夫·埃利森：《美国的困境：一点评论》（Ralph Ellison, "An American Dilemma：A Review"），转引自科林·帕尔默《奴隶的反抗》（Colin A. Palmer, "Slave Resistance"），《美国史学评论》（*Review in American History*）第 26 卷第 2 期（1998 年 6 月），第 371 页。

实际上，黑人在奴隶制度下也在不断积极地寻求保持、发展具有黑人文化特色的道路。在与白人的接触中，黑人一方面继承了非洲文化的传统，另一方面又受到了北美客观生存条件和白人文化的影响。在努力寻求生存之路的过程中，黑人文化不断发展、演变，逐渐形成了具有自身特色的一种文化。

美国黑人的历史大致可分为三个阶段：殖民地时期至美国内战前是黑人被贩卖到美洲遭受奴役的时期；内战后至19世纪末是黑人获得解放但仍未取得平等权利的阶段；20世纪初至今则是黑人人口城市化，反对种族压迫、争取民权的时期。其中内战前是黑人文化初步成熟的时期，目前国内尚未有人对内战前的黑人文化进行过系统的研究，深入研究这一问题将有助于我们进一步认识当代美国黑人问题。

美国史学界对内战前黑人文化的研究成果层出不穷，而且伴随史观的变化和研究角度的转换，实现了从传统史学向现代史学的转向。

现代学者对美国奴隶制下黑人文化的研究以乌尔里克·菲利普斯的《美国黑人奴隶制》①为开端。在这部著作中，作者通过对大量种植园记录的潜心研究，对奴隶制作出了在当时颇具权威性的解释。他将奴隶制描述为一种仁慈的制度：奴隶主所感兴趣的并不是经济上的收益，而只是把奴隶制作为一种生活方式；奴隶们的工作也不辛苦，他们也并未受到物质上的剥削。奴隶制是一所温和的学校，在这所学校里，非洲的黑人受到"文明开化"的教育，这种教育使他们摆脱野蛮状态。

---

① 乌尔里克·菲利普斯：《美国黑人奴隶制》（Ulrich B. Phillips, *American Negro Slavery：A Survey of the Supply，Employment and Control of Negro Labor as Determined by the Plantation Regime*），纽约1918年版。

这种观点带有明显的种族主义色彩，其影响是深远的，虽然一些史学家提出了不同的看法，但直到 20 世纪 50 年代民权运动兴起之时这种观点才受到全面的批判，其中最具影响力的当属肯尼斯·斯坦普于 1955 年出版的《特殊的制度：内战前南部的奴隶制》①。

斯坦普在《特殊的制度：内战前南部的奴隶制》这部著作中将其前辈的观点逐一推翻。他通过更全面深入的研究得出与菲利普斯截然相反的结论：奴隶制首先是“一种控制和剥削劳动力的系统方法”。奴隶主的首要目的是赢利；他们主要是通过恐吓而不是关爱来管理奴隶。无论以何种标准来衡量，主人给奴隶提供的衣食住所和医疗卫生条件都是匮乏的。奴隶们每天在皮鞭的驱赶下从日出工作到日落，在一天的劳动之后筋疲力尽，没有任何休闲时间。他们的家庭、宗教以及群体生活完全被摧毁，非洲的情结被割断，文化上处于一种空虚、怅惘状态。奴隶们以各种方式来反抗奴隶制：他们撒谎、破坏工具、装病、偷盗、怠工和逃跑，甚至以武力反抗主人。斯坦普认为种植园不是一所学校，而是一个役使囚徒劳动的工厂。他在著作的开头就表述了对黑人的态度：“我认为奴隶们只不过是普普通通的人，黑人本质上只是长着黑皮肤的白人，一点儿不多，一点儿不少。”②斯坦普之所以能对前人的学术研究做出如此彻底的修正，不仅是由于其学术的成就，当时的社会政治思潮也起了重要的作用，民权运动的发展使他的观点有了充分表述的时机。

---

① 肯尼斯·斯坦普：《特殊的制度：内战前南部的奴隶制》（Kenneth M. Stampp, *The Peculiar Institution*：*Slavery in the Antebellum South*），纽约 1956 年版。

② 同上书，前言第 7 页。

继斯坦普之后，斯坦利·埃尔金斯又提出了新的观点。他在《奴隶制：美国制度和智性生活中的一个问题》[①] 一书中提出，由于受奴役的经历改变了黑人，所以黑人不可能与白人一样。与菲利普斯和斯坦普不同，埃尔金斯没有对种植园档案进行新的研究，而是通过对当时现存的关于美国奴隶制和拉丁美洲奴隶制的对比研究成果进行综合分析，从而得出结论：奴隶制好比纳粹的集中营，奴隶制对奴隶造成的心理创伤，和集中营对犹太人俘虏所造成的影响同等严重。奴隶们被剥夺了非洲文化和正常的家庭生活，以及任何影响奴隶主行使其权威的生存机制。在奴隶的世界里，唯一重要的人就是他的主人。只有极其特殊的奴隶才能逃脱奴隶制给他们造成的心理的扭曲。他们给后代留下的不是反抗的精神，而是破裂的家庭、受损的心灵和变态的文化。

福格尔和英格曼合著的《十字架上的时代：美国黑奴制经济》[②] 再次对内战前奴隶制进行了全新解释。作者利用计量经济学理论和方法对奴隶制种植园经济进行了研究，奴隶作为资本是奴隶制的受惠者，他们的物质待遇总体上是好的，就生活水平而言，当时南方的人均收入比北方中部州高14%；奴隶主本质上是资本家阶级，具有追求利润的冲动，同时又是温情主义的家长。为了更有效地经营，他们必须依赖物质奖励和善待奴隶。据他们统计，奴隶主对奴隶的剥削

---

① 斯坦利·埃尔金斯：《奴隶制：美国制度和智性生活中的一个问题》(Stanley Elkins, *Slavery: A Problem in American Institutional and Intellectual Life*)，芝加哥 1976 年版。

② 罗伯特·威廉·福格尔和斯坦利·英格曼：《十字架上的时代：美国黑奴制经济》(Robert William Fogel and Stanley L. Engerman, *Time on the Cross: The Economics of American Negro Slavery*)，波士顿 1974 年版。

率不过是 10％。福格尔在 1989 年又发表了《既无共识亦无契约：美国奴隶制的兴衰》①。该书对《十字架上的时代：美国黑奴制经济》做了一些修正，从经济学的视角探讨了奴隶制在北美大陆形成背景及其衰落过程。

20 世纪 70 年代中期以来，美国史学界出现了新的趋势，关于黑人的史学著述不再从奴隶主和白人社会的角度来撰写，而是从黑人自身的角度来探讨黑人的生活和文化，其中以约翰·布拉辛格姆的《奴隶社区：内战前南部的种植园生活》②、尤金·吉诺维斯的《奔腾吧，约旦河：奴隶们创造的世界》③和赫伯特·伽特曼的《奴役与自由状态下的黑人家庭，1750—1925》④ 最具代表性。这些著作的共同之处是强调黑人自身文化的保持。尽管处在奴隶制的重压之下，他们努力维持自己的家庭生活、宗教信仰和民间文化。

迄今为止，关于奴隶制的研究中，最具综合性的当属尤金·吉诺维斯的《奔腾吧，约旦河：奴隶们创造的世界》。这部著作最大特点在于它将奴隶主与奴隶放到同一制度下来研究。主人与奴隶的矛盾才构成了奴隶制。在尤金·吉诺维斯的笔下，主人与奴隶的关系基本上是家长制，双方是一种权利与

---

①　罗伯特·威廉·福格尔：《既无共识亦无契约：美国奴隶制的兴衰》（Robert William Fogel, *Without Consent or Contract: the Rise and Fall of American Slavery*），纽约 1989 年版。

②　约翰·布拉辛格姆：《奴隶社区：内战前南部的种植园生活》（John W. Blessingame, *The Slave Community: Plantation Life in the Antebellum South*），纽约 1979 年版。

③　吉诺维斯：《奔腾吧，约旦河：奴隶们创造的世界》（Eugene D. Genovese, *Roll, Jordan, Roll: The World the Slaves Made*），纽约 1976 年版。

④　赫伯特·伽特曼：《奴役与自由状态下的黑人家庭，1750—1925》（Herbert Gutman, *The Black Family in Slavery and Freedom, 1750－1925*），纽约 1976 年版。

义务的互惠关系，双方达成一种妥协：主人承担为奴隶提供衣食住所等生活必需品，以此换取奴隶的劳动。通常主人把给奴隶的报酬看做是一种恩惠，而奴隶则将之视为自己的权利。他所使用的"家长制"一词并不意味着善良和仁慈，他的研究中发现了大量残酷虐待奴隶的例证，但残忍并不是普遍现象。尤金·吉诺维斯的著作以大量种植园主的日记和 20 世纪 30 年代的奴隶自述为素材，所以其中存在一个问题：种植园主的日记是他们当时的经历和感想的真实记录，而奴隶自述则是对往事的回忆，难免存在偏差。

赫伯特·伽特曼的《奴役与自由状态下的黑人家庭，1750—1925》把家庭作为黑人生活的中心，并以此为切入点揭示奴隶文化的其他各个方面。伽特曼的研究发现，虽然黑人奴隶没有合法的婚姻，但多数黑人奴隶在相对稳定的双亲家庭中长大。黑人的家庭观念与主人的不同，而是有其自身的特点。而且，奴隶给子女取名的方式证明，主人并不是奴隶生活中的重要人物。

劳伦斯·莱文的《黑人文化与黑人意识》[①] 通过对黑人故事、歌曲、谜语、笑话等的研究得出结论：在种族压迫和经济剥削的重压之下，美国黑人仍然造就并保持了自己的文化。

20 世纪 80 年代以后，美国史学界开始对奴隶制进行专门研究，这些研究或着眼于奴隶制的某个方面，或对某一地区的种植园进行考察。

斯特林·斯塔基的《奴隶的文化：民族主义理论与美国黑

---

① 劳伦斯·莱文：《黑人文化与黑人意识》（Lawrence W. Levine, *Black Culture and Black Consciousness: Afro-American Folk Thought from Slavery to Freedom*），纽约 1977 年版。

人社会的奠基》① 一书，强调非洲的传统，尤其是宗教传统在美国黑人奴隶文化形成中的作用。他认为，虽然黑人接受了基督教，但只是把它作为一种保护的外衣，黑人所信仰的宗教本质上仍是非洲传统的宗教。黑人奴隶继承了非洲的文化传统，这些文化的共同点使来自非洲不同族裔的黑人在新大陆融合为一个统一的民族，其文化的核心是非洲文化。斯塔基在书中有些夸大了来自非洲的黑人在文化上的共性，而低估了北美奴隶制下各种因素对黑人文化的影响。

米赞·索贝尔的《他们共同创造的世界：18 世纪弗吉尼亚的白人和黑人的价值观念》② 与斯塔基的观点形成鲜明对照。索贝尔的著述强调黑人与白人文化的相互渗透作用。18 世纪的弗吉尼亚是当时最大、人口最多的殖民地，而且黑白人口比例接近，所以白人与黑人在劳动、生活、娱乐和宗教等方面都有着密切的接触，因此黑白两种文化彼此之间产生了深刻的影响。在这部著作中，作者尤其强调黑人在主流文化形成中所起的重要作用。

查尔斯·乔伊纳的《沿河岸边：一个南卡罗来纳的奴隶社区》③ 是较早的一部个案研究著作。作者对南卡罗来纳瓦卡默河畔的众圣教区的种植园奴隶的生活进行考察。在这部著作

① 斯特林·斯塔基：《奴隶的文化：民族主义理论与美国黑人社会的奠基》（Sterling Stuckey, *Slave Culture*：*Nationalist Theory and the Foundations of Black America*），纽约 1987 年版。

② 米赞·索贝尔：《他们共同创造的世界：18 世纪弗吉尼亚的白人和黑人的价值观念》（Mechal Sobel, *The World They Made Together*：*Black and White Values in Eighteenth-Century Virginia*），普林斯顿 1989 年版。

③ 查理斯·乔伊纳：《沿河岸边：一个南卡罗来纳的奴隶社区》（Charles Joyner, *Down by the Riverside*：*A South Carolina Slave Community*），芝加哥 1984 年版。

中，作者运用跨学科的研究方法，利用了一些原始文献，如法庭记录、遗嘱、财产清单等，还有对内战前曾做过奴隶的黑人及其后代进行的采访记录。在该书中作者记录下黑人奴隶的歌曲、民间故事、传说和谚语。在对这些资料进行分析、综合的基础上，作者认为，在奴隶制的经济和社会环境下，黑人并没有被动地接受主人的价值观，而是保持着非洲的文化传统，并使之在北美的奴隶制下发挥积极的作用，从而形成了有鲜明特色的黑人奴隶文化。

艾伦·库利科夫在《烟草与奴隶：1680—1800 年切萨皮克地区南部文化的发展》[①] 中对 17 世纪末至 19 世纪初切萨皮克地区黑人的文化发展进行了论述。作者认为，统一的黑人群体的形成经历了一个缓慢的过程。这个过程大致分为三个阶段。第一阶段是 1650—1690 年，在这一阶段黑人吸收了白人社会的价值标准，但黑人人口的增长使白人产生恐惧，因此导致种植园主与低阶层的白人联合起来共同抑制黑人文化的发展；第二阶段，即从 1690—1740 年，是奴隶贸易的高峰期，大量非洲奴隶的涌入打乱了刚刚形成的黑人群体；从 1740—1790 年是黑人群体发展的第三阶段，在此期间，随着进口奴隶数量的减少并逐渐停止、种植园规模的扩大和黑人人口比例的增大，奴隶之间的差别渐渐消失，形成了相对稳定的文化群体。

格温德林·米德罗·霍尔的《路易斯安那殖民地时期的非

---

① 艾伦·库利科夫：《烟草与奴隶：1680—1800 年切萨皮克地区南部文化的发展》（Allan Kulikoff, *Tobacco and Slaves：The Development of Southern Cultures in the Chesapeake，1680－1800*），查珀希尔 1986 年版。

洲人：十八世纪非洲克里奥尔文化的发展》①，把以往经常被忽视的路易斯安那的黑人文化的发展作为研究的主题。霍尔的研究注重该殖民地与北美其他殖民地的不同之处，并以动态的眼光考察黑人的文化。路易斯安那殖民地的特点有利于黑人形成统一的文化群体。这个殖民地的黑人奴隶的来源相对比较集中，从法国统治时期到西班牙统治时期，三分之二的黑人奴隶来自西非的塞内加尔—冈比亚地区，他们在文化上有较多的共性；多数奴隶集中在大种植园里，彼此之间交往的机会多；该地区对黑人不存在严重的歧视，法国殖民者无意把自己的文化强加于黑人。在这些有利条件下，黑人继承了非洲传统文化，并根据所生活的环境进行了调整和改变，形成了有鲜明特色的土生黑人文化。

拉里·尤金·理佛斯的《佛罗里达的奴隶制：通向解放的地域时日》②对佛罗里达不同地域之间奴隶生活的共性与差异进行了对比研究，研究结果证明种植园规模较大的佛罗里达中部与以小型农场为主的东、西部在劳动安排上有所差异，而在家庭生活、宗教信仰及物质生活条件等方面则大致相当。

威廉·杜辛贝尔的《黑暗的日子：美国稻米沼泽区的奴隶制》③的观点与上述个案研究著作有所不同。他通过对佐治亚

---

①　格温德林·米德罗·霍尔：《路易斯安那殖民地时期的非洲人：18 世纪非洲克里奥尔文化的发展》（Gwendolyn Midlo Hall, *Africans in Colonial Louisiana：The Development of Afro-Creole Culture in the Eighteenth Century*），巴吞鲁日 1992 年版。

②　拉里·尤金·理佛斯：《佛罗里达的奴隶制：通向解放的地域时日》（Larry Eugine Rivers, *Slavery in Florida：Territorial Days to Emancipation*），盖恩斯维尔 2000 年版。

③　威廉·杜辛贝尔：《黑暗的日子：美国稻米沼泽区的奴隶制》（William Dusinberre, *Them Dark Days：Slavery in the American Rice Swamps*），纽约 1996 年版。

高里水稻种植园的研究得出结论：近来的史学家们力图证明奴隶不仅仅是其所生存环境的受害者，而且是自身命运的塑造者，这很容易夸大奴隶反抗成功的可能性。高里种植园的记录表明，在奴隶制下，主人对奴隶的态度是冷漠的，黑人发挥自己主观能动性的余地很小，无论在创造有利的婚姻条件还是抚养子女的稳定的环境方面，黑人的努力都没有那么成功。

继杜辛贝尔的研究之后，著名史学家菲利普·摩根又推出一部黑人研究的力作——《奴隶对比：18 世纪切萨皮克和下南部的黑人文化》。① 美国独立战争之前，黑人主要集中在英属殖民地的两个地区：切萨皮克和下南部。前者以弗吉尼亚为中心，后者主要分布于南卡罗来纳。在这部著作中，摩根对这两个地区黑人的生活状况进行了对比研究。该书认为，由于地理和气候条件的差异，这两个地区分别以烟草和水稻为主要作物，而主要作物的不同影响了黑人文化的各个方面——从奴隶的劳动节奏、时间观念、劳动方式、黑白关系到奴隶的生活条件，如与切萨皮克地区相比，下南部地区的奴隶家庭相对稳定，自主权较多，定额任务完成后自由支配的时间比较多，但在下南部黑人死亡率高，劳动条件艰苦，衣食供应不够。

这些研究都偏重于某一地区的特殊性，对整个内战前黑人文化的共性较少涉及。

上述著作从史学、考古学、人类学等视角论述了美国黑人文化的形成、发展及其特征。此外，美国的一些重要学术期刊，如《美国历史杂志》、《黑人历史杂志》、《南部史杂志》、《美国历史

---

① 菲利普·摩根：《奴隶对比：18 世纪切萨皮克和下南部的黑人文化》（Philip Morgan, *Slave Counterpoint：Black Culture in the Eighteenth-Century Chesapeake and Lowcountry*），查珀希尔 1998 年版。

评论》和《威廉-玛丽季刊》等也发表了大量有关美国黑人文化的论文，对黑人文化的各个方面进行了专门研究。一些论文集也将有关黑人文化的研究进行了汇总，如约瑟夫·霍洛威所编的《美国文化中的非洲因素》①收录了多篇探究美国黑人文化在宗教、艺术、民间传说等方面的非洲渊源；奥维尔·弗农·伯顿主编的《美洲奴隶制》②中所收录的论文对黑人奴隶制的历史、种植园的生活以及奴隶制时期的社会条件进行了探讨。

我国国内早期对美国黑人的研究偏重于奴隶制、内战、重建、民权运动和黑人领袖等方面。其中代表性的著作有南开大学历史系等编著的《美国黑人解放运动史》（人民出版社1977年版），刘祚昌的《美国内战史》（人民出版社1978年版）和唐陶华的《美国历史上的黑人奴隶制》（上海人民出版社1980年版）。这些著作的共同点是揭露美国黑人奴隶制的残酷性，强调奴隶制下的黑人所受的深重苦难和他们对奴隶制的反抗。何顺果的《美国"棉花王国"史》（中国社会科学出版社1995年版）是从经济史的角度来研究美国黑人奴隶制。王恩铭所著《美国黑人领袖及其政治思想研究》（上海外语教育出版社2006年版）研究对象是弗雷德里克·道格拉斯、布克·华盛顿、W. E. B. 杜波依斯、马库斯·加维、马丁·路德·金以及马尔科姆·爱克斯六位黑人领袖，对这六位领袖政治思想的内容、特点和利弊结合不同历史时期的特点进行了定位和比较，对美国黑人政治思想脉络进行了梳理。国内多数有关美国内战前黑人的史学著作强调奴隶主对奴隶的残酷剥削和压迫，黑人

---

① 约瑟夫·霍洛威主编：《美国文化中的非洲因素》（Joseph E. Holloway, *Africanisms in American Culture*），布卢明顿2005年版。

② 奥维尔·弗农·伯顿主编：《美洲奴隶制》（Orville Vernon Burton, *Slavery in America*），底特律2008年版。

努力争取自由、解放，而很少涉及黑人如何努力适应奴隶制，并在这种特殊制度下寻求最有效的生存方式。

近年来我国国内学者也开始研究黑人文化。高常春所著的《文化的断裂——美国黑人问题与南方重建》（中国社会科学出版社 2000 年版），从文化的视角研究南方重建时期的美国黑人问题。作者指出，内战之后，不仅是白人社会的重建时期，黑人本身也有一个灵魂重建问题。解英兰的《美国黑人文化》（中国妇女出版社 2003 年版），从黑人自身的解放运动、黑人文艺的复兴、黑人小说、黑人诗歌、黑人戏剧、黑人音乐、黑人自传等几个方面，对黑人文化进行了初步研究。

压迫与反抗无疑是奴隶制的重要特征，然而，美国黑人奴隶制之所以能够维系二百余年，没有发生像海地黑人革命那样大规模的黑人解放运动，其中一条重要原因在于黑人人口分散，很难形成大规模的组织。所以，对美国的黑人奴隶来讲，依靠自身的力量举行暴力革命来争取自由是不现实的。相对比较有效的策略是学会在奴隶制下如何应付环境、寻求生存和处理自身及外部世界的关系。

目前国内对奴隶制下黑人文化生活的研究尚比较薄弱。由于研究材料的限制，在我国国内作具体的个案研究有很大困难，所以本书拟在借鉴和吸收国内外有关研究成果的基础上，对奴隶制时期的黑人社会文化作综合性研究，从黑人奴隶与主人的关系、劳动方式、物质生活条件、家庭生活、宗教信仰、娱乐活动六个主要方面对黑人奴隶的文化进行探讨。这里所运用的"文化"一词，主要是指人类学上的含义，即"人类用以应付环境、谋求生存和实现发展的手段以及由此产生的结果的总和"①。

---

① 李剑鸣：《文化的边疆》，天津人民出版社 1994 年版，第 9 页。

奴隶制下的美国黑人有形成自身群体文化的基础。被贩卖到北美大陆的非洲黑人主要来自中、西非各部族，他们内部存在着差异，没有一种共同的文化。但在物质文化、家庭观念、宗教信仰等方面有很多相似之处。黑人多来自热带地区，生活和劳动习惯接近；虽然非洲各个部族在婚姻形式、家庭内部权利的分配、居住的方式和家系的延续等方面存在很大的差异，但每个部族都是以亲属关系为核心的社会群体；非洲黑人的宗教信仰千差万别，而所有这些非洲传统宗教的核心内容都是尊天敬祖的观念。这是他们在北美形成有黑人特色的文化的基础。

北美奴隶制的环境也是黑人形成共同的群体文化的条件。在美国南部的种植园，黑人处于受奴役的地位，他们的文化与白人文化相比无疑是弱势文化，因此不可避免地要受到白人文化的冲击。主人对奴隶的态度、种植园规模的大小、劳动的方式、黑人人口的比例以及自然环境都会对黑人的文化产生影响。虽然在奴隶制下黑人无法把握自己和家人的命运，但他们尽可能地保持和发展着自身的文化。在新的环境下，黑人奴隶逐渐学会了在逆境中谋求生存和发展的策略，逐渐对非洲的传统文化加以调整，并吸收了欧洲文化中的一些因素，从而形成了适合黑人奴隶自身的文化。这种文化既不同于欧洲白人的文化，也不是非洲文化的简单移植，而是一种独特的美国黑人文化。如著名黑人学者杜波依斯所说，他们在努力使自己"在是黑人的同时也是美国人"①。

---

① 杜波依斯：《黑人的灵魂》（W. E. B. Dubois, *The Souls of Blacks*），纽约1969年版，第45页。

第一章

对立与妥协——奴隶主与奴隶的关系

奴隶制古已有之，而 16 世纪以来在美洲盛行的黑人奴隶制呈现出新的特点。"这种奴隶制是人身奴役和种族压迫结合的产物。"[①] 内战前的南部以奴隶制种植园[②]经济为基础，种植园中的白人奴隶主与黑人奴隶的关系对这种经济制度产生了重要的影响。多数早期的奴隶制研究著作将二者关系描述为一方是拥有绝对权威的主人，而另一方是完全被动的受害者。国内有关奴隶制的著述多偏重描述奴隶主对奴隶的残酷剥削与压迫以及黑人的反抗。[③] 而实际上双方绝不是简单的支配与从属或压迫与反抗的关系。二者共存于同一种"特殊制度"之中，既是互相对立的两个阶级，又是相互依赖的两个群体，虽然在力

---

① 李剑鸣：《美国的奠基时代：1585—1775》，人民出版社 2001 年版，第 207 页。

② 本书所指的种植园既包括规模很大的种植园（plantations），也包括使用奴隶劳动的一般农场（farms）。

③ 参见南开大学历史系美国史研究室及七二届部分工农兵学员等编著《美国黑人解放运动史》，人民出版社 1977 年版，第 25—29、87—91 页；刘祚昌：《美国内战史》，人民出版社 1978 年版，第 17—21 页；唐陶华：《美国历史上的黑人奴隶制》，上海人民出版社 1980 年版。

量上相差悬殊，但二者都在这种涉及"主奴辩证法"制度下积极地寻求最大限度地有利于自身的生活方式。

一　南部社会对奴隶主与奴隶关系的界定

1619 年，一艘荷兰船只将二十余名非洲黑人运到了詹姆斯敦，从而揭开了黑白两个种族在新大陆相互接触的序幕。对于这最初二十余名黑人的身份问题学术界曾展开过辩论，结果显示其中有些与后来的契约仆相似。他们在服役期满后得到了土地；现存的记录表明在殖民地时期的最初几十年里有些黑人是自由人。然而到 17 世纪中期非洲裔黑人的奴隶身份在很多殖民地都已经制度化了[①]。1639 年弗吉尼亚的法令规定，"除黑人以外，所有人都可由总督和议会根据需要提供武器和弹药"，首次将黑人排除在政府保护之外[②]；1661 年弗吉尼亚的法律文件中，将黑人称为"无法通过延长其劳役期对其加以惩罚的人"[③]，原因是他们已经成为终身仆役。同一年，巴巴多斯制定了一部完整的奴隶法典，界定了奴隶和契约仆的区别，由此确定了黑人的奴隶身份[④]。1664 年马里兰的法律首

---

① 乔·费根：《种族与族裔关系》（Joe R. Feagin, *Racial and Ethic Relations*），新泽西 1984 年版，第 213 页。

② 殖民地法律（Colonial Laws），http：//www.pbs.org/wgbh/aia/part1/1h315 t.html，2003 年 4 月。

③ 莱斯利·费希尔、本杰明·夸尔斯：《美国黑人文献史》（Leslie H. Fishel, Jr., and Benjamin Quarles, *The Black American: A Documentary History*），格兰维尤 1976 年版，第 20 页。

④ 理查德·邓恩：《糖与奴隶：1624—1713 年英属西印度种植园主阶级的兴起》（Richard S. Dunn, *Suger and Slaves: The Rise of the Planter Class in the English West Indies, 1624－1713*），纽约 1973 年版，第 238—241 页。

次明确规定禁止英籍妇女与奴隶通婚，"凡与奴隶结婚的妇女在其夫有生之年必须充当其主人之仆役，其婚后所生子也同其父一样成为奴隶"[①]。之后其他各个英属殖民地也纷纷效仿。1680 年出版的一本小册子甚至说"尼格罗人"（Negro）和"奴隶"两个词在习惯上可以互换[②]。到 18 世纪在各个蓄奴州都有了《奴隶法典》，从而将黑人的奴隶地位以法律的形式确立下来。

　　从 17 世纪中期以后直到内战前，南部的种植园主要是以黑人奴隶作为劳动力。实际上，用黑人做劳力并不是种植园主的第一选择，而是在白人劳动力不足而奴役印第安人又十分困难的情况下，种植园主才将黑人作为奴役的对象[③]。

　　白人对黑人和黑人奴隶制的态度虽然存在差异，但白人社会总体上认可这种"特殊的制度"。以美国革命的奠基人为例，只有亚历山大·汉密尔顿总体上是反对奴隶制，认为这种制度与社会公正相悖，它是在牺牲黑人人权的前提下形成的一种财

------

　　①　殖民地法律，http：//www.pbs.org/wgbh/aia/part1/1h315t.html，2003 年 4 月。

　　②　温斯罗普·乔丹：《白高于黑：1550—1812 年间美国人对黑人的态度》（Winthrop D. Jordan, *White over Black*：*American Attitudes Toward the Negro*, *1550 − 1812*），纽约 1977 年版，第 97 页。

　　③　参见肯尼斯·斯坦普《特殊的制度：内战前南部的奴隶制》（Kenneth M. Stampp, *The Peculiar Institution*：*Slavery in the Antebellum South*），纽约 1956 年版，第 5—6 页；韦斯利·弗兰克·克雷文：《白人、红种人和黑人：17 世纪的弗吉尼亚人》，第 73—75 页；约翰·布拉辛格姆：《奴隶社区：内战前南部的种植园生活》（John W. Blessingame, *The Slave Community*：*Plantation Life in the Antebellum South*），纽约 1979 年版，第 4—5 页；艾伦·库利科夫：《烟草与奴隶：1680—1800 年切萨皮克地区南部文化的发展》（Allan Kulikoff, *Tobacco and Slaves*：*The Development of Southern Cultures in the Chesapeake*, *1680 − 1800*），查珀希尔 1986 年版，第 381 页。

产制度。当财产权与人权相冲突时，人权应优先①。乔治·华盛顿、詹姆斯·麦迪逊和托马斯·杰斐逊则都是大奴隶主，其中《独立宣言》的起草人杰斐逊对黑人的态度与其提倡的自由平等的思想对比尤为鲜明。他虽然是一位开明、仁慈的奴隶主，怀有解放奴隶的愿望，但也难以摆脱对黑人的偏见，对奴隶制予以默许。杰斐逊在他的父亲比得·杰斐逊去世后，继承了 1900 英亩的土地和 30 名奴隶，到 1774 年，他所占有的土地面积扩大到 5000 英亩，拥有的奴隶人数也增加到 54 名。他承认黑人比白人勇敢，勇于冒险，但缺乏远见；他们在音乐方面的天赋超过白人，但不确信他们能谱写出更多优美和谐的旋律；黑人就像儿童一样没有能力照顾自己，而作为奴隶他们恰好得到主人的照顾②。他认为奴隶如果获得自由，将无法生活，只能离开美国。他的这种态度或许受到当时社会种族偏见的影响，但他也有可能考虑到奴隶解放的后果：一旦黑人奴隶成为自由人，就会像欧洲那些游手好闲的穷人一样会给社会带来很大问题。而且由于他们习惯了强制劳动，没有了强制便不能自食其力③。他的这些观点或许出于当时社会环境的考虑，避免

---

① 麦克尔·詹：《亚历山大·汉密尔顿论奴隶制》（Michael D. Chan, "Alexander Hamilton on Slavery"），《政治学评论》（The Review of Politics）2004 年春季第 66 卷第 2 期，第 216 页，http://www.jstor.org/stable/1408953，2009 年 5 月。

② 简·路易丝·莱曼：《杰斐逊与黑人奴隶制》（Jane Louise Lyman, "Jefferson and Negro Slavery"），载《黑人教育杂志》（The Journal of Negro Education）1947 年冬季第 16 卷第 1 期，第 23—24 页，http://www.jstor.org/stable/2965834，2009 年 5 月。

③ 埃德蒙·摩根：《奴役与自由：美国的悖论》（Edmund S. Morgan, "Slavery and Freedom: The American Paradox"），《美国历史杂志》（The Journal of American History）1972 年 1 月第 59 卷第 1 期，第 12—13 页，http://www.jstor.org/stable/1888384，19/05/2009。

以尖锐的废奴思想触怒奴隶主群体[①]，但其对黑人的态度反映出当时白人社会对黑人的种族歧视已经形成。

白人社会总体上是害怕和鄙视黑人，普遍认为黑人野蛮、愚昧、肮脏和懒惰，是一个低劣的种族。这种偏见注定二者不可能和谐相处，如托克维尔所说，"那些希望有一天欧洲人会与黑人混为一体的人，是在异想天开。我的理性告诉我，不会有这一天的到来；而且我在观察事实时，也没有见到此种形迹"[②]。

黑人奴隶是隶属于主人的"特殊财产"。从殖民地时期到内战前各州的法律中有关黑人地位的条款体现了其作为奴隶身份的二重性：一方面奴隶是主人的财产，具有其他财产的共性，属于主人私有，归主人使用，而且可以由主人任意处置、转让和买卖；另一方面他又是人，同白人一样有着人的思想和感情。如亚拉巴马州1852年法典中两条并列的条款明确了奴隶的这种二重性：第2042款规定，"黑人奴隶制在本州以法律形式得以确立；主人依法控制奴隶的时间、劳力及服务，奴隶必须服从其主人的一切合法要求。该权力可委托他人代为行使"。第2043款的内容为："主人必须善待其奴隶，不得以残酷手段对其加以惩罚；必须为其提供充足的衣食，在其患病之时予以合理照料，年迈时为其提供生活保障。"[③] 前一条强调了奴隶是主人的财产——主人有权占有其时间和劳动，奴隶应侍

---

①　参见大卫·布里恩·戴维斯《革命时期的奴隶制问题：1770—1823》（David Brion Davis, *The Problem of Slavery in the Age of Revolution: 1770—1823*），伊萨卡1975年版，第117页。

②　阿历克斯·托克维尔：《论美国的民主》（上），商务印书馆1991年版，第399页。

③　威丽·李·罗斯编：《北美奴隶制文献史》（Willie Lee Rose, ed., *A Documentary History of Slavery in North America*），纽约1976年版，第187页。

候主人，并按法律规定服从于主人。第二条强调奴隶这种特殊的财产作为人的地位，规定主人要对奴隶仁慈相待，为其提供充足的衣食，在其生病、年迈之时应予以照料①。简言之，这项法令既赋予奴隶主支配奴隶的权利，也给他们规定了相应的义务，要求他们重视奴隶作为人的基本要求。

奴隶主总是想方设法对自己的奴隶进行有效的管理。根据奴隶法典，奴隶主对黑人奴隶具有控制权。奴隶法典通常被看做黑人自由和权利的保障，而历史学家温斯罗普·乔丹则认为，奴隶法典实际上是针对白人的，因为他要求白人承担控制和管理黑奴的义务②。内战前发表的关于如何管理奴隶的文章数不胜数，所提出的观点各不相同，但一些基本的原则为奴隶主所公认。首先，主人要使黑人认识到自身地位的低下，尽可能通过说教，必要时通过强制，使奴隶明白主人对其有绝对的支配权，而奴隶要无条件服从，这是保持种植园秩序的前提。其次，要求奴隶主为奴隶提供充足的衣食照顾，令其养成清洁卫生的习惯，以使奴隶保持身体健康；对奴隶要仁慈相待，尽量少用暴力；对产妇和儿童要给予特殊关照。另外，主人与奴隶之间要保持距离，以提高主人的权威。如果主人与奴隶关系过于密切，会使奴隶主失去威严。为了实行严格有效的管理，种植园，尤其是规模较大、奴隶人数多的种植园，制定了系统的规章制度。大到种植园的总则，小到每件工作如何进行、作物之间行距多少、每人每天摘多少棉花和劳动歌曲节奏的快慢，上至主人自身的行为规范，下至对奴隶饮食起居、工作惯例乃至夫妻关系，都要做出明确

---

① 威丽·李·罗斯编：《北美奴隶制文献史》，第187页。
② 乔丹：《白高于黑：1550—1812年间美国人对黑人的态度》，第108页。

的规定，以此来保证种植园的管理"有法可依"。也有的主人强调管理奴隶要以身作则。要求奴隶清洁卫生，主人必须仪容整洁。"自己所做的一切都井然有序，你的奴隶就会模仿你。"比如，主人看到篱笆坏了，马上让随从修好或自己亲自动手，为奴隶做出表率，要求奴隶看到破损的东西主动将其修复或通知相关人员进行修理。"主人应该教育奴隶：主人的利益同时也是他们的利益。一旦他们有了这种意识，不必强迫，他们就会自然而然地去履行各自的职责。"在理想的种植园，奴隶应该心满意足、外表清洁、态度恭顺、随时听从主人的命令。奴隶吃得饱、少生病，劳动效率才会高。驯服、顺从和可靠的奴隶才能使主人获得"好收成"，即除庄稼的丰收以外，其他的财产也稳定增值，这是对有效管理的当然回报。而经常鞭打奴隶、逃奴数量多、种植园收益少，则被认为是管理不善的表现。①

可见，根据奴隶制对奴隶身份的界定，理想的奴隶应该忠实于主人，而且要健康、清洁、恭顺、诚实、清醒、自制、愉快、勤劳、性情平和、有耐心、有礼貌、可靠并工作努力。主人希望奴隶服从主人的利益，甚至发现篱笆坏了不用主人吩咐就自觉将其修好。奴隶要按计划劳动，绝对无条件地服从主人，如同孩子听从父母之命或士兵服从将军的指挥。奴隶如不服从管教，或有逃跑、酗酒和偷盗行为，或未经允许擅自离开种植园，或晚上不按时回住所，或邋遢、懒惰和怠工，都要受

---

① 吉姆思·奥克斯：《统治的种族：美国奴隶主的历史》（James Oakes, The Ruling Race: A History of American Slaveholders），纽约 1982 年版，第 153—160 页；罗斯编：《北美奴隶制文献史》，第 359 页；查理斯·乔伊纳：《沿河岸边：一个南卡罗来纳的奴隶社区》，芝加哥 1984 年版，第 27—28 页。

到惩罚。[①]

那么黑人奴隶是如何看待自己的奴隶身份呢?

为奴隶制辩护的人认为黑人对自己的奴隶地位很满足,因为他们得到主人的善待,可以不负任何责任,他们不知道除了受奴役之外还会有其他生活方式。他们"具有非洲人特有的性格禀赋……很容易满足,能很快对快乐的事情做出反应,并很快忘记悲伤"[②]。有的美国历史教科书将黑人描绘成"温顺"而"快乐"的"孩子",说他们总是唱着歌儿愉快地去劳动[③]。实际上黑人并非不知自由为何物,并甘心受奴役。"如果奴隶多数时候屈从于白人的权威,那是因为他们通常没有其他可行的选择。"[④] 黑人深恶自身所受的奴役,而由于条件的限制他们必须学会适应奴隶制。如同一位传教士所说,奴隶制对黑人来讲"就像炮弹打到沙子上,既抛不开它也不会被它击碎"[⑤]。最早被奴役的非洲黑人起初难以接受自己的奴隶身份,拒绝主人的训诫,只有在强制下才劳动,一有机会便试图逃跑。第二代在北美本土出生的黑人逐渐默认了自身的地位,到 18 世纪中期

---

① 布拉辛格姆:《奴隶社区:内战前南部的种植园生活》,第 242 页;乔伊纳:《沿河岸边:一个南卡罗来纳的奴隶社区》,第 53 页;罗斯编:《北美奴隶制文献史》,第 354 页。

② 弗朗西斯·盖恩斯:《南部种植园:一种关于传统的发展与准确性的研究》(Francis P. Gaines, *The Southern Plantation: A Study in the Development and the Accuracy of a Tradition*),纽约 1924 年版,第 244 页,转引自斯坦普《特殊的制度:内战前南部的奴隶制》,第 87 页。

③ 加里·纳什:《红种人、白人和黑人:美国早期的居民》(Gary B. Nash, *Red, White, and Black: The Peoples of Early America*),新泽西 1974 年版,第 189—190 页。

④ 斯坦普:《特殊的制度:内战前南部的奴隶制》,第 91 页。

⑤ 威丽·李·罗斯:《奴役与自由》(Willie Lee Rose, *Slavery and Freedom*),纽约 1982 年版,第 19 页。

黑人对奴隶制的理解较之其先辈已深刻得多。他们开始明白，他们首先必须接受白人对黑人的绝对权威：他们可以随时被卖掉或转让，因而要承受与亲友离别之苦。他们不仅不能侵犯或偷盗白人的财产，而且还应该完全服从白人。奴隶应该服从主人，为主人辛勤工作，只拿主人作为回报赐予他们的东西。最后，奴隶还应避免与白人接触。这些规矩构成了种族关系的基础。①

在逐步理解并接受奴隶制的同时，黑人也开始学会适应这种特殊的制度。内战前的美国南部，公开的叛乱虽然也有，但与美洲其他奴隶制国家或地区相比却为数甚少。大多数黑人试图在奴隶制范围内通过一些相对缓和的方式维护和扩大自己的权利，为自己创造生存的空间。他们利用物质的和心理的手段使主人不能达到完全控制奴隶的目的。黑人也清楚自己对于主人的价值，是他们的劳动使主人获利，没有他们的劳动整个制度就会瘫痪。因而他们设法按照非洲的传统控制劳动节奏而抵制主人或监工的安排，吃不饱时偷主人的牲畜和家禽，不经主人允许到庄园以外探望自己的亲友。他们经常因此受到鞭笞，但他们知道受罚后不能劳动，也是主人的损失，于是迫使主人采取一些相对宽容和人道的方式对待奴隶。还有更多的奴隶采取表面上恭顺的反抗方式以使自己免受责打，如田间奴隶假装忘记主人给自己的分工，装病，怠工，假装不明白自己应该做什么工作。这些非暴力的抵抗在北美的特殊条件下也许比暴力抵抗更

---

① 库利科夫：《烟草与奴隶：1680—1800 年切萨皮克地区南部文化的发展》，第 387—388 页。

为有效。①

当然，奴隶制在不同阶段、不同的地方存在着差异。殖民地早期的法令强调奴隶作为财产的特性，对杀死奴隶的人处罚很轻，甚至根本不予惩罚。1669 年的弗吉尼亚法律规定主人杀死奴隶不算重罪，因为"不能假定任何人会蓄意毁坏自己的财产"。南卡罗来纳 1740 年法令规定故意杀死奴隶者将被处以 700 英镑罚金或 7 年入狱做苦工；因"一时冲动"或"处罚不当"而导致奴隶死亡者将被处以 350 英镑的罚金。而在 1770 年以前佐治亚和 1775 年之前的北卡罗来纳，杀死奴隶不算重罪。独立战争之后虽然在法律上南部各州相继规定故意杀死奴隶者与杀死自由人者同罪，但由于各种附加条件的限制，真正由于杀死奴隶而被判刑者极少，很多杀死奴隶的白人根本没受到惩罚。②

在 19 世纪因为取消了海外奴隶贸易，黑人的物质生活状况有了改善，他们作为人的基本需求逐渐得到认可。随着种植园体系的成熟和西进运动进程的减缓，主人与奴隶之间的关系趋于缓和。很多奴隶是从上一辈继承下来的，奴隶主把这些奴隶看做家庭的成员。废奴运动兴起以后，主人很少称黑人为"奴隶"，而是经常称之为"我的人"（my people）、"仆人"（the servant）或"伙计"（boys）。除了法律的因素之外，社会

①　库利科夫：《烟草与奴隶：1680—1800 年切萨皮克地区南部文化的发展》，第 381—396 页；奥克斯：《统治的种族：美国奴隶主的历史》，第 179—180 页；尤金·吉诺维斯：《奔腾吧，约旦河：奴隶们创造的世界》（Eugene D. Genovese, *Roll, Jordan, Roll: The World the Slaves Made*），纽约 1976 年版，第 1 册第 1 部分。

②　阿德勒·莫蒂默等编：《美国年鉴》（Mortimer J. Adler, et al. eds., *The Annals of America*），第 1 卷，芝加哥 1976 年版，第 226 页；斯坦普：《特殊的制度：内战前南部的奴隶制》，第 192—224 页。

习俗、惯例决定了对待奴隶的标准。如衣食供应的多少，如何对待怀孕和哺乳期的妇女，奴隶享受怎样的医疗服务，劳动强度的大小。在物质生活状况有所好转的同时，由于自由黑人数量的增加使白人感到自己的统治地位受到了威胁，尤其是在1794年圣多明各黑人革命之后，法律对私人解放奴隶限制更严了，奴隶的行动自由也受到了更严格的限制。新的法律取消了黑人受教育的权利。这表明虽然黑人人性的一面得到认可，但被视为"特殊的另类"，"永远处于依附地位的劣等人"。在早期，黑人被看做"不幸的野蛮人"，而在19世纪则被当做"永远长不大的孩子"来对待。[①]

主人与奴隶的关系在大种植园和小种植园之间也存在着差异。大种植园主拥有的奴隶人数很多，而且一年中大部分时间外出旅行，与奴隶的直接接触很少。而小种植园主与奴隶的接触较多，并且奴隶的工作有些多样性，不像大种植园里那样单调，通常主人还和奴隶一起劳动。与大种植园相比，每一个奴隶对小种植园主显得更为重要，如果奴隶受了虐待而在播种或收获季节逃跑，主人将蒙受重大损失。大种植园多由监工管理奴隶，而监工的报酬往往以收成的好坏来论定，因此对奴隶更严厉，奴隶的劳动量更大。所以，虽然从理论上讲小种植园的主人与奴隶的关系相对较为宽松，但实际情况并非完全如此。有些小奴隶主使奴隶工作到极限，奴隶的物质生活条件很差；而在大种植园，奴隶可以受到对监工管理规定的保护，很多大奴隶主把奴隶衣食住所条件的好坏看做主

---

① 克来门特·伊顿：《南部文明的成长：1790—1860》（Clement Eaton, *The Growth of Southern Civilization：1790—1860*），纽约1963年版，第83页；尤金·吉诺维斯：《奴隶主创造的世界》（Eugene D. Genovese, *The World the Slaveholders Made*），纽约1969年版，第98页；罗斯：《奴役与自由》，第3—36页。

人财富与地位的象征，因而给奴隶提供的物质生活条件优于小种植园。①

内战前南部不同地域之间主人与奴隶关系的差异，也是奴隶主和到南部旅行的人所关注的焦点之一。一般认为，上南部的奴隶比下南部所受待遇更为人道；大西洋沿岸南部的奴隶的生活比南部内陆要舒适；东部奴隶的生活比西部轻松一些。实际上，虽然不同的种植园之间存在明显的差异，但这种差异与地域的关系并不像奴隶主们所描述的那么大。比如上南部的奴隶主经常对任性、不服管教的奴隶以卖到内陆南部相威胁，以维持种植园的秩序。而实际上，下南部对奴隶并不比上南部更残酷（主人不在种植园的除外），甚至有些旅行家的日记表明：下南部的奴隶比上南部的所受待遇要好。19 世纪 30 年代和 50 年代有人将弗吉尼亚的烟草种植园与下南部的棉花和甘蔗种植园作比较，认为弗吉尼亚奴隶的劳动负担比下南部要轻。之所以得出这样的结论，是因为当时烟草处于淡季，奴隶没有多少活儿要干，而甘蔗正在收获季节，必须在霜降之前抢收完毕。这个时候奴隶的劳动强度确实很大，而且劳动时间长，但这却是奴隶们最喜欢的季节，因为这期间的伙食比平时要好，奴隶可以喝到威士忌和咖啡，收获之后还有庆祝活动。从摘棉花的记录看，下南部奴隶的劳动强度通常是适中的。②

---

① 罗斯：《奴役与自由》，第 58—60 页；库利科夫：《烟草与奴隶：1680—1800 年切萨皮克地区南部文化的发展》，第 411 页；伊顿：《南部文明的成长：1790—1860》，第 82—83 页。

② 奥克斯：《统治的种族：美国奴隶主的历史》，第 135—136 页；伊顿：《南部文明的成长：1790—1860》，第 81—82 页。

二　对立与斗争

不言而喻，奴隶主购买和使用奴隶的首要目的，就是最大限度地利用奴隶的劳动以获取经济利益，而奴隶不会心甘情愿地为主人的利益服务，因此奴隶主必须对奴隶进行有效的管理，其中主要手段之一便是以暴力强制奴隶服从主人的意志行事。北卡罗来纳的一位种植园主曾写道："很遗憾的是，奴隶制必须与暴虐统治共存，如果不过分地行使高压权威就不会有顺从和有用的奴隶。"[①]

奴隶制的合法性使白人对黑人奴隶本应具有的基本的人道主义受到限制，在种植园中鞭打奴隶的现象经常发生。弗雷德里克·道格拉斯写道："为了保证奴隶行为良好，主人依靠鞭子；为了使奴隶谦恭，他依靠鞭子；教训他所认为的无礼，他依靠鞭子；为了刺激奴隶苦干，他依靠鞭子；为了束缚奴隶的精神，毁掉他的人格，他依靠鞭子、锁链、口塞、指夹、桎梏、猎刀、手枪和猎犬……"[②]奴隶经常因为逃跑或没完成被分配的工作而遭鞭笞；有的奴隶因为探望自己的伴侣、学习读书、与白人争吵或打架而受到责打；还有一些因为干活太慢、偷东西、与其他奴隶争吵打斗、酗酒以及试图阻止主人卖掉他们的亲属而遭惩罚。即使一点儿小小的过失，黑人奴隶也会招致皮鞭相加。尽管总的来说奴隶主不想使对奴隶的惩罚危及其

[①]　转引自斯坦普《特殊的制度：内战前南部的奴隶制》，第 141 页；另见奥克斯《统治的种族：美国奴隶主的历史》，第 109 页。

[②]　奥斯卡·汉德林编：《美国历史读物》(1)（Oscar Handlin, ed., *Readings in American History*, Vol. 1），纽约 1970 年版，第一卷，第 394 页。

生命，但奴隶主也和多数人一样，会出现判断失误。有时会怒不可遏或酒后失去理智而造成对奴隶严重的人身伤害。当他们发怒时经常会踢奴隶、打家奴的耳光，有时会责打怀孕的女奴。奴隶的伤一般好几个星期才能恢复。很多情况下，主人会用烙铁将奴隶烫伤，将奴隶身上涂上柏油然后覆以羽毛，给奴隶戴镣铐，拷打奴隶使之致残，甚至切断奴隶的手足。许多奴隶留下了永久的疤痕。在密西西比，一个奴隶主在穷凶极恶之下竟一次打了奴隶1000鞭子。[1] 还有奴隶主将抓回来的逃奴用火烧死，或把奴隶用锁链锁住让狗活活吃掉。[2]

即使是在多数情况下宣称应该对奴隶仁慈相待的白人牧师，有时也会流露出对暴力的认可。一名牧师在1857年曾直言不讳地对奴隶主讲："《圣经》上要求主人纠正奴隶的行为，正如父母纠正孩子。我们认为作为信奉基督教的奴隶主有责任让奴隶吃好、穿好，并在其不服从的时候用鞭子将其管教好。"[3]

面对主人的暴虐，奴隶并非完全被动地忍受，而是设法进行反抗。最彻底摆脱主人暴力的方法是获得自由。大量史料表明黑人对自由的向往。兰斯福德·雷恩（Lunsford Lane）说当他初次意识到自己是一件动产、一个由别人使用的物品时，他深感焦虑："我看不到改变这种境遇的前景，但我日日夜夜都

---

① 布拉辛格姆：《奴隶社区：内战前南部的种植园生活》，第262—263页；斯坦普：《特殊的制度：内战前南部的奴隶制》，第171—191页。

② 尤金·吉诺维斯：《从叛乱到革命：现代世界形成中的非洲裔美国奴隶暴动》（Eugene D. Genovese, *From Rebellion to Revolution：Afro-American Slave Revolts in the Making of the Modern World*），巴吞鲁日1979年版，第108页。

③ 布拉辛格姆：《奴隶社区：内战前南部的种植园生活》，第83页。

渴望自由的到来。"① 弗雷德里克·道格拉斯回忆道，他在孩童时期就"铭记着将来有一天自己要成为一个自由人"②。

　　奴隶明白什么是自由，只要抚摸一下背上的伤疤，想一想被从自己身边拆散的妻儿，或是看一眼主人的悠闲自在、味美丰富的食物、宽敞明亮的住宅，就会实实在在地知道自由意味着什么。③ 所罗门·诺瑟普（Solomon Northup）认为即使最无知的奴隶也明白自由的含义："他们明白有了自由就有了特权和豁免，从而能享受到家庭的欢乐。他们也一定能明白他们的境遇与地位最低的白人之间的差别，会认识到法律对他们的不公。他们不仅要为白人创造价值，而且还无端受罚，无权反抗，无法争辩。"④

　　尽管很多奴隶是因为不堪忍受主人的暴虐而向往自由，更有一些黑人认为奴役是一种祸根，渴望有真正的人格——有权像白人一样表达自己的心声，渴望妻子、丈夫、孩子回到自己的身边，享受天伦之乐……这些都是他们渴望自由的原因。奴隶不仅会因为繁重的劳动和主人的虐待而反抗，甚至逃跑，即使主人很和善，奴隶对自由的渴望也丝毫不减。如道格拉斯所说："责打奴隶，不让他吃饱，使他每天无精打采，他会像狗一样被主人牵着走；但让他吃饱穿暖，生活舒适，他就会梦想

---

① 兰斯福德·雷恩：《兰斯福德·雷恩自述》（Lunsford Lane, *The Narrative of Lansford Lane*），波士顿 1848 年版，第 8 页，转引自布拉辛格姆《奴隶社区：内战前南部的种植园生活》，第 192 页。

② 弗雷德里克·道格拉斯：《我的奴役与自由》（Frederick Douglas, *My Bondage and My Freedom*），第 91 页，转引自布拉辛格姆《奴隶社区：内战前南部的种植园生活》，第 193 页。

③ 布拉辛格姆：《奴隶社区：内战前南部的种植园生活》，第 194 页。

④ 所罗门·诺瑟普：《十二年的奴隶生涯》（Solomon Northup, *Twelve Years a Slave*），转引自布拉辛格姆《奴隶社区：内战前南部的种植园生活》，第 194 页。

自由。如果给他一个坏主人他会渴望一个好主人；如果给他一个好主人，他会向往成为自己的主人。"[1]　一些白人也意识到了黑人对自由的渴望。一名白人曾在路易丝安那的最高法院直截了当地说，"不论是新近成为奴隶的人，还是长期受奴役的人，（实际上）对自由的向往存在于每一个奴隶的心中"[2]。

任何一件事情都可能把奴隶心中的自由之火煽得更高。监工的鞭打，主人庆祝独立日，激烈的政治运动，白人对废奴运动的藐视，白人与黑人的差别，或者是一次训诫都可能使奴隶梦想自由。[3]　独立日有着不寻常的特点，因为它经常会使奴隶听到政治演说，"自由"、"独立"、"革命"和"消灭暴君"之类的词汇逃不过他们的耳朵。[4]

有些奴隶利用业余劳动所得购买了自己及其家人的自由；有的参加了独立战争之后根据原先征兵时的许诺获得了自由；还有一些逃到自由州。另外也有一些黑人举行起义，虽然最后几乎都是以失败告终，但也表明了奴隶为争取自由而斗争的决心。

奴隶制既然已经在南部确立，白人就不会轻易让黑人获得自由。即使是南部同情废奴运动的白人，虽然他们认为奴隶制是一种罪恶，是历史强加于其祖先的，但由于白人认定黑人文化低劣，离开白人的指导黑人不会工作，而且黑人一旦获得自由会对白人的主导地位构成威胁，这些想法使奴隶的解放很难

---

　　① 弗雷德里克·道格拉斯：《我的奴役与自由》，第263—264页；转引自斯坦普《特殊制度：内战前南部的奴隶制》，第89页。

　　② 《南方农学家》（*Southern Agriculturist*），1830年第3期；转引自斯坦普《特殊制度：内战前南部的奴隶制》，第90页

　　③ 布拉辛格姆：《奴隶社区：内战前南部的种植园生活》，第193—194页。

　　④ 吉诺维斯：《奔腾吧，约旦河：奴隶们创造的世界》，第577页。

实现。①

历史表明，不管多数奴隶多么驯顺，社会不稳定现象和黑人的反抗活动都会时有发生。1791年圣多明各岛发生黑人革命，1804年建立了海地黑人共和国。这一事件令黑人奴隶感到振奋，而白人开始恐慌。黑人叛乱的报到不时见诸报端。如1797年11月22日《查尔斯顿州公报》一则报道中写道：上星期六发现了一起黑人密谋，所幸无人员伤亡，财产亦无损失。17名黑人企图在城中纵火、杀害白人、占领军火库。幸有其中一名黑人暴露。在密谋的黑人中，5人被逮捕，2人实施绞刑，其余在逃。② 19世纪曾有过三次奴隶的密谋起义，其中的前两次，即1800年的加布里埃尔·普罗瑟（Gabriel Prosser）预谋围攻里士满和1822年登马克·维奇（Denmark Vesey）在查尔斯顿密谋暴动均因被告密而流产，但也给南部社会敲响了警钟。1831年8月在弗吉尼亚潮汐地带发生的纳特·特纳（Nat Turner）起义杀死了57个白人，虽然这次起义最终被镇压，它对南部奴隶主的安全感造成了极大的威胁，更加剧了整个南部对奴隶起义的警觉和恐惧，因为"说不定什么时候在你的种植园里就冒出一个纳特·特纳"③。在特纳起义之后，南部各州没有再发生过可与维奇或特纳相比的奴隶暴动，但经常有关于奴隶起义的谣传，致使奴隶主经常处于一种忧虑不安的状态。

为了维护南部奴隶制的稳定，防止奴隶起义的发生，在南

---

① 艾拉·柏林：《没有主人的奴隶：内战前南部的自由黑人》（Ira Berlin, *Slaves without Masters：The Free Negro in the Antebellum South*），纽约1974年版，第86页。

② 《白人奴隶主担心海地革命已到达南卡罗来纳的查尔斯顿》（"White Slavowners Fear that the Haitian Revolution Has Arrived in Charleston, South Carolina, 1797"），http://www.ashp.cuny.edu/Doing/primdoc8.html，2010年3月。

③ 伊顿：《南部文明的成长：1790—1860》，第75页。

部各州建立了巡逻制（patrol system）。一个巡逻队由一名队长和三名队员组成，由县法院任命或听从自卫队分配。每个队值勤三至四个月，负责所在辖区的道路巡查，如果发现擅自离开种植园的黑人当场打二十鞭子。巡逻队还搜查奴隶住的小屋，检查是否藏有枪支，并驱散黑人的非法集会。自特纳起义之后各州对奴隶法典进行了更严格的修订，陆续规定禁止发表煽动奴隶起义的文章；除非有白人在场，禁止自由黑人给奴隶布道。特纳暴动之后，除马里兰、肯塔基、田纳西和阿肯瑟州之外，教奴隶读书写字都是违法的。奴隶没有书面通行证不得离开种植园；在宵禁（通常是晚上九点）之前必须回到自己的住所；除非有白人在场，黑人在自己所在的种植园以外不得进行五人以上的聚集；奴隶不得拥有马匹或枪支，不得买酒，未经主人允许不得进行买卖活动；黑人不准在印刷所和药店工作，不得给白人看病。另外，种植园必须有白人居住，黑人独立居住或自行出租都是违法的。参与谋反、强奸白人妇女、投毒、放火都是死罪。[①]

　　由于力量相差悬殊和南部社会防范措施严密，大规模的暴力反抗对大多数奴隶来说是不现实的，自由也是一个可望不可即的梦想。在这种条件下，奴隶只能以其他方式表达对奴隶制的不满。布拉辛格姆通过对海伦·卡特拉尔所编辑的 5 卷本《关于美国奴隶制及黑人的案例》的研究发现，在殖民地或州最高法院 1640—1865 年受理的案件中，有 591 名奴隶上诉要求自由，561 名逃离主人，533 名殴打、抢劫、毒死、谋杀白人，或烧毁主人财产、自杀。还有几百名出于自卫与白人争斗，或不服从主人管教。而这仅仅是奴隶反抗奴役的一小部分证据。[②] 奴

---

① 伊顿：《南部文明的成长：1790—1860》，第 72—80 页。
② 布拉辛格姆：《奴隶社区：内战前南部的种植园生活》，第 195 页。

隶还经常以消极手段表达对奴隶制的不满。内战前的观察家和奴隶主的记述表明：相当一部分奴隶撒谎、欺骗主人，偷盗、装病、怠工、假装听不懂主人的命令，在棉花篮子的底部装上石头充分量，毁坏工具，烧毁主人的财产，自残以逃避劳动，虐待牲畜。[①]

很多白人认为黑人天生懒惰，而从西非的一些谚语、格言和习俗中可以看出他们具有勤劳的传统。例如，"贫穷是懒惰的哥哥"；"能劳动时不起床的人必定要在他无力劳动时起床"；"脚上的尘土总比脚后的好"。而且有些西非民族以勤劳著称，农业很发达。[②] 懒惰并非黑人的天性，而是反抗强制劳动的一种方式。为了自己的家庭，奴隶在业余时间种自己的菜园，打猎、捕鱼不辞劳苦，自愿工作到很晚，星期天也不休息。重建时期黑人在自己的土地上辛勤劳作。[③] 可见，"偷懒"只是奴隶反抗压迫的一种方式。

很多奴隶主都抱怨黑人善于偷盗。对于偷主人的财产，奴隶有自己的道理。由于黑人本身就是主人的财产，所以他们认为偷主人的其他财产，如把主人的猪杀死吃掉，只是主人财产的内部转化——将猪从主人的熏肉室中转移到奴隶的肚子里，是"拿"（take），而不是"偷"（steal）。[④] 还有的奴隶认为他们

---

① 莱文：《黑人文化与黑人意识》，第122页；布拉辛格姆：《奴隶社区：内战前南部的种植园生活》，第7章；尤金·吉诺维斯：《奴隶制的政治经济》（Eugene D. Genovese, *The Political Economy of Slavery*），纽约1967年版，第2、5章；斯坦普：《特殊的制度：内战前南部的奴隶制》第3章；奥克斯：《统治的种族：美国奴隶主的历史》，第181页。

② 吉诺维斯：《奴隶制的政治经济》，第75—76页。

③ 吉诺维斯：《奔腾吧，约旦河：奴隶们创造的世界》，第313页。

④ 乔伊纳：《沿河岸边：一个南卡罗来纳的奴隶社区》，第106页；吉诺维斯：《奔腾吧，约旦河：奴隶们创造的世界》，第603页；斯坦普：《特殊的制度：内战前南部的奴隶制》，第127页。

偷东西不仅因为主人没有给他们应得的劳动果实，而且因为白人本身的偷盗行为更严重。一个奴隶曾对一名采访者说："他们（奴隶主）说了一大堆关于我们偷东西的事，但你知道最早的偷盗是怎么回事吗？那是在非洲，白人把我们像偷马一样偷来并卖掉。"[①]

三 精神奴役与心理较量

在种植园奴隶制下，奴隶主与黑人之间也在进行着心理战，双方互相揣摩彼此的心理以寻求对付对方的有效方法。为了使奴隶完全顺从，有效利用他们的劳动以获利，每一位奴隶主都根据奴隶的特点设计出自己的一套管理方案。有的学者指出，"成功的奴隶主往往是出色的心理学者"[②]。明智的主人不会想当然地认为黑人是天生的奴隶，他们明白首先要通过思想上的教化使之接受自身的低劣与主人的权威，以使其主动地、心甘情愿地为主人效劳。

奴隶主从开始就给奴隶灌输黑人种族低劣的思想，很多奴隶主试图先让奴隶明白主人的权威，进而教育奴隶所有白人都优于黑人。美国的废奴主义者索乔尔纳·特鲁斯在自传中记述了自己的感受。在她早年的记忆中，印象极为深刻的是她的主人查尔斯·阿丁伯格的迁居。阿丁伯格的父亲去世之后，他建了一所房子，原本计划做旅馆，后来自己作为住宅使用。房子

---

① 莱文：《黑人文化与黑人意识》，第124页；吉诺维斯：《奔腾吧，约旦河：奴隶们创造的世界》，第605页。

② 斯坦普：《特殊的制度：内战前南部的奴隶制》，第143页。

下面的地下室就给奴隶们做寝室，男女老少同住一起。冰冷潮湿的居住条件使奴隶们经常患上风湿、溃疡甚至瘫痪，而特鲁斯认为对奴隶来讲更为痛苦的是精神上的折磨，奴隶主是想通过这种方式达到驯服奴隶的目的，首先要剥夺黑人作为人的尊严，让他们生活没有任何的舒适感，以后也不再奢望，从而认识到自己与牲畜别无两样。[1] 他们不断告诉奴隶，黑人不适合拥有自由，每个试图逃跑的奴隶都会被抓回来并卖到南部内陆。主人要求奴隶必须遵从白人的意志，对于不遵从白人意志者，要进行严厉的处罚。这些训诫的目的都是要让黑人明白：奴隶是被"优越"种族使用的一种"物品"。[2]

白人也意识到宗教对黑人的影响，试图通过基督教教化奴隶。信奉基督教的白人牧师早就意识到了基督教对奴隶的作用。一位 1660—1670 年间在弗吉尼亚和巴巴多斯布道的英国圣公会牧师认为黑人应该受洗礼，如果奴隶能皈依基督教，那将会使他们更诚实，具有更强的忍耐力，并使他们不易于造反。[3] 17 世纪和 18 世纪的大部分时间里，白人奴隶主并没有重视让奴隶皈依基督教，虽然 17 世纪的法律明确规定，黑人接受洗礼，并不意味着解放。但奴隶主仍害怕奴隶因成为基督徒，而在法律上成为自由人。直到 1831 年纳特·特纳起义之后，奴隶主才开始意识到基督教是维持社会稳定的一种基本手

---

①　约翰·布雷、西玛妮莎·辛哈：《美国黑人马赛克：从奴隶贸易到二十一世纪文献史》(John H. Bracey, Jr., and Manisha Sinha. *African American Mosaic: A Documentary History from the Slave Trade to the Twenty-First Century*) 第 1 卷，新泽西 2004 年版，第 79 页。

②　布拉辛格姆：《奴隶社区：内战前南部的种植园生活》，第 257 页。

③　罗宾·布莱克本：《新世界奴隶制的形成，1492—1800》(Robin Blackburn, *The Making of New World Slavery: From the Barroque to the Modern, 1492—1800*)，纽约 1997 年版，第 259 页。

段，于是他们开始让奴隶皈依基督教。[①] 有一位种植园主在1836年写道：如果主人住处附近有教堂，他应该要求所有的奴隶至少每天去一次，因为这样做有非常好的效果。多数奴隶利用星期天拜访亲友，而他们聚在一起容易惹是生非。他们去教堂既可以见到自己的亲友，同时又可以避免惹祸。更重要的是使他们明白，主人支配奴隶是天经地义的。[②] 有些种植园主星期天带奴隶到教堂作礼拜，还有的在种植园内建起教堂，出资请白人牧师来为奴隶布道，甚至亲自为奴隶布道。应该说，有些虔诚的基督教徒让奴隶相信基督教有为奴隶的精神福祉考虑的一面，但多数的布道是有选择性的，宣称黑人作奴隶是上帝的意志，奴隶如果服从主人，死后就能去天堂。奴隶主们意识到宗教是比皮鞭更巧妙、更人道的手段。[③]

然而，奴隶主的这些努力并没有完全实现从精神上驯服黑人的目的。有些奴隶抱怨星期天的宗教礼拜占用了他们的时间，更重要的是他们对"奴隶应顺从主人"的说教很反感。当一名佐治亚的牧师在布道中讲到奴仆顺从主人是基督教的美德，谴责逃奴的行为时，一半黑人听众立即起身退场，其中有些黑人郑重断言"那不是福音书"，有些黑人声称不想再听到那位牧师布道。[④] 阿肯色的一名前奴隶汉纳·斯科特在听到白人牧师类似的布道时说，"他讲的全都是黑人要服从白人，不用他说我们也听够了"[⑤]。道格拉斯认为奴隶主所宣扬的基督教已经偏离了传统基督教圣洁、公正的教义，他们的行为亵渎了

① 吉诺维斯：《奔腾吧，约旦河：奴隶们创造的世界》，第185—186页。
② 罗斯编：《北美奴隶制文献史》，第359页。
③ 乔伊纳：《沿河岸边：一个南卡罗来纳的奴隶社区》，第156页。
④ 布拉辛格姆：《奴隶社区：内战前南部的种植园生活》，第86页。
⑤ 吉诺维斯：《奔腾吧，约旦河：奴隶们创造的世界》，第207页。

上帝："平日里挥着血淋淋的皮鞭的人，星期天站到布道坛上声称自己是温和、谦逊的基督的使者；夺走我一星期劳动果实的人，星期天早晨又来教我如何获得拯救；把我的姐妹卖作娼妓的人，'虔诚'地倡导纯洁；声称读《圣经》是宗教徒的职责的人，却剥夺了我学习读书的权利。"①

黑人奴隶也并非完全地抵制基督教，而是有选择地接受了基督教。他们把基督教的教义与非洲传统的宗教结合起来，在新的生存环境中，在原本差别很大、支离破碎的非洲宗教的基础上，形成了有非洲特色的基督教信仰。他们信仰的不是传统的基督教的上帝，而是更接近非洲宗教中的神——超验的神灵（God the Transcendant Spirit）。他们以非洲的方式信仰这种新的神，使欧洲的宗教方式服务于自己的宗教信仰。基督教确实在一定程度上提高了奴隶的忍耐力，使一些黑人相信在现世受苦最多的人死后能进入天堂。但黑人宗教也表明他们对现世的自由与来世的获救同样关心。一些圣经故事，如摩西带领以色列人逃脱埃及法老的奴役，上帝从狮子的洞穴中救出但以理，使奴隶心中存有希望。他们接受了基督教中对个体精神的颂扬，并把它变为个人和群体生存的武器。尤金·吉诺维斯认为，"黑人接受并改造了基督教，白人征服了黑人，而黑人征服了白人的宗教"②。

除了利用宗教来削弱奴隶的反抗力量，奴隶主还试图使奴隶等级分化，拉拢少数忠实于自己的奴隶，这些奴隶通常是家

---

① 布莱特编：《弗雷德里克·道格拉斯的生平自述》（David W. Blight, ed., *Narrative of the Life of Frederick Douglass, An American Slave, Written by Himself*），纽约 1993 年版，第 105 页。

② 乔伊纳：《沿河岸边：一个南卡罗来纳的奴隶社区》，第 5 章；吉诺维斯：《奔腾吧，约旦河：奴隶们创造的世界》，第 212 页。

仆、技术工匠、黑人工头和身强力壮的奴隶，主人力图让他们吃、穿比其他奴隶好，有更多特权，使他们感觉比田间劳力地位优越，并与田间劳力保持距离。对表现好的奴隶，主人会给予赞扬和奖赏，这样他们在劳动中会更加卖力，同时主人也利用他们为其他奴隶树立榜样。而实际上，由于多数种植园规模较小，奴隶无法形成等级。而且，黑人工头也会利用自己的特权关照黑人同伴，比如对奴隶怠工视而不见；尽管本应有白人监工来判定奴隶是真的生病还是装病，但这项任务经常落到黑人工头身上，有的工头冒着自己挨打的危险为奴隶打掩护；当工头给奴隶分肉时，他会尽量给每个奴隶多一些。①

　　奴隶同时也在研究主人的心理。他们知道主人心目中理想的奴仆是完全恭顺、无知的奴隶，因而很多奴隶会对主人察言观色，研究主人的情绪、想法和行为，以便根据主人的行为变化及时做出反应，不少奴隶在主人面前表现得谦卑、无知、幼稚、装疯卖傻，以至成了"傻宝"（sambo）。实际上，掩饰自己的真实感情也是奴隶自我保护的一种方式。如弗雷德里克·道格拉斯所说，"既然主人研究如何使奴隶无知，奴隶也很精明，索性让主人认为他已经达到了目的"②。很多情况下奴隶的实际思想和外在表现是相互矛盾的。例如，他们会假装爱自己的主人。当有人问主人待他如何时，奴隶会很警惕，多数情况下都会说主人很好，甚至表现得对自由都不感兴趣。③

　　正是表面上恭顺的奴隶使主人放松了警惕，很多逃奴都是

---

① 吉诺维斯：《奔腾吧，约旦河：奴隶们创造的世界》，第382页。

② 弗雷德里克·道格拉斯：《我的奴役与自由》，第81页，转引自布拉辛格姆《奴隶社区》，第313—314页。

③ 布莱特编：《弗雷德里克·道格拉斯的生平自述》，第62页；布拉辛格姆：《奴隶社区：内战前南部的种植园生活》，第313页。

忠实、温顺的"傻宝";奴隶起义的首领也大都是仁慈主人所偏爱的奴隶,他们不仅受到主人的信任和善待,而且比一般奴隶有更多的行动自由,如著名的黑人起义领袖纳特·特纳就是一个被公认受主人偏爱的奴隶,起义之前从未表现出任何要复仇的迹象。①

黑人善于欺骗的特点在白人的评论中也可以得到体现。一名白人牧师写道:"黑人明显是一个阶级群体,不与外界接触。他们在白人面前是一样,在他们自己人面前却是另一样。欺骗白人是他们的特点。在美国不管是自由黑人还是奴隶都是这样。这是一种习惯——一种长期以来代代相传的习惯。"② 很多奴隶主认为,欺骗即使不是南部奴隶天生的特点,也是普遍现象。③ 弗吉尼亚的一个奴隶主认为,奴隶们的能力经过不断训练得到了提高,他们的领悟力"极其敏锐"。一个监工断言"相信黑人的人纯是傻瓜"。一名佐治亚的种植园主得出结论:"黑人善于欺骗,所以我从来就无法弄明白他的性格,我们种植园主永远也无法弄清其真相。"在寻逃奴启示中主人不断强调他们"很狡猾"(artful),说他们"油嘴滑舌,花言巧语",其行为和言语几乎可以骗过任何人。④

奴隶们不仅研究主人的心理,而且如同主人试图使奴隶等级分化,奴隶也会利用主人与监工之间的矛盾。一位奴隶主写道,"主人与监工总是应该站在同一边,否则奴隶很快会发现主人与监工之间的任何小小的摩擦,并且肯定会利用二者之间

①　布拉辛格姆:《奴隶社区:内战前南部的种植园生活》,第204—236页。
②　吉诺维斯:《奔腾吧,约旦河:奴隶们创造的世界》,第583页。
③　斯坦普:《特殊的制度:内战前南部的奴隶制》,第126页。
④　同上书,第87页。

的矛盾"。① 监工是夹在主人与奴隶之间的一个阶层，其工作也处在一个两难的境地：一方面他要对雇主负责，提高奴隶的劳动效率，为主人增加收益；另一方面，由于奴隶本身也是主人的财产，使奴隶劳累过度或对奴隶惩罚过重导致奴隶逃跑也会使主人蒙受损失。监工中除了主人的儿子或近亲外，多数是地位很低的贫穷白人（the "po'trash"），随时可能被解雇，一旦被解雇，就不会轻易再找到工作。要想保住自己的工作，他们必须得到奴隶的支持，而且相当一部分主人会向奴隶询问监工的表现，因为他们相信自己的奴隶胜过相信监工。奴隶明白并抓住了这一点，利用它使自己的日子好过一些。对严厉的监工，奴隶会想尽办法让主人将其解雇：奴隶通过奉承主人以贬低监工，在主人面前揭发监工利用职务之便盗用主人财产，把草埋在棉花地里使产量降低，甚至开会商量如何诬陷监工。②

四　缓和与妥协

在奴隶制下，一方面种植园奴隶主与黑人奴隶是剥削与被剥削的关系，另一方面二者又是主人与财产的关系，对于奴隶这种特殊财产，仅仅依靠暴力强制劳动并不能最有效地利用它。精明的主人都明白，尽管强制是奴隶制的基础，但亦存在着一定的限度。如果超出这一限度，奴隶就会以各种方式进行

---

① 吉诺维斯：《奔腾吧，约旦河：奴隶们创造的世界》，第17页；另见奥克斯《统治的种族：美国奴隶主的历史》，第155页。

② 吉诺维斯：《奔腾吧，约旦河：奴隶们创造的世界》，第11—25页；库利科夫：《烟草与奴隶：1680—1800年切萨皮克地区南部文化的发展》，第409—411页；罗斯：《奴役与自由》，第32页。

报复。由于奴隶价钱很高，奴隶主不能让他们的奴隶劳累致死，然后再买新奴隶。奴隶的逃跑和起义，也使白人在加强统治黑人的措施的同时，设法使奴隶制让黑人容易忍受。为了以最小的代价换取最大限度的奴隶劳动价值，主人必须给奴隶盖起可以栖身的小屋，给他们提供相对充足的衣食和基本的医疗保健，使他们得到必要的休息，以便使奴隶保持身体健康。同时奴隶主也要允许奴隶消遣娱乐，使之获得最基本的心理满足以保持其劳动的干劲。有的学者认为单纯从物质上看，美国南部种植园奴隶的衣食、住所和工作条件，比古巴、牙买加和巴西等国的奴隶要好，甚至强于北方的自由劳动力。①

虽然鞭打是强制奴隶劳动的一种普遍使用的手段，但奴隶主尽量避免使用暴力。很多种植园主断言经常惩罚奴隶，仅意味着管理方法的低劣。最好的方法是让奴隶将自身的利益与主人的利益等同起来，自觉地为主人劳动。一位奴隶主曾写道："有效管理奴隶最好的表现，就是少用甚至不用惩罚的手段而维持良好的秩序。"② 有些奴隶主发现利用夸奖和奖励的办法，比嘲笑和威胁更为有效。

很多资料表明奴隶主对奴隶这种特殊财产的爱护。时任威廉-玛丽学院数学教师的休·琼斯1724年对弗吉尼亚的记述中写道："黑奴的数量非常多，有的绅士拥有数百名奴隶，这些奴隶能给主人带来巨大的收益，因此，主人为了自己的利益要

---

① 罗斯：《奴役与自由》，第32页；吉诺维斯：《从叛乱到革命》，第113页；尤金·吉诺维斯：《美国奴隶及其历史》（"American Slaves and Their History"），载布兰奇·威森·库克等编《过去的不完美》（Blanche Wiesen Cook et al., eds., *Past Imperfect: Alternative Essays in American History*, Vol. 1），纽约1973年版，第221—235页；布拉辛格姆：《奴隶社区：内战前南部的种植园生活》，第239页。

② 《南方农学家》（*Southern Agriculturalist*），1834年第7期；转引自布拉辛格姆《奴隶社区：内战前南部的种植园生活》，第245页。

使奴隶们保持健康，不能让他们劳累过度，也不能让他们挨冻受饿。这样奴隶才会勤劳、细心、诚实。"[1] 多数奴隶主禁止监工责打奴隶，要求他们"谨慎仁慈"地对待奴隶，即使惩罚也应以仁慈方式；而且要求监工不能辱骂或威胁奴隶，因为那样会诱使奴隶逃跑。弗吉尼亚的理查德·考宾在1759年给他的代理人的指示中写道："第一件事情就是要照顾好那些黑人，你要及时通知我他们有什么需要，以便我能给他们提供必需之物。尤其要关照哺乳期的妇女，对他们要关心爱护，有了小孩不能让她们干重活以免损害其健康，给她们提供一切必要的用品，要照顾好她们的孩子……"[2] 密西西比的安德鲁·弗林严肃命令他的监工说："不要让奴隶在雨天劳动，耽误一些劳动时间总比冒生病和死亡的危险好。"[3] 奴隶主尽量不让自己的奴隶做危险的工作，一些工作，如当汽船开过湍急的河道时，奴隶主雇佣爱尔兰人在船上看管颠簸的棉花包；其他一些危险的工作，如开凿铁路隧道、挖排污渠和清理沼泽地等，奴隶主也通常雇佣爱尔兰人来做。种植园主认为，雇佣爱尔兰人的做法比让他们自己的奴隶冒险去做危险的和有损健康的工作要明智，因为失去一名价值1800美元的奴隶是非常严重的损失，而死掉一个爱尔兰人只是小事一桩。[4] 当奴隶触犯法律当处极刑时，有的主人还会"包庇"自己的奴隶。因为一方面他们不

① 休·琼斯：《"他们生来会说好英语"：休·琼斯描述弗吉尼亚的奴隶社会，1724年》（Hugh Jones, "They That Are Born There Talk Good English: Hugh Jones Describes Virginia's Slave Society, 1724"）, http://www.ashp.cuny.edu/Doing/primdoc3.html, 2010年3月。

② 理查德·考宾：《1759年给代理人的指示》（Richard Corbin, "Instructions to an Agent, 1759"）, 载汉德林编《美国历史读物》，第87—88页。

③ 吉诺维斯：《奔腾吧，约旦河：奴隶们创造的世界》，第568页。

④ 伊顿：《南部文明的成长：1790—1860》，第64页。

愿永远失去一个劳动力，另一方面自己的奴隶被处死也是他们财产的损失。①

相当一部分奴隶主不仅仅把黑人当做一种财产，也注重其人性的一面，将奴隶当人看待，其中最明显的表现是在种植园中一夫一妻制家庭的建立。资料表明内战前南部多数黑人奴隶在双亲家庭中长大，并且家庭关系维持时间较长。② 虽然奴隶的婚姻不受法律的认可，但种植园的主人鼓励黑人组成稳定的家庭，有些主人还亲自为奴隶筹办婚事并举行婚礼。③ 因为他们认识到有妻儿牵挂的黑人不像单身奴隶那样具有反叛性，因而更容易管理。④ 主人希望奴隶，尤其是女奴，在自己的种植园内部选择配偶，这样一方面有利于维持黑人家庭的稳定，另一方面奴隶的子女又可以成为主人的财产。虽然有些情况下迫于经济压力主人不得不将黑人夫妻的其中一方卖掉，但他们还是在尽可能的条件下维持奴隶的婚姻和家庭。不少奴隶主会在买卖奴隶时尽量使夫妻、母女不被拆散。一个田纳西白人在一次拍卖会上买了几个奴隶，其原因并不是出于需要，而是因为"他们与我的仆人结了婚并请求我把他们买下来"。一个肯塔基的女庄园主在移居密苏里之前为一名奴隶买下了妻子。⑤ 因为

---

① 贝蒂·伍德：《1730—1775 年佐治亚殖民地时期的奴隶制》（Betty Wood, *Slavery in Colonial Georgia*, *1730－1775*），佐治亚雅典 1984 年版，第 122 页。

② 赫伯特·伽特曼：《奴役与自由状态下的黑人家庭》，第 1 章；布拉辛格姆：《奴隶社区：内战前南部的种植园生活》，第 149—175 页；吉诺维斯：《奔腾吧，约旦河：奴隶们创造的世界》，第 453—458 页。

③ 布拉辛格姆：《奴隶社区：内战前南部的种植园生活》，第 165—169 页；吉诺维斯：《奔腾吧，约旦河：奴隶们创造的世界》，第 475—481 页。

④ 吉诺维斯：《美国奴隶及其历史》，载库克等编《过去的不完美》，第 226 页；布拉辛格姆：《奴隶社区：内战前南部的种植园生活》，第 151 页。

⑤ 库利科夫：《烟草与奴隶：1680—1800 年切萨皮克地区南部文化的发展》，第 388 页；斯坦普：《特殊的制度：内战前南部的奴隶制》，第 229—230 页。

他们清楚奴隶会因骨肉分离而精神忧郁，导致劳动效率低下。

有些白人奴隶主还特意寻找机会来表现对奴隶的关爱。如南卡罗来纳的种植园主詹姆斯·亨利·哈蒙德，经常借为奴隶们发放衣食供给的机会显示自己的仁爱之心。虽然给奴隶分发衣食等物品的任务完全可以由监工代劳，但哈蒙德坚持亲自参与。他要求奴隶们，每星期一次，穿戴整洁到主人面前领取食物。他希望通过这种仪式让奴隶感受到他是仁慈的主人，从而增进主仆之间的联系。[①]

除了奴隶主对自身利益的考虑和他的良知以外，宗教和舆论的力量也促使主人对奴隶仁慈相待。白人教堂和牧师为奴隶的家庭提供了某种程度的保护。牧师布道时有时会指出拆散黑人家庭乃是缺乏人道和残酷无情，对拆散黑人家庭的奴隶主提出谴责或将其逐出教会。1840 年之前牧师曾提议通过禁止拆散奴隶家庭的法律。[②] 尽管无法统计多少奴隶主笃信宗教，但牧师不断提醒主人对奴隶所应承担的义务，这使相当一部分奴隶主将基督教的原则应用于与奴隶的关系。很多牧师在布道词中指出，笃信基督教的奴隶主应该承认奴隶的人格，尊重他们的感情，为其提供衣食照顾，不能让奴隶超负荷劳动，要负责其养老，在力所能及的情况下使奴隶生活得舒适一些[③]。一名浸礼会的牧师在 1854 年的一次布道中说："要平等、公正地对

①　德鲁·吉尔平·福斯特：《在内战前一个种植园中权力的含义》，载迈克尔·珀曼编《对美国往事的看法》，第 1 卷（Drew Gilpin Faust，"The Meaning of Power on an Antebellum Plantation"，in Michael Perman，ed.，*Perspectives on the American Past：Readings and Commentary on Issues in American History*，*Volume One*），芝加哥 1989 年版，第 264 页。

②　布拉辛格姆：《奴隶社区：内战前南部的种植园生活》，第 174 页。

③　同上书，第 268—271 页。

待你的奴仆，要知道在天堂里还有你的主人。"[1] 一些奴隶主受到宗教的影响而善待自己的奴隶，有的白人为了保持仁慈主人的声誉，而从不鞭打奴隶。密西西比的詹姆斯·格林·卡尔森继承了父亲的 200 名奴隶，他虽身为奴隶主，但在早年就表达了出于宗教原因而对奴隶制的痛恨；由于密西西比的法律不允许私人解放奴隶，他感觉出于道德的义务应对奴隶仁慈相待，因而专门雇了一名医生为种植园中的黑人提供医疗保障，出资请白人牧师星期天给奴隶们布道，组织祈祷，购买了省力的机械以减轻奴隶的负担，惩罚对黑人无礼的子女，从不鞭打奴隶。[2]

除一些个人和社会因素之外，种植园的特点也对主人的残酷起了一定的限制作用。尽管在法律上种植园主对奴隶有绝对权威，但很多因素使他无法充分行使这种权威。为了经济上的生存和发展，主人要依靠奴隶的劳动。通常主人负担不起将奴隶饿死、刑罚致死或使之劳累而死给他带来的经济损失，他必须知道奴隶所能承受的限度。一个奴隶主观察到："长期以来的经验告诉我们，每一个强迫奴隶超负荷工作的企图，并不能使主人获取更多的利益，而只会造成管理的混乱，招致奴隶的不满和诅咒。"[3] 麦迪逊·布伦的回忆也表明奴隶主即使惩罚黑奴也适可而止："主人对我们很好。他给我们足够的食物。我经常挨打，但打得不重。他有个儿子只比我大一个月，我们经常一起玩耍。他也像打我一样打他的儿子。有时他把我装到麻

---

① 奥克斯：《统治的种族：美国奴隶主的历史》，第 115 页。

② 布拉辛格姆：《奴隶社区：内战前南部的种植园生活》，第 263 页。

③ 《南部的黑人奴隶制》，载《德鲍氏评论》1849 年 9 月第 7 期，（"Negro Slavery at the South"，*DeBow's Review* VII，Sept. 1849），转引自布拉辛格姆《奴隶社区：内战前南部的种植园生活》，第 277—280 页。

袋里打，那不过是为了吓唬我。"① 密西西比的托玛斯·达伯尼在解释如何让他的奴隶干好工作时说，一个人（一星期）工作五天半比六天干的活儿要多，而且干得好。②

通过奴隶的自述可以看出：得到主人善待的奴隶工作会更努力。如一名曾被绑架卖为奴隶的黑人所罗门·诺瑟普既遇到过严厉的主人，也遇到过善良的主人，他认为主人对奴隶越好，奴隶干得也就越出色。南卡罗来纳的艾德林·约翰逊说道："在奴隶制下，如果主人善待我们，给我们必要的衣服、足够的食物，我们干活就会更卖力。"还有一些从反面表达了这一点。如得克萨斯的安迪·安德森，原来的主人从未打过他，而易主以后他马上受到新主人的鞭打。他说："自从那次被打以后，我就没有心思为主人工作了。如果我发现牛在玉米地（吃玉米），我就把头转过去，而不会把它赶走。"③

奴隶制使黑人成为牺牲品，但在奴隶制下黑人也最大限度地寻求独立，尽量寻找生活的乐趣。黑人喜欢群体活动，他们利用一切可能的机会与同伴享受其中的快乐。虽然一般情况下奴隶的劳动是完全被动的，但一些集体的劳动，如杀猪、滚木头、摘棉花和榨糖，尤其是剥玉米，奴隶们当做过节一样，兴高采烈、载歌载舞。圣诞节、新年、感恩节、独立日、奴隶的生日、葬礼和周末，都提供了黑人聚会的机会，这时奴隶们会用主人送给的或从主人那里偷来的猪或鸡享受一顿烤肉野餐，唱歌跳舞，尽情宣泄心中的情感。主人为了使奴隶保持起码的

---

①　詹姆斯·梅隆编：《奴隶记忆中的鞭笞岁月：一部口述史》（James Mellon, ed., *Bullwhip Days the Slaves Remember*：*An Oral History*），纽约1988年版，第40页。

②　吉诺维斯：《奔腾吧，约旦河：奴隶们创造的世界》，第307—308页。

③　同上书，第308页。

心理健康，一般情况下也不阻止黑人的娱乐。有的种植园主为了使奴隶不到别处去，甚至还专门盖起了娱乐厅，以供奴隶举行庆祝活动之用。有时白人还会参与黑人的聚会。在圣诞节，主人还会给奴隶三天至七天甚至更长的假期，并送给奴隶圣诞礼物。弗雷德里克·道格拉斯认为，这些节日的庆祝是"奴隶主控制奴隶反抗精神的最有效手段之一"，在这些活动中奴隶可以暂时忘掉心中的痛苦而沉浸于吃、喝、歌、舞的快乐之中，得到心理上的缓冲，"如果没有这些，奴隶制将令人无法忍受，奴隶会处于危险的绝望之中"①。

友善的主人和忠实的奴隶在长期的相处中会产生感情，如佐治亚的奴隶主詹姆斯·赫伯沙姆在一名女奴病逝以后写道，"她是我的亡妻最喜爱的女仆，是她一直在照料着我妻子留下的两个女儿。她的死比任何奴隶的死都令我心痛"②。所以黑人痛恨奴隶制，但不一定恨自己的主人。有一则有关奴隶主和奴隶的关系的笑话可以体现出这一点：一个女主人对自己的一个家奴说，"约瑟夫，如果发生黑人革命，你会杀我吗"？"不，太太"，约瑟夫说，"我会到隔壁杀掉吉尔伯特的女主人，然后吉尔伯特会到这儿来杀你。"③ 虽然在奴隶制下很多主人认为奴隶是一种潜在的危险，但内战后黑人中很少有人以武力报复原先的主人。④

然而不管主人如何善待，奴隶毕竟是财产，对其人格的尊重得不到根本的保证。即使善良的主人在情绪不佳时也会拿奴

---

① 布莱特编：《弗雷德里克·道格拉斯的生平自述》，第80—81页；吉诺维斯：《奔腾吧，约旦河：奴隶们创造的世界》，第577页。

② 转引自伍德《佐治亚殖民地时期的奴隶制》，第153页。

③ 吉诺维斯：《奔腾吧，约旦河：奴隶们创造的世界》，第137页。

④ 乔伊纳：《沿河岸边：一个南卡罗来纳的奴隶社区》，第234页。

隶撒气；虽然多数奴隶主尽量避免拆散黑人家庭以维持种植园的秩序，但实际上每一个黑人家庭都随时可能面临亲人离散的惨剧；即使奴隶的衣食、住所确实比自由劳力强，工作时间比自由劳力短，其代价也是惨重的，二者之间存在本质的区别：一个是别人的财产，一切听从主人的安排；另一个有着人身自由，可以自己掌握工时的长短和工作节奏的快慢，劳动果实归自己所有。虽然黑人在主人那里可以得到衣食照顾，而且自由后的奴隶生活状况有的不如从前，身体所受痛苦更多，但他们仍喜欢自由。一个刚被解放的对主人怀有感情的奴隶说道，"我们和鸟儿一样渴望自由。当奴隶也不太差，而自由更美好"。① 正如史学家奥克斯所言，"奴隶们当然痛恨残忍，希望得到主人的善待，但他们更渴望获得自由"。②

总之，内战前南部奴隶制种植园奴隶制既不是斯坦利·埃尔金斯所说的毫无人道的集中营，也并非黑白两个种族和谐相处的"大家庭"。在这种制度下黑人与白人既相互斗争又相互妥协，二者都在这种斗争与妥协过程中寻求最大限度的有利于自身的生活方式，从而使奴隶制在美国历史上得以维系了两个多世纪。

---

① 吉诺维斯：《奔腾吧，约旦河：奴隶们创造的世界》，第 128 页。
② 奥克斯：《统治的种族：美国奴隶主的历史》，第 183 页。

第二章

日出到日落——黑人奴隶的劳动

如史学家艾拉·伯林和菲利普·摩根所言，"不充分了解奴隶如何劳动就无法理解奴隶制的文化遗产"[①]，因为奴隶制首先是一种强制劳动的制度，黑人多数的时间是在劳动。对奴隶制的研究应考察奴隶劳动的各种因素，如地理条件、种植作物的特殊要求、奴隶劳动力的规模以及奴隶管理制度等。

从劳动分工来看，奴隶制时期南部的黑人奴隶绝大多数从事农业劳动。有史实表明黑人将一些非洲的作物传到了北美。水稻、秋葵、豇豆、芸豆和白扁豆都是在大西洋奴隶贸易中从非洲带来的，是黑人在贩奴船上的食物。此外，花生、小米、高粱、西瓜、红薯和芝麻等作物也是由非洲传入北美的。豇豆最初传到美洲是在1675年左右，先传入牙买加，而后在西印

---

① 艾拉·柏林和菲利普·摩根：《劳动力与美洲奴隶生活的形成》（Ira Berlin and Philip D. Morgan，"Labor and the Shaping of Slave Life in the Americas"），转引自罗伯特·奥特兰《北卡罗来纳松脂制品业中的奴役、劳动和地理特征：1835—1860》（Robert B. Outland III，"Slavery，Work and the Geography of the North Carolina Naval Stores Industry，1835－1860"），载《南部史杂志》1996年第1期（*The Journal of South History*，Vol. LXII，No. 1，February，1996），第27—28页。

度群岛广泛种植，1700 年传入佛罗里达，1738 年传入北卡罗来纳，1775 年传入弗吉尼亚。花生最早是葡萄牙水手带到非洲，之后由非洲黑奴带到北美的。1730 年芝麻首次从非洲传入南卡罗来纳。水稻首次在北美种植成功也是在南卡罗来纳的海岛地区，由一名非洲妇女传授给种植园主栽培的方法。[①] 烟草、水稻和蓝靛是南部的三种主要农业作物，都需要高强度和长时间的劳动，这些劳动主要依靠黑人奴隶。

第一代黑人奴隶对北美的环境和劳动方式尚不适应，而且与主人之间存在着语言上的障碍，主人通常让他们做简单的工作。后来土生黑人逐渐掌握了劳动的技能，并开始担当田间劳动以外的任务。1733 年之前，马里兰每 10 个奴隶中有 9 个是田间奴隶。[②] 之后，一方面由于奴隶中土生黑人数量增加；另一方面由于种植园的发展，黑人奴隶中开始有人从事其他方面的劳动。如有的充当主人的贴身仆人，有的专门从事主人的家务劳动，有的做马车夫，还有的成为各种工匠。但整个奴隶制时期南部种植园的奴隶中，田间奴隶一直占多数。

内战前的美国南部奴隶制种植园大致实行三种劳动制度，一种是帮组劳动制（gang system），另一种是定额劳动制（task system）。帮组制是将奴隶分成帮组，主人给每个帮组分配一定量的任务，由奴隶集体完成。帮组劳动制要求奴隶集体遵守共同的作息时间，一般从日出工作到日落。这种强制劳动的方

---

① 约瑟夫·霍洛威：《"非洲所给予美洲的"：非洲因素在北美黑人中的延续》（Joseph E. Holloway, "'What Africa Has Given America'：African Continuities in the North American Diaspora"），载霍洛威主编《美国文化中的非洲因素》，第 50 页。

② 唐纳德·赖特：《殖民地时期的美国黑人》（Donald R. Wright, *African Americans in the Colonial Era：From African Origins through the American Revolution*），伊利诺伊州阿林顿海兹 1990 年版，第 106—107 页。

法在监工能够清楚地看到奴隶劳动的开阔地最为见效。定额制是每天给每个奴隶一定量的任务，任务完成之后的时间可以自由支配。① 此外，南部社会还存在着奴隶出租制。

　　但是，在强制劳动中，黑人奴隶也仍然设法保持非洲的传统因素，并根据不同的劳动形式采取相应的对策以利于自身的生存。

一　帮组劳动制

　　帮组劳动制是奴隶制种植园最传统、最普遍的一种劳动形式，在烟草、甘蔗及部分棉花产地多采用这种劳动制。

　　帮组制这种劳动制度的逐步完善经历了一个过程。它较早见之于加勒比海殖民地的甘蔗种植园。在实行帮组制的种植园，奴隶们被强制长时间劳动，劳动强度非常大。在甘蔗种植园的收获季节，在磨房干活的奴隶要整夜工作。强壮的劳力要整天在甘蔗田里劳动，从日出到日落，只有中午两个小时的休息时间；夜里还要轮流在磨房值班。夜班一般是从晚上 6 点至午夜 12 点，或从 12 点到早晨 6 点，每隔一天上一次夜班。这样一个壮劳力就要一天工作 10 小时，而第二天工作 16 小时，午休时间除外。有些种植园的奴隶的劳动强度甚至更高。为了使奴隶保持体力，通常在收获的季节主人允许奴隶随便吃甘蔗以补充热量，继续工作。②

---

　　① 伊顿：《南部文明的成长：1790—1860》，第 57 页；斯坦普：《特殊的制度：内战前南部的奴隶制》，第 54—55 页。
　　② 布莱克本：《新世界奴隶制的形成：1492—1800》，第 339 页。

　　到 18 世纪，随着甘蔗种植园的发展，帮组劳动制逐步完善起来。根据塞缪尔·马丁 1754 年出版的关于种植园管理的手册，一个种植园应该是一台"构造良好的机器，虽然各个轮轴运转的方式不同，但都是为了同一个目标。如果某一部分运转得太慢或太快，整个计划就被打乱了"[①]。

　　根据早期北美殖民地的自然环境和作物的特点，切萨皮克地区的奴隶主选择了帮组制这一强制劳动形式。北美最早的殖民地——弗吉尼亚和马里兰的主要作物是烟草。烟草种植需要全年的照料和管理。每年一月份开始要培植播种床，五六月份将烟草的秧苗移植到地里，七八月份要松土和锄草，还要定期剪除新叶以防止过度生长。九月份烟叶变黄，开始进入最繁忙的收获季节。在此期间需要砍烟叶，然后晾晒、剥烟叶、打梗和分类定价。在烟草种植园里，奴隶们的劳动强度相当惊人。他们每天从日出劳动到日落，一天劳动 12 到 14 个小时，中午休息两小时。后来弗吉尼亚和马里兰的奴隶主提高了奴隶的劳动强度，一方面是因为开始种植小麦、玉米等其他作物用以出售；另一方面也开始让奴隶在晚间工作，加工或包装烟草。烟草种植的这种特殊要求，决定了在大多数情况下，奴隶要在主人或监工的严密监督下以帮组为单位进行劳动。北美早期的种植园多采取这种劳动制。

　　奴隶主实行帮组劳动制是为了最有效地利用黑人劳动力，也为了便于对黑人奴隶的管理。如福格尔和英格曼所说，"将奴隶组织为纪律严格、相互依赖的小组，使其能够保持稳定、紧张的劳动节奏，这是种植园的一大特征，这是种植园高效运

---

　　① 　塞缪尔·马丁：《论种植园主》（S. Martin, *An Essay upon Plantership*）转引自布莱克本《新世界奴隶制的形成，1492—1800》，第 411 页。

转的关键，至少田间劳动是如此"①。巴巴多斯的一个种植园主
亨利·德拉克斯曾写道，将奴隶分成帮组是"防止奴隶懒惰并
使黑人做好他们的工作的最好办法"。在他的种植园里，奴隶
们被按照身体健康状况、性别和年龄分成五六个帮组，从用来
"挖坑和其他强体力劳动的""最能干和最好的"帮组，到从事
一般劳动的帮组，还有被分配做拔草之类劳动的儿童组。在收
获时节，奴隶还会组成一个特殊的帮组来照看炉火，添加燃
料。每一帮组由一名奴隶负责，充当工头，由他每天记录下每
个奴隶劳动的情况。工头每半个月将记录交给主人，由主人来
检查每个奴隶的表现，以鉴别出"擅离职守的懒惰奴隶"。②

　　让奴隶组成帮组使他们能够保持高度统一的节奏，乃是奴
隶制下形成的一种特殊的强制协调的形式，这种劳动组织形式
非常适用于收割甘蔗及其他一些类似的劳动。但它需要严密的
监督，而且只有在小范围耕作的地方才有明显的效果。采取这
种劳动形式奴隶主可以强制奴隶苦干而又不给他们自由。如果
在适当的情况下对奴隶进行合理的分组，从而使奴隶保持适当
的劳动节奏，其劳动效果会相当惊人。③

　　在帮组劳动制下，奴隶通常在严密的监督下劳动。在规模
较大的种植园，主人与奴隶接触不多，奴隶常年受主人雇佣的
白人监工的监督和管理，每个帮组还有一名黑人工头协助监督
奴隶劳动，他必须身强力壮，能震慑其他黑奴，被其他奴隶在

---

　　①　福格尔和英格曼：《十字架上的时代：美国黑奴制经济》，第204页。
　　②　亨利·德拉克斯：《德拉克斯-霍尔及艾里什-霍普种植园的管理方法指导》
（Henry Drax, "Instructions for the Management of Drax-Hall and the Irish Hope Planta-
tions"），转引自布莱克本《新世界奴隶制的形成，1492—1800》，第334页。
　　③　布莱克本：《新世界奴隶制的形成，1492—1800》，第338页。

背后称为"黑人叛徒"①；小种植园的奴隶在主人的直接监督下劳动，主人有时也和奴隶一起在田地里并肩干活。在劳动中，鞭打是驱使奴隶劳动的主要手段。奥姆斯特德在密西西比的一个大种植园里曾见到监工或工头处罚奴隶的现象，这种现象在实行帮组劳动制的种植园非常普遍。他们经常对奴隶喊，"快点干"！"好好干"！"不照我说的做就用鞭子抽你"！以此来强制奴隶劳动。②约翰·沃尔顿奴隶制时期曾在棉花种植园作奴隶，他回忆当年劳动的情景时说："到了锄地的时候，监工让所有壮劳力排成一排，彼此保持一致的速度。如果干得不好，就会遭到鞭打。有时监工还会命令两名奴隶将另一名干得不好的奴隶按倒在地用鞭子抽。"③监工指示他们何时开始工作，何时吃饭，何时收工。所有的劳力，不管他干得多好多快，都要一直干到晚上集体收工为止。通常情况下，奴隶无论工作多么努力也得不到奖赏，早完工也没有自己自由支配的时间，也无法控制劳动节奏。有的奴隶主强迫黑人奴隶长时间劳动，使奴隶们连最基本的休息时间都得不到保证。根据一位英国的旅行家詹姆斯·白金汉（James Silk Buckingham）在游记中对萨凡纳的一个种植园的描述，奴隶们每天天亮即开始劳动，早饭和午饭都在田地里吃，天黑之后才回到自己的住处。一周之中除星期天外每天如此，一年之中只有圣诞节可以有一两天的假期。④ 18 世纪佐治亚的法律规定，奴隶每天劳动的时间不得超过 16 小时。由此不难推断，因违反这条法律而受处罚的奴隶

---

　①　梅隆编：《奴隶记忆中的鞭笞岁月：一部口述史》，第 138 页。
　②　罗斯编：《北美奴隶制文献史》，第 296 页。
　③　梅隆编：《奴隶记忆中的鞭笞岁月：一部口述史》，第 138 页。
　④　费希尔、夸尔斯：《美国黑人文献史》，第 112 页。

主要求他的奴隶劳动的时间有多长。①

黑人奴隶对这种繁重的、无休止的劳动极其反感。本杰明·富兰克林曾记录下奴隶对白人主人的抱怨：他们让黑人干活，让马干活，让牛干活，让所有东西干活；只有狗不用干活，他只管吃、喝和到处闲逛，什么时候想睡就什么时候睡，他们活得像绅士。②

即使是在严密的监督下，黑人奴隶的劳动效率总是无法令主人满意。奴隶制时期到南部旅行的人大多会发现奴隶劳动动作的缓慢。很多奴隶主发现黑人的这种劳动习惯难以改变。弗吉尼亚的大奴隶主兰登·卡特曾决心通过不断的惩罚根除奴隶们这种"懒惰的习惯"。但在严厉的惩罚后，奴隶的劳动效率仍未见任何起色，他写道，"想让奴隶干好活几乎是不可能的事。无论是强行命令、说服鼓励还是鞭打体罚，都无济于事"③。

其实，奴隶劳动的速度之所以缓慢，不仅仅是因为强制劳动使他们缺乏劳动热情，更源于他们特有的劳动习惯。非洲人和欧洲人一样有崇尚勤劳、鄙视懒惰的传统。但由于非洲的自然环境和传统习俗的影响，黑人的劳动节奏通常很缓慢，干活有耐心。④ 多数非洲人都相信一句谚语："你的灵魂寄寓在你的耐心里。"⑤ 黑人在劳动过程中需要休息和放松的时间。这种劳

---

① 伍德：《佐治亚殖民地时期的奴隶制》，第114页。

② 转引自索贝尔《他们共同创造的世界：18世纪弗吉尼亚的白人和黑人的价值观念》，第31页。

③ 转引自赖特《殖民地时期的美国黑人》，第104页。

④ 霍尔：《路易斯安那殖民地时期的非洲人：18世纪非洲克里奥尔文化的发展》，第36页。

⑤ 索贝尔：《他们共同创造的世界：18世纪弗吉尼亚的白人和黑人的价值观念》，第26页。

动习惯是为了适应热带的环境。而且非洲人把劳动看做一种人与人之间交往的活动，所以多数情况下他们劳动的同时伴随着歌唱和交谈。①

黑人把他们在劳动中唱歌的习惯带到了北美的种植园，他们通常边劳动边歌唱。早期奴隶歌曲的内容鲜为人知，但从非洲殖民地在奴役下劳动的人们的歌曲中，可以推断出其中必然有讽刺与哀叹。② 因为主人也希望奴隶在劳动中显得快乐一些，他们对奴隶的这种习惯也是默许的。他们希望奴隶在劳动中唱一些快节奏的歌曲，但奴隶总是设法将歌曲的节奏放慢。

黑人在工具的使用上也体现出非洲的特点，甚至对白人的劳动习惯也产生了影响。爱德华·金伯 1736 年到马里兰旅行时发现，"他们（黑人）固守旧习令人吃惊；即使让一百个人教他们如何锄草或是如何使用手推车，他们仍然会反扛着锄头，倒拉着车"。他的描述未免有些夸张，但值得注意的是他没有把黑人的举动归因于他们的愚蠢，而是看做他们"固守旧习"的表现。华盛顿也意识到黑人坚持自己的劳动习惯，而且他们的习惯也影响了白人监工。他在给一名新任代理人的指示中提醒他，要避免犯以往白人监工常犯的错误，黑人奴隶经常以他们自己的方法，而不是按照白人的方法劳动，久而久之黑人的一些劳动习惯也影响了监工，监工也会像黑人一样懒散起来。华盛顿还发现，本来对田间劳动了如指掌、对农具运用自

---

① 赖特：《殖民地时期的美国黑人》，第 104 页。

② 非洲殖民地的黑人歌曲内容参见勒鲁瓦·韦尔和兰德格·怀特：《抵抗的形式：莫桑比克殖民地的歌曲及对权力的理解》（Leroy Vail and Landeg White, "Forms of Resistance: Songs and Perceptions of Power in Colonial Mozambique"），《美国历史评论》（American Historical Review）1983 年第 4 期第 88 卷，第 883—919 页。

如的白人监工，由于无法教会黑人正确的劳动方法，"常常在打谷时不是使用连枷，而是用木棒子或其他类似的东西"①。

帮组劳动制可以给黑人提供相互交流的机会，加强他们的群体感。如威廉·麦克尼尔所说："当一群人长时间以统一的节奏劳动时，他们之间会产生一种原始的、非常强有力的社会联系。"②

黑人奴隶虽然一般情况下缺少劳动积极性，但在一些需要集体参与的劳动中他们会表现出相当高的热情。有些集体劳动对于奴隶们来讲也不亚于过节，其中奴隶们最喜欢做的是剥玉米，它给很多黑人奴隶留下了难忘的回忆，多年以后回想起来仍记忆犹新。肯塔基的罗伯特·谢泼德回忆起剥玉米的情景时说："剥玉米当然是重大的时刻。我们把玉米集中到一块儿，堆成大大的垛，准备开始干活儿。妇女们负责做饭，男人打来一些猎物预备烤肉野餐。主人派我们把邻近种植园的奴隶们都找来。玉米场上到处亮起火把，点上篝火。大家个个精神振奋，欢呼高唱，玉米壳四处飞扬。"③ 亚拉巴马的约瑟夫·霍姆斯提起剥玉米的情景时津津乐道："剥玉米的时候是我们快乐的日子，我现在都想回到那里。玉米堆得高高的，一个人——通常是黑人工头，爬到上面一边看着其他人干活，一边带头唱起歌。他唱的歌词好像是这样的：

　　　波尔克和克莱去打仗，

<hr />

　　① 索贝尔：《他们共同创造的世界：18世纪弗吉尼亚的白人和黑人的价值观念》，第47页。

　　② 转引自布莱克本《新世界奴隶制的形成，1492—1800》，第335页。

　　③ 吉诺维斯：《奔腾吧，约旦河：奴隶们创造的世界》，第316页。另见索贝尔《他们共同创造的世界：18世纪弗吉尼亚的白人和黑人的价值观念》，第52页。

波尔克回来下巴受了伤。

然后其他人附和着高声喊叫。通常那个工头会临时即兴编词。但是，你知道剥玉米对我们来说有多大的动力吗？在干活的时候一只酒坛子在大伙手中轮流传递，只有在那个时候我们才能真正喝个痛快。"[1]

奴隶们劳动的积极性当然有物质刺激的因素。剥得最快的奴隶会得到一块钱的奖励或一身衣服，或可以多喝一口酒，有时还可以亲吻最漂亮的女孩子。但剥玉米的劳动一般都是在夜里进行，奴隶们之所以加班加点却兴致高昂，更重要的原因在于这种长时间的额外劳动给奴隶们提供了群体活动的机会。酒坛随意传递，奴隶们可以开怀畅饮；劳动时载歌载舞；不同种植园的亲友欢聚一堂；家奴与田奴共同劳动；完工之后奴隶们可以通宵达旦地吃喝、跳舞，使他们得到最大限度的放松。[2]他们有时在兴奋之余会把主人抓住，在"大宅第"中转来转去，有时把他抛起来，再按在椅子上，把他的头发梳成黑人的发型。[3]

在这种集体的劳动中，黑人能在强制劳动的重压下体会到些许劳动的快乐，身心得到一点点享受，从而使他们从自己的劳动成果中找到一些作为人的价值与尊严。[4]但从总体上看，在帮组劳动制度下，奴隶缺乏责任感，也没有发展自己独立的

---

① 梅隆编：《奴隶记忆中的鞭笞岁月：一部口述史》，第 144 页。

② 吉诺维斯：《奔腾吧，约旦河：奴隶们创造的世界》，第 316—317 页。

③ 沙恩·怀特和格雷厄姆·怀特：《十八、十九世纪奴隶的发式与美国黑人文化》（Shane White and Graham White，"Slave Hair and African American Culture in the Eighteenth and Nineteenth Centuries"），《南部史杂志》（*The Journal of Southern History*）第 61 卷第 1 期（1995 年 2 月），第 46 页。

④ 斯塔基：《奴隶的文化：民族主义理论与美国黑人社会的奠基》，第 65 页。

创造能力的机会。[1]

二　定额劳动制

从 18 世纪初开始出现的另一种劳动制乃是定额制，即每一个奴隶每天被分配给一定标准的工作，完成之后即可收工。这种劳动制通常在稻米、海岛棉花和大麻种植园普遍实行。在稻米种植园之所以出现定额制，有四个主要原因：稻米这种作物比较强壮，它与烟草不同，不需要在生长的各个阶段都悉心照顾，因此相对来讲不需要对奴隶的劳动进行直接严密的监督；种植水稻的任务容易划分，奴隶的劳动成果容易衡量；南卡罗来纳稻米种植园的主人经常不在种植园，尤其是在炎热的季节要到其他地方去躲避霍乱等瘟疫，不可能时时监督奴隶们劳动；奴隶对种植水稻原本已经熟悉，因为下南部区的地理环境、气候和地形均与西非很相似，黑人对亚热带环境的知识远远胜过白人，所以这里的作物种植技术主要依靠来自非洲的黑人奴隶，他们在引进本地区主要作物方面起了重要的作用。[2]

定额制是随着稻米种植园的发展而逐步形成的。种植水稻是艰苦的劳动，英国海军上校巴兹尔·霍尔在 1827—1828 年

---

① 斯坦普：《特殊的制度：内战前南部的奴隶制》，第 54—56 页。

② 菲利普·摩根：《劳动与文化：定额制和下南部的黑人社会，1700—1800》（Philip D. Morgan, "Work and Culture: The Task System and the World of Lowcountry Blacks, 1700—1800"），《威廉-玛丽季刊》（*The William and Mary Quarterly*）1982 年第 4 期，第 565—569 页；艾拉·伯林：《时间、空间和北美英属殖民地黑人社会的演变》（Ira Berlin, "Time, Space, and Evolution of Afro-American Society on the British Mainland North America"），《美国历史评论》（*The American Historical Review*）第 85 卷第 1 期（1980 年 2 月），第 56 页。

到北美旅行时写道："稻米种植是最有损健康的工作，这是由于气候长期湿热，加之需要不断地灌溉和排水，而且劳动强度大，奴隶们劳动时总是要脚踩淤泥、头顶烈日。尽管奴隶们小心在意，仍然有很多人昏倒在稻田里。在这个季节里白人一般都会到内陆去避暑；如果他们负担得起，他们就会到北部的萨拉托加或加拿大的大湖区去旅行避暑。"①

殖民地早期稻米被看做是一种次要作物，只是其他谷物的替代品。南卡罗来纳的种植园在1690至1720年之间开始种植水稻。当时由于歉收和欧洲战争等原因，稻米价格很高。1720年到1760年之间稻米价格下跌，但其生产继续增长。而且正是由于价格低廉，才使稻米在西印度群岛和其他地方赢得了新的市场。18世纪上半叶，稻米仅限于在内陆沼泽区种植，奴隶们筑堤灌溉。18世纪中期开始，种植园主发现了利用潮水灌溉和排干地里积水的方法，把稻米种植区从高地草场移到了靠近河边或海滨的沼泽地，将间歇灌溉改为潮水灌溉。潮水灌溉不仅不消耗地力，还使土地更加肥沃。于是，稻米种植面积得以扩大，产量也随之提高。直到1767年英国政府才降低了对来自殖民地稻米的关税。随之英国也开始购买南卡罗来纳的稻米。到19世纪初，在整个下南部地区，稻米已经成为农作物之王。奴隶们用风吹去谷糠，手工推磨除去谷壳。从18世纪中期开始试用大规模稻谷粉碎机。随着稻米种植地区的扩大和种植、加工技术的改进，稻米成为主要的粮食作物。定额制也随着稻米种植园的发展逐步形成了。到殖民地后期，稻米种植园开始普遍使用定额劳动制，这反映出生产制度的性质变得

---

① 哈维·威什编：《南部奴隶制》（Harvey Wish, ed., *Slavery in the South*），纽约1964年版，第149页。

复杂了。①

18 世纪初，在南部低地稻米种植区的奴隶劳动中就开始出现了定额制的显著特点："归主人支配的时间"和"奴隶的自由支配的时间"两者之间有了明显的区分。一些教士和种植园主的记录表明，在 18 世纪上半叶，奴隶们已经有机会利用自己的时间种植稻米，收获的粮食归奴隶自己所有。还有的奴隶完成了主人分配的任务后，在主人分给的土地上种玉米、土豆、烟草、花生、甘蔗、西瓜和南瓜。②

定额制一经形成，便从稻米种植园扩展到其他作物种植园。即使是主要采用帮组劳动制的烟草种植园的一些劳动环节，也开始采取定额制。奴隶被划分为"全劳力"、"四分之三劳力"和"半劳力"，对不同的劳力分配不同的定额。健康的成年奴隶不分男女均被视为"全劳力"。③通过这种对劳动力的划分，奴隶们可以根据自己的身体状况掌握劳动的节奏。

奴隶劳动的定额通常会有一个大致统一的标准，这个标准的制定是奴隶与主人讨价还价的结果。黑人奴隶和工头很少在白人的直接监督下劳动，他们都希望留给自己更多的时间自由支配，达到主人的最低要求。在定额劳动制实行之初，围绕如何制定定额的标准问题一直存在争议；直到 18 世纪末，这一

① 伯林：《时间、空间和北美英属殖民地黑人社会的演变》，《美国历史评论》第 85 卷第 1 期（1980 年 2 月），第 59 页；布莱克本：《新世界奴隶制的形成，1492—1800》，第 463 页。

② 摩根：《劳动与文化：定额制和下南部的黑人社会，1700—1800》，《威廉-玛丽季刊》1982 年第 4 期，第 565—569 页；伯林：《时间、空间和北美英属殖民地黑人社会的演变》，《美国历史评论》第 85 卷第 1 期（1980 年 2 月），第 56 页。

③ 费希尔、夸尔斯：《美国黑人文献史》，第 110 页。

标准才基本确定下来。① 在弗雷德里克·劳·奥姆斯特德的游记中列举了一些定额的标准。如在开阔的平原挖沟，每个劳力每天额定量为 1000 立方英尺，而在种植水稻的湿地，定额为 500 立方英尺，在林木茂密的地方，标准工作量为 200 立方英尺；锄地根据田地的地况任务量从 1/2 到 2/3 英亩不等；种植水稻每天每个奴隶须播种 2 英亩，收割水稻每天 3/4 英亩。② 一位南卡罗来纳的种植园主曾写道："每天的定额并不能依奴隶主的主观意愿随心所欲地改变。虽然法律没有对此做出明确的规定，但长期以来已经形成了一种定式，每个种植园的定额都是一样的。如果哪个主人在既定的习惯之外给奴隶增加定额，那么他就要受到邻居的指责，奴隶也会因不满而不能充分发挥劳动力。"③

　　当然，并非所有实行定额制的种植园主都自觉遵守这一惯例。所罗门·诺瑟普在回忆自己在路易斯安那的一个棉花种植园的生活时写道："奴隶每天在摘棉花收工时都提心吊胆，因为如果摘不到定额 200 磅要遭鞭打；而如果超过定额 10 磅或 20 磅，主人很可能第二天以此为标准。所以无论他摘得太多或太少，到轧棉房里过磅时都不寒而栗。"④

　　到 18 世纪末定额制已在下南部地区深深地扎下根来。到 19 世纪初这种劳动制在种植海岛棉花的种植园也确立了下来，生产的各个环节都以定额的形式分配给每个奴隶。19 世纪中

---

　　① 伯林：《时间、空间和北美英属殖民地黑人社会的演变》，《美国历史评论》第 85 卷第 1 期（1980 年 2 月），第 66 页。

　　② 费希尔、夸尔斯：《美国黑人文献史》，第 110 页。

　　③ 摩根：《劳动与文化：定额制和下南部的黑人社会，1700—1800》，《威廉-玛丽季刊》1982 年第 4 期，第 578 页。

　　④ 威什编：《南部奴隶制》，第 41 页。

期，定额制已经在南部低地的农业生产中占据主导地位。"定额"（task）一词不仅用来指奴隶被分配的任务，而且成了土地面积的计量单位（通常为四分之一英亩）。[①]

定额制给主人和奴隶都带来了益处。

对奴隶主来说，定额制有利可图。虽然在一般情况下，如果没有人监督奴隶们劳动往往会怠工，但由于在定额制下奴隶们完成任务后的时间可以归奴隶自由支配，而且如果超额完成任务会得到主人额外的奖励，所以奴隶们的劳动效率会相对较高。例如，内战之前奴隶平均每天摘棉花 150 磅，而路易斯安那的一名种植园主贝内特·巴罗，利用奖赏和培养奴隶劳动成就感的方法刺激了奴隶劳动的积极性，他的奴隶的劳动记录足以使他引以为自豪：1830 年有一名奴隶登普斯一天摘了 570 磅，创下了种植园的纪录。1836 年 8 月 31 日巴罗的奴隶平均工作量是 167 磅。1837 年 11 月有两名奴隶每人每天摘了 511 磅棉花；有 8 人每人平均摘 431 磅。1842 年 10 月 1 日平均为 193 磅。在肯塔基的大麻种植园中也实行定额制，每个奴隶的定额是每天剥 199 磅大麻，而超额 1 磅可以得到 1 分钱的奖励，有些奴隶因此每天剥 300 磅。[②] 而且，奴隶主亦不必每天监督奴隶劳动，他们可以在炎热的夏季去避暑和躲避瘟疫。

对于奴隶来说，定额制最大的优点在于他们可以自己控制劳动节奏，在强制劳动的夹缝中可以找到些许的劳动自主权；更重要的是奴隶在完成定额后可以自由支配自己的时间，从而扩大了奴隶生存的空间。奴隶们通常在下午一两点钟就可以完

---

① 伯林：《时间、空间和北美英属殖民地黑人社会的演变》，《美国历史评论》第 85 卷第 1 期（1980 年 2 月），第 575—576 页。

② 伊顿：《南部文明的成长：1790—1860》，第 66、190 页。

成定额，这样可以避免下午烈日的暴晒，而且还可以在完工之后开垦自己的菜园，在自己的园子里种植有非洲特色的作物，如土豆、萝卜、豆类等蔬菜来调剂饮食。① 在南卡罗来纳和佐治亚低地区的稻米种植园，每个劳力每天被分配四分之一或三分之一英亩的稻田，任务完成便可收工。到南部旅行的人对此有记载。1750 年，一名德国旅行者约翰·波尔吉斯在一封信中描述了南卡罗来纳和佐治亚水稻种植园的情况：奴隶在完成当天的任务之后，可以在主人分配的土地上耕作。他们所耕种的面积由主人按其劳动能力进行分配。可以随便种植喜欢的作物，如玉米、土豆、烟草、花生、西瓜和南瓜。星期天的时间他们也可自己支配。劳动可以使奴隶们免于惹是生非。② 缅因州的阿尔迈拉·科芬在 1851 年到乔治城走访亲属时写道："如果他们抓紧干，任务半天就可完成。然后他们就可以开垦自己的土地，饲养家禽，喂猪，养牛，捕鱼，挖牡蛎，或做任何他们愿意做的事情。"③

定额制给奴隶带来的另一个益处就是使奴隶有了一定的私有财产。通过工余时间的劳动，奴隶们逐渐获得了拥有财产的权利，有时奴隶自己种的蔬菜和养的鸡可以拿到市场上自由出售。他们还可以饲养家禽、家畜，然后卖给主人换取额外的报

① 拉维克：《从日落到日出：黑人社区的形成》（George P. Rawick, *From Sundown to Sunup: The Making of the Black Community*），康涅狄格州 1972 年版，第 69 页；摩根：《劳动与文化：定额制和下南部的黑人社会，1700—1800》，《威廉-玛丽季刊》1982 年第 4 期，第 572—573 页；弗朗西斯·肯普尔：《在佐治亚种植园居所的日记》（Francis Kemple, "The Journal of a Residence on a Georgian Plantation"），载威什编《南部奴隶制》，第 162—163 页。

② 约翰·波尔吉斯：《"他们所能耕种的土地"：约翰·波尔吉斯 1750 年就南卡罗来纳和佐治亚奴隶状况写往德国的信》（Johann Bolzius, "As much land as they can handle": Johann Bolzius Writes to Germany About Slave Labor in Carolina and Georgia, 1750），http://www.ashp.cuny.edu/Doing/primdocl.htm, 2010 年 3 月。

③ 伊顿：《南部文明的成长：1790—1860》，第 101 页。

酬。如果奴隶认为主人的出价不公道，他可以将自己的产品拿到种植园以外卖给过路的商人或种植园附近的白人，换取其他生活用品或小小的奢侈品，有时还卖给其他奴隶。他们还可以利用自己的技术制造一些物品出售。如佐治亚的一个种植园的两名奴隶在工余时间制造木船，以每只 60 美元的价钱出售。①有的用积攒下的钱购买了自己和家人的自由，还有的甚至购买了使用其他黑人做奴隶的权利。②

　　有学者研究表明，在定额劳动制下，奴隶工作越努力，他的收益就越大。这里所谓的努力并不是为主人工作努力，而是在工余时间为自己努力工作。③奴隶工余劳动所得并不替代主人对奴隶的衣食供应，而是作为盈余，奴隶可以自由支配。不少奴隶饲养了牲畜，有的甚至有自己的马匹，以便于不在同一种植园的家庭成员更容易团聚。更重要的是，奴隶不仅可以拥有自己的财产，而且可以在其死后由后代继承，这种现象到 19世纪中期已经非常普遍了。这表明黑人在奴隶制下已经争取到了一定程度的自由。④

---

　　①　拉维克：《从日落到日出：黑人社区的形成》，第 69 页；摩根：《劳动与文化：定额制和下南部的黑人社会：1700—1800》，《威廉-玛丽季刊》1982 年第 4期，第 572—573；弗朗西斯·肯普尔：《在佐治亚种植园居所的日记》，第 162—163 页。

　　②　摩根：《劳动与文化：定额制和下南部的黑人社会，1700—1800》，《威廉-玛丽季刊》1982 年第 4 期，第 573—574 页。

　　③　参见玛丽·詹金斯·施瓦茨为拉里赫德森所著《拥有与把握：内战前南卡罗来纳奴隶的劳动与家庭生活》一书所写书评（Marie Jenkins Schwartz's Book Review of To Have and To Hold：Slave Work and Family Life in Antebellum South Carolina，by Larry E. Hudson Jr.），《南部史杂志》（The Journal of Southern History）第 64 卷第 3 期（1998 年 8 月），第 526 页。

　　④　摩根：《劳动与文化：定额制和下南部的黑人社会，1700—1800》，《威廉-玛丽季刊》1982 年第 4 期，第 586—594 页。

由于定额制的实行使奴隶有了更多的自由，这曾一度使南卡罗来纳的白人产生一种不安。从17世纪开始，陆续有法律规定禁止奴隶之间或奴隶与自由人之间进行物品交换，禁止在主人的土地以外砍伐和搬运木材。1714年的法律甚至规定奴隶不准自己种植玉米、豆类和水稻。但奴隶自由支配自己的时间和自己的工余劳动所得毕竟是大势所趋。1751年的法律规定奴隶不准将稻米和玉米出售给主人以外的人，这实际上默认了奴隶有权开垦、种植自己的庄稼。①

从短期看，定额制增加了奴隶的自由，使他们得以积累和遗赠财产，提高了劳动的积极性，加强了群体的纪律和尊严，使他们得到了经济和社会效益。从长远看，这种劳动制度为黑人从奴隶向自由人过渡准备了前提条件，凡是内战前实行定额制、奴隶有一定自由的地方，解放后都出现了一个掌握了必要的劳动技术、不必依赖种植园的黑人自耕农阶层。总之，奴隶制下定额制及随之而来的经济形态，在对黑人解放后不依靠主人的恩赐而适应自由生活方面起了重要的作用。②

但是，即使在有些情况下由于物质奖励的刺激奴隶劳动的效率较高，但从总体上看南部奴隶制下奴隶劳动效率仍然低下。尤金·吉诺维斯认为，其根本原因在于奴隶制度本身，由于奴隶劳动缺乏热情，限制了黑人创造力的发挥，阻碍了生产技术的进步。尤其是奴役一个被视为"低劣的和无法同化的"种族，使被奴役者的文化、尊严、劳动效率乃至基本的人格都受到了损害，所以造成了奴隶劳动的"混乱"。③ 奥姆斯特德1854年到南部旅

---

① 摩根：《劳动与文化：定额制和下南部的黑人社会，1700—1800》，《威廉-玛丽季刊》1982年第4期，第569—572页。

② 同上书，第597—599页。

③ 吉诺维斯：《奴隶制的政治经济》，第26、80、81页。

行时发现有些奴隶下午两点就完成了任务。当然情况也并非完全如此。北部农学家索伦·鲁滨逊在 19 世纪中期走访南部时发现，有些奴隶锄地的速度之慢足以令北方佬捧腹大笑。①

三　奴隶出租制

奴隶是主人的私有财产，为了使这种私有财产增值，奴隶主可以随意转让、买卖或出租奴隶。有些奴隶主的黑人劳动力有时会出现剩余，而有些没有奴隶的白人需要短时的劳力，但由于经济条件等限制无力或不愿购买奴隶，在这种情况下出现了出租奴隶的现象。自 18 世纪中期开始，奴隶出租的现象日益普遍。在出租期间，奴隶自谋生路，定期向主人交纳一定的费用。很多黑人奴隶都有过被出租的经历，弗雷德里克·道格拉斯曾被主人出租到别的种植园，也被雇佣为填船缝工；所罗门·诺瑟普也被主人以每天一美元的价钱出租到一个甘蔗种植园。

主人出租奴隶的原因很多。有些是想扩大长期投资带来的收益；有些把暂时过剩的奴隶出租，一方面减轻了衣食供应的负担，另一方面通过出租可以使奴隶学到一些技能，一旦奴隶学成了某种技艺，如经商之道，主人就会把该奴隶招回来②；有些因为不想背上奴隶贩子的恶名；还有些是因为无法管理自己的奴隶，将不服管教的奴隶出租以改造他的性格。雇佣别人

---

①　伊顿：《南部文明的成长：1790—1860》，第 101 页。

②　《奴隶自述》，http://vi.uh.edu/pages/mintz/17.htm；珍妮·巴巴拉·菲尔茨：《中部地带的奴役与自由：十九世纪的马里兰》（Jeanne Barbara Fields, *Slavery and Freedom on the Middle Ground : Maryland during the Nineteenth Century*），纽黑兰 1985 年版，第 84 页。

的奴隶的人动机也各不相同。有些是因为暂时买不起而租用奴隶，"如果一个白人既不是奴隶主又不租用奴隶，他就会被称作贫穷白人"[①]；有的只是在短期内需要奴隶的劳动而没有购买奴隶的必要；也有的白人认为从长远上看，购买奴隶的劳动比拥有奴隶更划算，因为这样在奴隶年老或生病时可以不必负责任；还有些白人由于反对奴隶制，所以拒绝拥有奴隶而花钱雇用别人的奴隶为自己服务。[②]

　　奴隶主一般情况下会把身强力壮的劳力留在自己的种植园劳动，而把年老体弱者或妇女儿童出租给别人。由于壮劳力的租价太高（通常为年租价 100 美元以上），租借奴隶的农场主多数情况下只租用一般奴隶。相当一部分人租用奴隶来承担洗衣、做饭、打扫卫生等家务劳动，以减轻白人妇女的负担，使她们有时间做一些需要创造性、条理性和经验的工作，从而提高整个家庭的生活质量。[③]

　　到 18 世纪 60 年代，出租奴隶在佐治亚已经普遍实行，

---

　　① J. C. 弗纳斯：《与汤姆大叔告别》（J. C. Furnas, *Goodbye to Uncle Tom*），纽约 1956 年版，第 174 页。

　　② 克莱门特·伊顿：《上南部的出租奴隶制：迈向自由的一步》（Clement Eaton, "Slave-Hiring in the Upper South: A Step toward Freedom"），载保罗·芬克尔曼编《南部各州与局部的奴隶制》（Paul Finkelman, ed., *Southern Slavery at the State and Local Level*），纽约 1989 年版，第 28—30 页；约翰·霍普·富兰克林：《从奴役到自由：美国黑人的历史》（John Hope Franklin, *From Slavery to Freedom: A History of American Negroes*），纽约 1980 年第 5 版，第 127 页。

　　③ 基思·巴顿：《好的厨师和洗衣工：出租奴隶、家务劳动和肯塔基州伯本县的出租奴隶市场》（Keith C. Barton, "Good Cooks and Washers: Slave Hiring, Domestic Labor, and the Market in Bourbon County Kentucky"），《美国历史杂志》（*The Journal of American History*）第 84 卷第 2 期（1997 年 9 月），第 440—460 页；伊丽莎白·赖茨：《沿海种植园生活的考古实据》（Elizabeth J. Reitz, et al., "Archaeological Evidence for Subsistence on Coastal Plantations"），载特里萨·辛格尔顿编《奴隶制与种植园生活考古学研究》，纽约 1985 年版，第 166 页。

在任何一个种植园中都有被出租的奴隶。通常奴隶主与雇主之间会就出租奴隶的有关事宜订立一个非常正式的租约。如果租期较长（有的长达五年），租用期限和条件就要在合同中明确地写出来。尽管出租奴隶的合同在细则上差异很大，但其核心部分基本相同：都列出被租奴隶的名字和身价、出租期限、出租期间的生活供养以及主人应得的租金。种植园的奴隶也有的按天、按星期或按月出租。还有的奴隶是在一年中的农忙季节短期出租。城市奴隶与种植园奴隶相比，由于不受季节的限制，通常也不在主人的直接监视下工作，在出租期间自由度相对较大。主人在一般情况下要求他们每天或每星期挣够一定数额的钱，其余时间奴隶可以自由出租。①

虽然出租奴隶使主人获得一定的实际利益，但同时也对白人群体构成了威胁。为了减少这种威胁，佐治亚的议会对奴隶的出租做出了限制性的规定。首先是对奴隶租金的规定。为了阻止奴隶索价过高而将剩余的租金花在喝酒或其他"恶行"上，议会开列了一张各种工作的价目表。从事非技术性劳动的奴隶可以整天出租，也可以部分时间出租，法律对每一种工作的租金都做出了明确的规定。比如，从早晨到天黑（奴隶可以有半小时吃早饭的时间和中午一小时的休息）租用一名奴隶的价钱是一先令六便士，半天的工作定价为一先令。如果要求奴隶到船上工作，租金则增加为二先令，并要求船主提供必要的给养。具体零星的工作的价钱根据所需要的劳动时间和劳动强度而定。拒绝接受这种统一标准的奴隶要被打三十鞭子。另外，为了限制出租奴隶的行动自由，法律规定禁止向奴隶

---

① 伍德：《佐治亚殖民地时期的奴隶制》，第143—145页。

出租房屋，以保证奴隶在每天完工后按时回到主人那里；到外面工作的奴隶须持有议会指派的委员会签发的许可证；为确保出租奴隶的井然有序，专门开辟了出租奴隶交易所，持有许可证的奴隶在被雇佣之前不得离开交易所，完成每件工作后必须回该所报到。虽然有种种限制性的规定，城市奴隶可以合法地与其他主人的奴隶交往，而多数种植园的奴隶没有这种机会。[①]

　　到19世纪四五十年代，出租奴隶已成为南部奴隶制的一个重要特征。主人可以把自己的奴隶出租给需要劳力的雇主，每年收取奴隶身价的12％—15％的租金，而雇主所付的租金通常比雇佣自由劳力所需的花费少。[②] 这样，奴隶主就充分利用了闲置的劳动力。例如，肯塔基州伯本县（Bourbon County）的奴隶主克莱，从1847年到1852年平均每年从出租奴隶身上获利924美元，平均每个奴隶31美元，成年男子89美元。他甚至从那些只为衣食而出租的奴隶身上也获了利，因为出租这些奴隶减轻了他的负担。[③] 北卡罗来纳州在松脂制品业兴盛时期，即1835—1860年之间，出租奴隶尤其盛行。把一个奴隶出租做砍伐工或刮脂工，每年可以有300美元的收益。[④] 没有奴隶的人也有机会付出相对较低的花费，即可

　　① 伍德：《佐治亚殖民地时期的奴隶制》，第143—145页。

　　② 伊顿：《上南部的出租奴隶制：迈向自由的一步》，载保罗·芬克尔曼编《南部各州与局部的奴隶制》，第25页。

　　③ 巴顿：《好的厨师和洗衣工：出租奴隶、家务劳动和肯塔基州伯本县的出租奴隶市场》，《美国历史杂志》第84卷第2期（1997年9月），第440页。

　　④ 罗伯特·奥特兰：《北卡罗来纳松脂制品业中的奴役、劳动和地理特征，1835—1860》（Robert B. Outland III, "Slavery, Work, and the Geography of the North Carolina Naval Stores Industry, 1835—1860"），《南部史杂志》（The Journal of Southern History）第62卷第1期（1996年2月），第27—56页；弗纳斯：《与汤姆大叔告别》，第174页。

从奴隶的劳动中获得经济利益。

出租奴隶使奴隶制增加了灵活性，奴隶作为财产的价值也增加了。它给奴隶主提供了适应混合型农业经济要求的途径，同时也使得小农场主和工匠家庭减轻了家务的负担。[①]

由于租来的奴隶不是自己的财产，所以雇主们多会想方设法从奴隶的身上获取最大限度的利益。因为奴隶的福祉只是暂时与他们的雇主或监工有关，出租的奴隶往往会劳累过度，雇主对奴隶的饮食、医疗方面的重视程度不如奴隶的主人，责罚也会更严厉。[②] 由于奴隶的劳动时间成为商品，奴隶的价值及福利只是他们的主人所关心的，而雇主通常最大限度地榨取奴隶劳动，而对奴隶只付出最低程度的关心。这就意味着出租奴隶的工时更长，而衣食住所条件更差。[③] 通常同样的工作，黑人所得的报酬要低于白人。此外，出租奴隶为了能有一些积蓄留作他用，如购买日常的用品或换取自己及家人的自由，通常他们会不惜节衣缩食，使本来已经很低的生活水准进一步下降。[④]

但是，对奴隶来讲，出租扩大了他们的自由空间，因此也愿意出租自己的劳动。当奴隶在劳动中有了自主权的时候，他的效率会更高一些。虽然有些时候出租奴隶的境遇比在自己主人的种植园劳动的奴隶还要差，但出租提高了奴隶劳动力的地

---

　　① 巴顿：《好的厨师和洗衣工：出租奴隶、家务劳动和肯塔基州伯本县的出租奴隶市场》，《美国历史杂志》第 84 卷第 2 期（1997 年 9 月），第 437 页。

　　② 斯坦普：《特殊的制度：内战前南部的奴隶制》，第 82—84 页。

　　③ 罗伯特·奥特兰：《北卡罗来纳松脂制品业中的奴役、劳动和地理特征，1835—1860》，《南部史杂志》第 62 卷第 1 期（1996 年 2 月），第 48 页。

　　④ 苏珊·克莱普：《十八世纪费城黑人与白人死亡率的差别》（Susan E. Klepp, "Seasoning and Society: Racial Differences in Mortality in Eighteenth-Century Philadelphia"），《威廉-玛丽季刊》（*The William and Mary Quarterly*）第 51 卷第 3 期（1994 年 7 月），第 482 页。

位，使奴役的束缚产生了松动。被出租的奴隶可以选择雇主，所以他们可以利用这种特权来讨价还价。出租奴隶可以用各种方法迫使雇主提高待遇。他可以诈病，消极抵抗或逃跑，而最终失去劳动时间的是雇主而不是奴隶的主人。相对而言，出租是介于奴役与自由之间的一种"中间状态"。被主人出租的奴隶在一定时间内可以摆脱主人的直接控制，而雇主与奴隶的关系也非主人与财产的关系，于是奴隶可以获得暂时的自由。奴隶最接近自由状态的途径就是被允许出租归自己支配的时间。[①]而且，出租在很多情况下只是一个过渡阶段，被出租的奴隶最终能够用出租期间的额外收入购得自己的自由。[②] 如一名叫做温彻·史密斯的黑人六岁时被拐卖到长岛作奴隶，几经贩卖易主，成年之后每到冬季便征得主人同意出租自己的劳动，终于在他36岁的时候用出租所攒下的积蓄付给了主人71英镑2先令，成为一名自由黑人。后来又为自己的家购得自由。[③] 所以，"出租是使奴隶进入南部工业和城市生活的一个重要途径，是迈向自由的重要的一步"[④]。随着出租奴隶的日益普遍，越来越多的人，尤其是上南部和城镇里的白人，依靠租用而不是购买奴隶来利用黑人的劳动，从而使奴隶制这种古老的社会制度发生了松动。

---

① 伊顿：《上南部的出租奴隶制：迈向自由的一步》，载保罗·芬克尔曼编《南部各州与局部的奴隶制》，第31、34页。

② 艾伦·韦斯坦和弗兰克·奥托·加特尔编：《美国的黑人奴隶制：现代读本》（Allen Weistein and Frank Otto Gattell, ed., *American Negro Slavery: A Modern Reader*），纽约1968年版，第47页。

③ 《赎回我的一家：温彻·史密斯解放自己和家人》（To Redeem My Family: Venture Smith Frees Himself and his Family），http://www.ashp.cuny.edu/Doing/primdoc7.html，2010年3月。

④ 伊顿：《上南部的出租奴隶制：迈向自由的一步》，载保罗·芬克尔曼编《南部各州与局部的奴隶制》，第40页。

　　奴隶主总是希望最大限度地从奴隶的劳动中获利。根据奴隶本身的特点和种植园发展的需要，奴隶主一直在调节奴隶制这种强制劳动的制度，运用各种手段来提高奴隶的劳动效率。他们实行帮组劳动制，强制黑人奴隶在严密的监视下从日出劳动到日落；他们采取定额劳动制，给奴隶规定一天的工作量，并辅以物质的刺激试图提高奴隶劳动的积极性；在奴隶劳动力出现剩余的情况下，他们又将奴隶出租，以从奴隶的身上增加自己的收益。奴隶虽然对实行哪一种劳动制度没有选择的余地，但他们以各种方式迫使主人做出让步，从而扩大自己的生存空间。在实行帮组劳动制的种植园，黑人奴隶力图保持自己传统的劳动习惯，并利用集体劳动的机会加强彼此之间的交流，培养黑人的群体感；在实行定额劳动制的种植园，黑人奴隶自己控制劳动节奏，完成定额后，许多奴隶不辞劳苦开垦自己的菜园、捕鱼、打猎，在调剂饮食的同时，积攒下额外的收入；在实行奴隶出租制的地区，黑人奴隶有了相对较大的自由空间，很多被出租的奴隶最终完成了从受奴役到自由的过渡。总之，无论主人实行哪一种劳动制度，奴隶都会相应地调整应对的策略，以求得自身的生存与改善。

第三章

饮食起居——黑人奴隶的物质生活

在奴隶制下，黑人要生存首先要有必要的物质生活条件。虽然其劳动方式和生活水准在很大程度上由主人决定，但奴隶们也并非完全被动地接受一切强加于他们的东西，而是在条件允许的范围内为自身创造生存空间，保持并不断发展具有自己群体特色的物质文化。

关于奴隶的生活条件，历来众说纷纭。南部为奴隶制辩护的人一般认为奴隶在衣食住所方面比欧洲的农民或工厂的工人要强；而废奴主义者则得出相反的结论，通过统计数字表明北方的囚犯、水手和士兵的伙食不仅比奴隶的伙食数量多，而且营养水平高。20世纪的经济学家和计量史学家运用数学模型从理论上证明，奴隶跟北方的自由劳动力相比，其劳动所得的回报相对来讲稍高一些，而且衣食住所条件比北方自由劳力强。[1] 实际情况究竟如何呢？对此，可以从奴隶的衣食、住所、医疗等方面进行考察。

---

[1] 斯坦普：《特殊的制度：内战前南部的奴隶制》，第255页。

一　饮食

关于奴隶的食物配给，通常奴隶主给奴隶的食物配给量足够奴隶果腹。奥姆斯特德谈及奴隶的饮食条件时曾写道："我认为奴隶在通常情况下（不可否认有例外）有足够的食物可吃，也许他们比世界上其他地方的无产阶层的饮食条件要好。有时他们会用省下来的粮食换威士忌酒。"[①]伊顿的研究发现，黑人的伙食通常数量和营养都比较丰富，只是食物的品种单调。他们的伙食条件和贫穷白人的一日三餐没有什么差别，俄国的农奴只能吃到黑面包和卷心菜，很少能享用肉和牛奶。单就这一点进行比较，奴隶的伙食比俄国的农奴要好一些。[②]福格尔和英格曼在对种植园档案进行统计的基础上得出结论：认为奴隶通常饮食条件很差，这种认识实际上是缺乏根据的。[③]

当然，每个奴隶所得到的食物的配给量受很多因素的影响。如种植园规模的大小、主人和监工对奴隶的关心程度、种植园的地点、奴隶家庭人口的数量、奴隶自己生产食物的能力、自由猎取野生动物的时间以及奴隶购买或偷盗食物的能力。[④]

每个奴隶得到的食物的配给量没有完全统一的标准，但在

---

① 威什编：《南部奴隶制》，第198页。
② 伊顿：《南部文明的成长：1790—1800》，第59页。
③ 福格尔和英格曼：《十字架上的时代：美国黑奴制经济》，第110页。
④ 赖茨：《沿海种植园生活的考古实据》，载特里萨·辛格尔顿编《奴隶制与种植园生活考古学研究》，第166页；伍德：《佐治亚殖民地时期的奴隶制》，第146页。

多数情况下，为了使奴隶有足够的体力从事繁重的劳动，种植园的主人都会给黑人奴隶提供相对充足的食物。[①] 多数寻逃奴启事中都对奴隶的体貌特征做出描述，逃奴中多数人体格健壮。如北卡罗来纳的一则逃奴启事中写道："他身高大约五英尺四英寸，圆脸，皮肤甚黑，身体非常健壮。"另一则启事是要寻找一名二十五岁的男奴，他"体格健壮，肤色黝黑，面貌英俊"。1827 年的一则启事对一个混血黑奴的描述是"身高六英尺，肌肉丰满，体格健壮"[②]。虽然多数逃奴身体健壮并不能说明所有黑人奴隶饮食充足，因为身体健康是逃跑的必要条件，但至少可以从侧面表明奴隶通常不会挨饿。

关于黑人奴隶的饮食结构，学者们的结论则不尽相同。尤金·吉诺维斯在研究中发现奴隶们通常能吃饱，但是长期食用高淀粉、高能量的食物如玉米、猪肉、糖蜜会导致黑人奴隶严重的营养不良。[③] 史料表明，主人给奴隶提供的食物缺铁。由于奴隶食物以玉米为主，所以他们很可能和以玉米为主食的史前印第安人一样营养不良。[④] 考古研究并没有发现成年奴隶中普遍存在营养不良的问题，甚至与白人没有明显差异。但是婴儿死亡率偏高，这表明黑人在儿童时期营养不良的现象比较严重。[⑤] 拉维克也持近似的观点，他认为虽然一般情况下奴隶不

---

① 赖茨：《沿海种植园生活的考古实据》，载特里萨·辛格尔顿编《奴隶制与种植园生活考古学研究》，第 166 页。

② 弗雷迪·帕克：《奔向自由：1775—1840 年间北卡罗来纳的逃亡奴隶》（Freddie L. Parker, *Running for Freedom*: *Slave Runaways in North Carolina*, *1775 — 1840*），纽约 1993 年版，第 89 页。

③ 吉诺维斯：《奴隶制的政治经济》，第 44—45 页。

④ 赖茨：《沿海种植园生活的考古实据》，载特里萨·辛格尔顿编《奴隶制与种植园生活考古学研究》，第 166 页。

⑤ 同上书，第 182—183 页。

会挨饿，但主人给他们提供的饮食并不慷慨。他们常吃的食物通常是玉米面、腌猪肉和糖蜜。[①] 而福格尔和英格曼持相反的观点，他们的研究表明，奴隶们的饮食并不单调，他们根据1860 年的统计资料，列举了 11 种奴隶的日常食品：牛肉、猪肉、羊肉、牛奶、黄油、白薯、马铃薯、豆类、玉米、小麦以及其他谷物。进而推算出，通常奴隶的饮食的营养结构并不缺乏。[②]

实际上，奴隶主给黑人提供的饮食既不是十分单调，也算不上丰富多样。根据约翰·波尔吉斯在信中记录，南卡罗来纳和佐治亚奴隶的主要食物包括玉米、豆类、稻米、马铃薯和南瓜，有时主人如果高兴，杀了家畜会分给他们一点儿肉。喝的东西只有水。[③] 主人给奴隶的食物供应一般是每周 1.5 配克（1配克＝9 公升）的粮食和 3 磅的腌肉，有时会得到 4 磅，但多数情况下每周拿不到 3 磅。通常在星期六的晚上发给奴隶食物；在管理较好的种植园，有时主人在星期三发给奴隶以防他们奢侈浪费或在星期天换威士忌酒。[④] 当然，不同的种植园之间也存在着差异。例如，在佐治亚的一些种植园，成年奴隶每周得到 9 夸脱（1 夸脱相当于 1/8 配克）玉米。主人给他们提供的食物中没有熏肉，但有咸鱼和牛肉。有时用稻米或甘薯来代替玉米，也有时发给奴隶糖蜜。[⑤] 考古学的发现表明，猪、

---

①　拉维克：《从日落到日出：黑人社区的形成》，第 68 页。

②　福格尔和英格曼：《十字架上的时代：美国黑奴制经济》，第 111—115 页。

③　约翰·波尔吉斯：《"他们所能耕种的土地"：约翰·波尔吉斯 1750 年就南卡罗来纳和佐治亚奴隶状况写往德国的信》，http://www.ashp.cuny.edu/Doing/primdoc1.htm，2010 年 3 月。

④　威什编：《南部奴隶制》，第 197 页。

⑤　赖茨：《沿海种植园生活的考古实据》，载特里萨·辛格尔顿编《奴隶制与种植园生活考古学研究》，第 166 页。

牛等家畜是奴隶所吃肉食的主要来源。虽然从历史文献看，奴隶的食物配给中猪肉比牛肉占的比例大，但考古发掘表明在滨海地区的种植园，牛骨的残骸至少和猪骨的数量相当。[①] 如在蒙蒂塞洛的奴隶居住区，猪和牛占几乎同等的比例，而在其他种植园里，猪的骨头占多数。鸡、火鸡及其他家禽的骨头在奴隶居住区所占的比例很小，可能饲养这些家禽主要用于产蛋而不是为了吃肉。[②]

即使奴隶的饮食通常良好，也并不意味着所有奴隶都不缺乏营养。饮食条件最好的奴隶也难免由于当时食品贮藏技术的限制，不同季节在饮食质量上有所差异。[③] 不同时期营养水平也会有所不同，到了19世纪四五十年代，虽然奴隶的价格飙升，其营养水平却持续下降。[④] 当主人提供的食物配给不能满足需求时，很多奴隶通过饲养家畜家禽、打猎、捕鱼、采集野生植物和业余时间开垦荒地种植农作物来补充自己饮食配给的不足。奴隶遗址中发现的这些动物的遗骨及其他食物的遗迹表明，奴隶们并不是被动地依靠主人的食物供应，而是积极地就地取材寻找其他的食物来源以增加营养，使自己的饮食结构趋于合理。在弗吉尼亚的考古发掘点也发现了一些野生植物的遗迹，如胡桃、葡萄、黑莓和山核桃。考古学家通过对花粉和花子的分析发现奴隶在自己的菜园里栽种了一些常用的植物，如

① 赖茨：《沿海种植园生活的考古实据》，载特里萨·辛格尔顿编《奴隶制与种植园生活考古学研究》，第169—170页。

② 帕特里夏·桑福德：《美国黑人奴隶制和物质文化的考古研究》（Patricia Samford, "The Archaeology of African-American Slavery and Material Culture"），《威廉-玛丽季刊》（The William and Mary Quarterly）第53卷第1期（1996年1月），第95页。

③ 福格尔和英格曼：《十字架上的时代：美国黑奴制经济》，第115页。

④ 福格尔：《既无共识亦无契约：美国奴隶制的兴衰》，第396页。

南瓜、西瓜、豆类、桃、樱桃、玉米和豌豆。来自非洲的黑人
奴隶对很多北美殖民地时期的粮食作物并不陌生。在与欧洲人
接触之前，西非人已经开始种植奴隶食物中重要的粮食作物，
如玉米、稻米、花生、番薯和干豆。[①] 1775 年有些黑人开始食
用芝麻，或生吃，或煮汤，他们把芝麻称作"贝尼"（bene）。
20 世纪 20 年代，有人发现一名海岛黑人种植被他称为"贝尼"
的作物，使用的方法与其祖先一样。胡椒被有些白人奴隶主称
为"尼格罗胡椒"（Negro pepper）。南卡罗来纳的烟草也是黑
人奴隶最早种植的。[②] 黑人奴隶还采集野生植物来丰富自己的
食物品种，他们是最擅长利用野菜的。[③]

有些种植园的奴隶被准许持枪打猎，在佐治亚、弗吉尼亚
的一些种植园奴隶居住区的遗址中发现了枪机燧石、火药、枪
的部件和铅弹等物品。这表明奴隶可以用火器打猎。[④] 多数奴
隶用自制的捕猎工具捕捉小猎物。很多种植园奴隶在工余时间
所捕的鱼和小猎物成为奴隶食物的重要组成部分。[⑤] 考古学家
通过对种植园遗址中的动物群、植物群和人的残骸进行研究发
现，在沿海和内陆地区的种植园、奴隶们的食物中都有各种各
样的动植物，由于地理位置、气候条件的不同，这些动植物的
品种也各异。其中既有家庭饲养的，也有野生的。这些食物大

---

　　① 桑福德：《美国黑人奴隶制和物质文化的考古研究》，《威廉-玛丽季刊》第
53 卷第 1 期（1996 年 1 月），第 96 页。
　　② 摩根：《劳动与文化：定额制和下南部的黑人社会：1700—1800》，《威廉-
玛丽季刊》1982 年第 4 期，第 573—574 页。
　　③ 同上书，第 573—574 页。
　　④ 赖茨：《沿海种植园生活的考古实据》，载特里萨·辛格尔顿编：《奴隶制
与种植园生活考古学研究》，第 171—173 页；桑福德：《美国黑人奴隶制和物质文
化的考古研究》，《威廉-玛丽季刊》第 53 卷第 1 期（1996 年 1 月），第 95—96 页。
　　⑤ 拉维克：《从日落到日出：黑人社区的形成》，第 71 页。

部分由奴隶自己养殖或捕猎所得。这表明奴隶以这种方式来调剂自己的饮食，补充蛋白质。① 在弗吉尼亚的各个考古发掘点都发现了一些野生动物的遗骸，如负鼠、浣熊、乌龟、鹿、松鼠、鸭和野兔，在奴隶居住区的遗址也普遍发现了牡蛎壳、铅渔坠、鱼钩、鱼骨和鱼鳞。在杰斐逊的蒙蒂塞洛种植园，野生动物所占肉食的比例不足 5％，而在蒙特维尔农则占 29％，其中多数的遗迹是乔治·华盛顿供应给奴隶们的野生青鱼的骨头。② 内陆地区种植园的奴隶虽然自由支配的时间与沿海实行定额劳动制的奴隶相比非常有限，但考古研究表明在他们的食物中野生动物、禽类也占相当大的比例，这些野味有可能是奴隶自己捕猎所得，也可能是由主人专门指派的猎手为奴隶们捕获的。③

　　奴隶除了靠自己额外的劳动丰富饮食之外，偷盗主人的牲畜和粮食也是奴隶制时期黑人普遍采用的获取食物的一种手段。从很多奴隶的自述和史学著作中可以找到奴隶偷窃的证据。有黑人曾告诉奥姆斯特德，不给奴隶充足的食物是不明智的，因为"黑人喜欢好的生活，如果主人不给他们提供，他们会自己想办法过得好一些"④。例如，一名在 1841 年从种植园逃跑的奴隶弗朗西斯·亨德森记得，"没有一个奴隶不偷东西，那是生存的必需，是出于被逼无奈"。在他主人的种植园，每周发给奴隶一定数量的食物，包括 1 配克玉米粉，十几条咸鱼

---

① 赖茨：《沿海种植园生活的考古实据》，载特里萨·辛格尔顿编《奴隶制与种植园生活考古学研究》，第 167—178 页。

② 桑福德：《美国黑人奴隶制和物质文化的考古研究》，《威廉-玛丽季刊》第 53 卷第 1 期（1996 年 1 月），第 96 页。

③ 赖茨：《沿海种植园生活的考古实据》，载特里萨·辛格尔顿编《奴隶制与种植园生活考古学研究》，第 184—185 页。

④ 威什编：《南部奴隶制》，第 198 页。

和 2.5 磅猪肉。但有些青年男奴隶三天就把定量吃光了，他们只能去偷，否则就没有力气干活。他们经常光顾猪圈、羊圈和谷仓。有时还把偷来的东西卖给巡逻队的贫穷白人，或用来换威士忌酒之类的奢侈品。① 另一名黑人谈起奴隶制时期的偷盗现象时说，"我们偷过那么多的鸡，所以只要鸡一看见黑人马上就会飞上房"②。在奴隶制的特殊条件下奴隶们还"发明"了一些特殊的偷盗技巧，如在偷主人的猪或鸡时，为了防止它们尖叫，黑人奴隶学会了一击使之不能出声的技巧，还要在吃完之后将鸡毛之类的剩余物掩埋起来，不留任何痕迹。为了躲避主人或监工的搜查，奴隶们还有很多应急措施。③

奴隶的食物烹调方法虽然简单但需要团体劳动，烹调食物也成了一种彼此分工合作的社交活动。在有些大的种植园，食物由专门负责炊事的奴隶准备。但在大多数种植园里，食物发放到每个黑人家庭，由妇女在下地劳动之前做好饭，或在上工的时候放在火上慢慢煮熟或烤熟。无力进行田间劳动的年长的奴隶通常负责煮饭。④ 有的奴隶主担心如果把口粮全部发给奴隶，他们会把其中的一部分卖给其他奴隶或用来换威士忌、烟草之类的奢侈品。另外，如果让奴隶自己做饭，他们会因为疲惫而影响伙食的质量，所以主人会指定专人负责炊事，让奴隶吃大锅饭，只把口粮的一小部分发给奴隶，由他们自行处理。⑤

虽然奴隶的饮食结构并不算单调，但他们对食物的储存和烹调的方法影响了食物营养的保持。奴隶居住区的遗址中所发

---

① 《奴隶自述》，http://vi.uh.edu/pages/mintz/14.html。
② 吉诺维斯：《奔腾吧，约旦河：奴隶们创造的世界》，第 606 页。
③ 同上。
④ 拉维克：《从日落到日出：黑人社区的形成》，第 71 页。
⑤ 罗斯编：《北美奴隶制文献史》，第 356—357 页。

现的小片碎骨表明，肉通常用来做汤或炖煮。黑人奴隶通常把肉、蔬菜和汤放在一起煮，这种大杂烩的优点在于肉容易煮烂，易于消化，可以放在文火上炖，比烤肉更省时省力。而且这种烹调方法很像是模仿当时西非人以炖煮和其他半流质食物为主的烹调方法。① 由于奴隶们缺少长期储存食物的设备，肉食以腌制和熏烤为主，增加了氯化钠和硝酸钾的摄入量，而必要的营养成分则吸收很少。另外，炖煮食物反复加热会使维生素丧失②，不利于食物营养成分的保持。

也有的奴隶设法通过改进烹调方法以提高饮食质量。如在安娜·赖特的回忆中提到了用玉米面做成的不同食品：一种叫做"喀食"（kush），是把玉米面包捣碎，放到平底锅里，配以洋葱和猪油在火上煎烤而成，"味道确实很好"；另一种叫做"锅饼"（griddle cake），把和好的面放进铁锅里在火上焙烤，反复翻转两面烤熟即可食用；"灰饼"（ash cake）则是用一块湿布把和好的面团裹上，放进炉底的热灰中烫熟；还有一种做法是把小面团和萝卜、芥蓝和卷心菜一起煮成"玉米汤团"，有时还加上一些菜豆。大概是这些制作方法比较合理，赖特不无满足地说"所以我们才这么健康"③。

在奴隶制下，黑人为了生存，把偷盗主人的财产作为一种策略。他们普遍对这种行为做出特殊的定义，他们认为偷主人的财产并不算"偷"，只是"拿"，偷同伴的东西才是真正的"偷"。这种道德观念是特殊生存条件下的畸形产物，它对黑人

---

① 桑福德：《美国黑人奴隶制和物质文化的考古研究》，《威廉－玛丽季刊》第53卷第1期（1996年1月），第96页。

② 赖茨：《沿海种植园生活的考古实据》，载特里萨·辛格尔顿编《奴隶制与种植园生活考古学研究》，第186页。

③ 梅隆编：《奴隶记忆中的鞭笞岁月：一部口述史》，第42页。

的负面影响是可悲的。即使到内战之后仍有很多黑人偷窃白人财产的现象。虽然有客观的原因，但偷盗似乎已经成为黑人的一种习惯，如路易莎·亚当斯所言，"我们当时如果不偷就会饿死，这种习惯好像从奴隶制那时候就传下来了"①。但是这种偷窃的习惯损害了黑人作为一个群体的形象。

在奴隶的遗址中所发现的欧洲工艺制造的物品多数都与食物有关。从奴隶遗址中发现很多陶制餐具都类似碗的形状，很可能是用来盛炖煮食品。② 陶器既有粗糙的陶制品，也有精工绘制的中国瓷器。中国的瓷制盘子、茶杯和碗，在蒙特维尔农的奴隶家庭居住区的陶瓷器皿中占11％，在蒙蒂塞洛占20％。在这些陶瓷器皿中有的是主人专门为奴隶购买的，有的是主人送给他们的，还有奴隶自己购买的。从有些瓷器上的划痕和污渍可以看出它们已经使用很久了。很多在废弃不用时已经用过30—50年之久，这表明这些器皿是主人送给奴隶的。几乎所有的器皿都是用来做饭和吃饭用的，如盘子、茶杯、碟子和小碗，很少见大的容器，这或许说明奴隶的食物供应没有剩余。③

二　衣着服饰

与饮食条件相比，奴隶的衣着条件显得不足。有的学者对18世纪中期佐治亚奴隶的衣着进行了描述：在夏季，有些主人发给每一个男奴"一条亚麻布的短裤和一顶破帽子"，而很

---

① 梅隆编：《奴隶记忆中的鞭笞岁月：一部口述史》，第145页。
② 桑福德：《美国黑人奴隶制和物质文化的考古研究》，《威廉-玛丽季刊》第53卷第1期（1996年1月），第102—103页。
③ 同上书，第95页。

多主人"让奴隶赤身裸体，只用一块布遮住羞处"。黑人妇女
"穿着粗亚麻布短裙，上身裸露"。主人有时也发给她们一块手
帕让她们盖在头上。冬天，主人"发给每个奴隶一双鞋，再让
他们穿上一件羊毛背心和一条长及脚面的裤子，戴上一顶毛线
帽子。但是奴隶们没有衬衫"[1]。在大的种植园，每名奴隶每年
衣物的配给量是：成年男奴四件棉质衬衫，四条长裤（棉质、
毛质各两条），一至两双鞋；成年女奴四套衣服或可供缝制四
套衣服的布料；帽子或头巾每年发放一次；毯子每两年或三年
发放一条。其他衣物如袜子、内衣等没有统一的标准。儿童的
衣服通常是一件连体服，看起来像件超长衬衫。[2]

对于奴隶衣物的不足，究其原因，斯坦普认为，由于主人
不太在乎或漠不关心，而且由于衣服不像食物那样不用花钱，
为了节省开支，很大一部分奴隶衣衫褴褛，而且衣服都是由质
地很差的布料制成。在漫长的夏季，破旧的衣衫使生活显得更
加单调，而在冬天单薄的衣服不足以御寒。[3] 尤金·吉诺维斯
认为，奴隶主想当然地以为南部的冬天气候温和，主人给奴隶
们配备的衣物可以保暖，但却无法抵御周期性突袭而来的寒
潮。从17、18世纪奴隶主的记述中可以发现奴隶们饱受寒冷
之苦，在独立战争之后情况才似乎有些好转。但即使到19世
纪奴隶衣物的供给基本充足，由于没有富余的衣服来应付天气
的骤然变化，奴隶仍时而痛苦不堪。[4] 1748年，"乔治王之战"
结束后，路易斯安那总督报告说，在过去的两年里有300多名

---

① 伍德：《佐治亚殖民地时期的奴隶制》，第147页。
② 福格尔和英格曼：《十字架上的时代：美国黑奴制经济》，第116—117页。
③ 斯坦普：《特殊的制度：内战前南部的奴隶制》，第289页。
④ 吉诺维斯：《奔腾吧，约旦河：奴隶们创造的世界》，第550页。

黑人因为缺少御寒的衣物而被冻死。[①] 奴隶制时期，奴隶主给黑人提供的衣着条件并没有明显改善。从北卡罗来纳的逃奴启事中可以发现，1775 年奴隶的衣着与 19 世纪三四十年代逃奴启事中所描述的黑人服装，无论从质地上还是从颜色上，都没有明显差异。[②]

有些推崇家长制的奴隶主，把给奴隶发放衣物作为表现他们对奴隶的仁爱和增进主仆关系的方式。每年他们定期在种植园内举行正式的发放衣物的仪式，在发放时，主人依次叫奴隶的名字，亲手把衣服、毯子等生活用品交到每个奴隶的手上。这种时候主人希望奴隶能对主人的关爱心存感激，并通过努力工作予以回报。[③]

对于奴隶主发放给奴隶的衣物的数量和质量，研究表明，即使是最慷慨的主人，他们给奴隶提供的衣物数量也很有限，难以保证每周换洗一次。[④] 衣服的质量更不能保证奴隶穿着舒适。奴隶所穿的衣服通常被专门称作"黑人服"（Negro clothing），有的是主人买来的，有的是女主人或种植园的黑人裁缝为奴隶做的。奴隶的衣料多是粗棉布或羊毛织物，其优点是结实耐久，但缺点是粗糙。弗吉尼亚的一名奴隶曾抱怨道，"奴隶们的衣服新穿时像针一样刺人。我们的后背从来不用搔痒，

---

① 霍尔：《路易斯安那殖民地时期的非洲人：18 世纪非洲克里奥尔文化的发展》，第 176 页。

② 帕克：《奔向自由：1775—1840 年间北卡罗来纳的逃亡奴隶》，第 101 页。

③ 吉诺维斯：《奔腾吧，约旦河：奴隶们创造的世界》，第 555 页；乔伊纳：《沿河岸边：一个南卡罗来纳的奴隶社区》，第 109—110 页；杰弗里·扬：《萨瓦纳河畔一种植园中的思想观念和人口死亡率，1833—1867》（Jeffery R. Young, "Ideology and Death on a Savannah River Rice Plantation, 1833—1867: Paternalism amidst 'Disease and Pain'"），《南部史杂志》（The Journal of Southern History）第 59 卷第 4 期（1993 年 11 月），第 676 页。

④ 吉诺维斯：《奔腾吧，约旦河：奴隶们创造的世界》，第 551 页。

只要耸耸肩膀就行了"①。

在衣物中奴隶抱怨最多的是鞋子。有的奴隶，尤其是未成年的奴隶根本没有鞋子穿。弗吉尼亚的方丹·休斯记得，他本人到十二三岁才有鞋穿，而且在此之前他一直穿着裙子。除了在极其恶劣的天气里，大多数奴隶是光着脚在田里劳动。究其原因，一部分是出于黑人的习惯，但更重要的原因是嫌主人发给的鞋子不合脚或者太硬。得克萨斯的玛丽·雷诺也因为作奴隶时鞋子太小，脚踝上一直留着疤痕。她记得一位黑人老汉告诉他们，"总会有一天我们会成为只属于上帝的臣民。我们祈祷苦难早日结束，祈祷不再挨打，祈祷将来能有一双合脚的鞋子"②。奴隶无法改变鞋子的大小，但想办法减少由于鞋的质地僵硬所带来的不适。艾尔拉·巴特尔·沃克的父亲为了让她的鞋子穿起来舒适一些，耐心地在鞋里擦上油脂。当鞋子被太阳烤得干硬时，再重新用油脂将其软化。③休斯的自传中也提到主人发给的鞋子很粗糙，穿鞋时要在鞋里涂上牛脂和柏油。④

当然在衣着上奴隶彼此之间也有差别。一般来讲，家奴无论在劳动时或星期天去教堂做礼拜穿着都很体面。他们的衣着代表着主人的荣誉和身份。即使是普通的奴隶都有几件好衣服以备节日穿用。妇女可能有一件印花布套装，也可能有一两件廉价首饰；男人可能有一顶礼帽，一件好衬衣，一条质地较好的裤子，但并非每个奴隶都有这些。⑤关于普通田间奴隶的衣

----

①　吉诺维斯：《奔腾吧，约旦河：奴隶们创造的世界》，第551页。

②　《奴隶自述》：http://xroads.virginia.edu/~HYPER/wpa/wpahome.html；吉诺维斯：《奔腾吧，约旦河：奴隶们创造的世界》，第551—552页。

③　吉诺维斯：《奔腾吧，约旦河：奴隶们创造的世界》，第552页。

④　路易斯·休斯：《三十年的奴隶生涯：从奴役到自由》（Hughes, Louis, *Thirty Years a Salve: From Bondage to Freedom*），纽约1969年版，第41—42。

⑤　拉维克：《从日落到日出：黑人社区的形成》，第74页。

着条件，奥姆斯特德写道："至于种植园中奴隶的衣着，据说是由主人配给，每人每年冬天发给一件粗羊毛或棉毛料的外衣和一条长裤；夏天一条棉质裤子和一件夹克；两双结实的鞋或一双靴子和一双收割时穿的轻便鞋；三件衬衫、一条毯子和一顶毡帽。妇女有两套条绒套装、三件衬裙、两双鞋……奴隶们自己也买衣服。"① 伊顿对奴隶的衣着也做了如下描述：田间奴隶的衣着和住所条件毫无舒适可言。黑人小孩只穿一件衬衣。在夏天，主人发给每个男奴隶两件棉制衬衣和两条裤子；秋天发给他们一条羊毛长裤、一件夹克、一顶帽子和一双厚底鞋，每两三年发放给他们一条毯子。妇女们则发给布料，让她们做长裙和头巾或无边小圆软帽。主人要求奴隶每周洗一次澡，星期天穿着干净的衣服去教堂。② 密西西比一个棉花种植园的黑人奴隶路易斯·休斯在回忆录中也记录了主人给奴隶提供的衣着条件：每年夏季，男奴每人可以领到两条短腿裤和两件衬衫；女奴每人两条裙子和两件衬衣。到了冬天，主人发给男奴们每人两条长裤、一件外衣、一顶帽子和一双质地粗糙的鞋子；女奴每人两套质地较厚的衣服和一双鞋，还有一块头巾。③也有的主人发给女奴布料和针线，让她们自己缝制衣服。南卡罗来纳的奴隶主詹姆斯·亨利·哈蒙德，每年秋天他发给每个女奴 6 码羊毛衣料、6 码棉布和必要的针线、纽扣；春季发给她们相同数量的薄布料。④

　　衣服的作用并不仅仅是为了蔽体，也是一种装饰，这对黑人奴隶来讲也不例外。奴隶们平时不修边幅，而礼拜天和节假

---

① 威什编：《南部奴隶制》，第 200 页。
② 伊顿：《南部文明的成长：1790—1860》，第 59 页。
③ 休斯：《三十年的奴隶生涯：从奴役到自由》，第 41—42。
④ 罗斯编：《北美奴隶制文献史》，第 348—349 页。

日衣着打扮却一丝不苟，这令很多奴隶制时期走访过南部的人都感到惊讶。奥姆斯特德注意到奴隶们虽然平时劳动时通常穿得破旧、邋遢，但逢星期天到教堂做礼拜或其他节日，他们通常穿戴得很漂亮，与平时的穿着形成鲜明的对比。[①] 平时不穿鞋的奴隶礼拜天去教堂也要把鞋穿上。讲究的奴隶还会临时自制一把鞋刷或从"大房子"借一把，用油脂或烟灰与糖浆的混合物把鞋擦亮。一方面，因为奴隶认为教堂是神圣的地方，穿着整洁得体是对上帝和教友们的尊重，同时也是一种自尊的表现。另一方面，奴隶在平时是属于主人的财产，外表如何无关紧要；星期六晚上和礼拜天在属于自己的群体当中，他们把自己看做有独立尊严的男人和女人。[②]

奴隶的穿着在一定程度上保持了非洲的传统。其中最为明显的是，不论黑人男子还是黑人妇女，都喜欢红色的衣服。对这种颜色的偏爱很可能源自西非的传统观念。在非洲的重要宗教中心之一阿德拉，红色被视为高贵的颜色，而且在非洲红色是生命和多产的象征。在海地和美国的奴隶中红色仍具有这种象征意义。主人有时会给奴隶买或做红色的衣服，而多数情况下，奴隶用胡桃、榆树、樱桃、红橡木等调成各种颜色的染料，自己把衣服根据劳动或礼拜等不同的需要染成棕褐色、灰色、红色等各种颜色。虽然他们只能在自己的时间里做这些事情，但他们以此为乐，并在特殊场合因衣饰漂亮而心生自豪。[③] 奥姆斯特德还特别注意到女奴总是把手

---

①　威什编：《南部奴隶制》，第 200 页。

②　吉诺维斯：《奔腾吧，约旦河：奴隶们创造的世界》，第 556、560—561 页。

③　同上书，第 557—558 页。

绢戴在头上，男人有时头上也戴着手帕。[1] 这也来源于非洲的传统。

对奴隶居住区的考古发掘出土了有非洲黑人文化特色的装饰品。在弗吉尼亚和北卡罗来纳的奴隶区遗址出土了钻有小孔的西班牙、荷兰、中国和美国的硬币和金属护身符。在 20 世纪早期的采访中，一名前南卡罗来纳的奴隶说，佩戴硬币是非洲的一种习俗，据说可以预防风湿。这些硬币的一面磨损明显，这表明它们与皮肤长期接触。在西非社会拥有和佩戴蓝色珠子是权利和地位的标志。奴隶相信蓝色的珠子有同等的保护力量；有一些 18 世纪的奴隶自述中也描述了将非洲佩戴珠子的习俗带到了新世界。考古发掘也出土了用牛角、兽骨和非洲与亚洲特有的黑檀木制成的戒指。[2]

此外，黑人还注重对头发的修饰。在非洲黑人文化中，对头发的修饰一直是重要的礼仪。在非洲，精心设计的发型代表着不同的部落、社会地位、性别、年龄和职业，剪发、盘头和梳辫子是非洲历史悠久的艺术。北美的黑人奴隶继承了祖先的这种传统，虽然既没有非洲特有的适合黑人头发的梳子，也没有足够的时间修饰头发，但从很多寻逃奴启事中对奴隶外貌的描述可以看出，奴隶的发型是多种多样的，其中既体现了非洲的传统，也体现了黑人文化在北美奴隶制下的发展变化。[3]

---

① 威什编：《南部奴隶制》，第 200 页。
② 桑福德：《美国黑人奴隶制和物质文化的考古研究》，《威廉-玛丽季刊》第 53 卷第 1 期（1996 年 1 月），第 102 页。
③ 沙恩·怀特和格雷厄姆·怀特：《十八、十九世纪奴隶的发式与美国黑人文化》，《南部史杂志》第 61 卷第 1 期（1995 年 2 月），第 45—76 页。

三 居住条件

奴隶的居住条件如何呢？每个奴隶家庭都有一间小棚屋。斯坦普认为，"他们的小屋只是睡觉的地方和天气不好时的遮风避雨之处。多数黑人奴隶的住所显然只起到这种简单的作用，并不是家庭活动的中心"[①]。考古学研究也表明奴隶的住所一般面积很小。从围墙的遗迹可以看出，奴隶们相当一部分时间是在户外活动。[②]

当然，斯坦普所述的是事实。在天气允许的情况下多数时候奴隶们醒来后是在小屋外活动。他们做饭通常是在户外或用作厨房的小棚里；他们坐在小木屋前聊天、吸烟；孩子们在屋子前玩耍；青年男女找僻静的地方谈情说爱；大家一起在户外边做杂务边闲谈。但这并没有不寻常之处。多数人，在多数时候、多数地方都是那样生活。[③]

奴隶的住所给他们提供的不仅仅是饮食起居的场所，从更重要的意义上讲，它使黑人奴隶有家的感觉。当黑人全家在一起时，主人的权威被暂时关在门外。虽然奴隶的小屋没有什么隐私可言，但就在与其祖先在非洲的家并无太大差异的狭小空间里，奴隶们发展了他们自身的行为模式。[④]

在每个种植园都有奴隶居住区，一般是排房。大种植园

---

① 斯坦普：《特殊的制度：内战前南部的奴隶制》，第 292 页。

② 桑福德：《美国黑人奴隶制和物质文化的考古研究》，《威廉-玛丽季刊》第 53 卷第 1 期（1996 年 1 月），第 92 页。

③ 拉维克：《从日落到日出：黑人社区的形成》，第 77 页。

④ 乔伊纳：《沿河岸边：一个南卡罗来纳的奴隶社区》，第 126 页。

中，奴隶的住所通常与主人的"大房子"有一定的距离，所以他们有相当一部分时间不在主人的直接监视下生活。[1] 有些奴隶居住区的房子盖在一起。堪萨斯的黑人克莱顿·霍尔伯特回忆道："在种植园里奴隶们通常每个家庭有一间房子。他们通常把房子盖成一圈，你不用出门就可以到隔壁的房子。如果你不想和别人住在一起，你可以把房子盖在远离别人房子的地方。"[2] 在有些种植园，奴隶的小屋之间拉开一定的距离，以防整个奴隶居住区被火烧毁。[3]

奴隶的居住条件总体上讲是简陋、狭小的。小屋通常是木制的，主人在给奴隶提供住所方面开销很少。开垦荒地时砍来的木材可以用作盖房的材料，主人"只需买一些钉子就可以了"。[4] 所罗门·诺瑟普对他在棉花种植园的住所做了如下的描述：

> 小屋是用圆木盖成的，没有地板，也没有窗户。实际上也没有必要留窗户，圆木之间的缝隙足以让光透进来，在下暴风雨的时候，雨会从缝隙中流进来，使整个屋子没有一点儿舒适感。粗陋的门挂在木制铰链上。屋子的一端是一个笨重的壁炉……在奴隶的小木屋中没有安全的卧榻。我多年来就寝的地方就是一块12英寸宽、10英尺长的木板。我的枕头就是一块木头。铺盖就是一条粗糙的毯子，连一片多余的破布都没有。如果不生跳蚤，床上可以

---

① 库利科夫：《烟草与奴隶：1680—1800年切萨皮克地区南部文化的发展》，第343页。

② 《奴隶自述》，http://xroads.virginia.edu/~HYPER/wpa/wpahome.html.

③ 伍德：《佐治亚殖民地时期的奴隶制》，第145—146页。

④ 同上书，第145页。

铺草。①

方丹·休斯在回忆居住条件时说："黑人在作奴隶时没有床。我们一直睡在地板上，这儿放一块草垫，那儿放一块草垫，就像一群野人。"② 有些奴隶的居住条件好一些，如玛丽·雷诺记得她的小屋很温暖，而且有"床"，那床是用几根木桩埋在地上，再在上面盖上铺板做成的。床垫里填的是玉米皮。③

当然，并非每个奴隶的家庭都有一间独立的棚屋。出生于南卡罗来纳的前奴隶雅各布·斯特罗耶在回忆中提到，"奴隶制时期多数情况下都是一间小屋两家合住。有的中间用隔断隔开，有些没有。在没有隔断的房子里，他们就把废旧的木板用钉子钉起来把房间隔开，找不到木板的就只能在屋子中间挂一些旧衣服……到了夏天，人们在如此'温暖'的小屋里无法入睡，于是晚上都到外面树底下睡觉"④。主人让两家合住一间屋子，除经济条件的限制外，也许还有出于阻止奴隶偷东西的考虑，因为有时同住一室的两家关系不睦，如果其中一家有人偷了主人的一头猪、牛或羊之类的东西，另一家会向主人或监工告发。⑤

关于奴隶小屋的内部结构，奥姆斯特德所观察到的奴隶的住所情况是：奴隶们的房子通常是圆木小屋，屋子空间的大小和舒适程度有些差异。屋子的一端是壁炉，全在墙壁的外部，

①　威什编：《南部奴隶制》，第43页。

②　《方丹·休斯访谈》(Interview with Fountain Hughes, Baltimore, Maryland, June 11, 1949), http://memory.loc.gov/cgi-bin/query/r? ammem/afcesn: @ field (DOCID＋afc9999001t9990a), 2010年3月。

③　《奴隶自述》，http://xroads.virginia.edu/~HYPER/wpa/wpahome.html。

④　《奴隶自述》，http://vi.uh.edu/pages/mintz/14.htm。

⑤　同上。

有的用砖垒成，但一般用板条制成，外层抹上泥。大约 8 英尺
见方，8 英尺高。壁炉内烈火熊熊。通常用柏树枝做燃料。晚
上，当小木屋的门开着时，从远处看，奴隶的小屋就像一个大
熔炉。烟囱经常起火，致使整个屋子被毁。对这种危险也很难
提前预防。几间小屋经常盖在一起，称作“奴隶居住区”（the
quarters）。在一个中等大小的种植园里就有一个“奴隶居住
区”，为了便于奴隶取水和打柴，其地点选在离泉水和树林较
近的地方。在詹姆斯河边的种植园的房子要大一些，用木板搭
成，还有一些装饰物。在这些房子里住着八户人家，每家有一
个独立的寝室和上锁的壁橱，每两家共用一间厨房或起居室。①

　　18 世纪很多奴隶居住区的共同特点是在室内有地下储藏
室，奥姆斯特德在他的游记中没有提及这一特点。虽然各个种
族的储存技术很相似，但 18 世纪弗吉尼亚奴隶区所发现的地
下室主要是在奴隶的居住区，所以这些地下室的重要性在于它
们是非洲裔美国文化的特点之一。这种储藏室一般是长方形，
大小不一。其主要用途是冬天用来储存菜根作物以防霜冻，也
用来存放锄头、抹刀等工具，以及纽扣、硬币和餐具。充当男
奴房舍的大一些的奴隶住所有好几个地下室，供个人存放私
有物。②

　　奴隶住所内的地下室不仅仅是奴隶存放日常用品的地方，
18 世纪和 19 世纪对南部的考古发现及文件表明这些地下室也
是奴隶藏匿“非法”所得物的地方。一名前奴隶查尔斯·格兰
迪告诉 20 世纪的一个采访者说，他在屋里地上挖一个坑，上

---

　　①　威什编：《南部奴隶制》，第 199 页。
　　②　桑福德：《美国黑人奴隶制和物质文化的考古研究》，《威廉-玛丽季刊》第
53 卷第 1 期（1996 年 1 月），第 95 页。

面盖上一扇活门，他就把偷来的鸡藏在下面。在弗吉尼亚的金斯米尔种植园的一间地下室里发现了两只完好的葡萄酒瓶，上面贴有"刘易斯·伯韦尔"的封签，表明这酒一定是非法所得，所以必须藏起来。考古学家沃伦·迪波尔在分析东部森林区的印第安人地下储藏室后得出结论，认为这种储藏方式经常是一种"抵抗新的和压迫性的社会秩序"的形式。① 在非洲，人们的住房都是与厨房和储藏室分开的，因为这样可以使他们的室内的空气保持"凉爽清新"。② 因此，黑人的这种地下室是奴隶制下黑人为了在新的环境中求得生存，调整自身文化传统的例证。

　　主人对奴隶的地下室并非全然不知。奴隶主兰登·卡特在1770年写道："今天早上我们听说奶油罐子不见了，于是让比利·比尔搜查奴隶的地下室和箱子，后来失物在他们的储藏室找到了，但他们两个都坚决说对此一无所知。"③ 19世纪初，在弗吉尼亚奴隶的房子盖在基座上的原因可能有为奴隶的健康着想的因素，也可能出于防止奴隶使用地下室私藏物品的考虑。

　　在奴隶制下黑人在住宅建筑方面设法保持一些黑人的传统特色。摩根认为，"如果说奴隶在某种程度上是自己房屋的主人，自己亲手建造房屋无疑会增强他们的这种感觉"④。通常主人会对奴隶房屋的大小、建筑材料和地点等会有一定的控制。

---

　　① 桑福德：《美国黑人奴隶制和物质文化的考古研究》，《威廉-玛丽季刊》第53卷第1期（1996年1月），第100页。
　　② 索贝尔：《他们共同创造的世界：18世纪弗吉尼亚的白人和黑人的价值观念》，第121页。
　　③ 桑福德：《美国黑人奴隶制和物质文化的考古研究》，《威廉-玛丽季刊》第53卷第1期（1996年1月），第100页。
　　④ 摩根：《奴隶对比：18世纪切萨皮克和下南部的黑人文化》，第117页。

在大种植园，奴隶的住房由黑人木匠来建造，主人不允许奴隶随便盖房子。20世纪30年代，生活在佐治亚圣西蒙岛的一些黑人回忆起一个名叫奥克拉的黑人奴隶，他试图在种植园盖一间有非洲特色的小屋："奥克拉老人说他想要一间跟他在非洲的住所一样的房子，就自己盖了一间小屋。但是主人命令他把那房子拆掉，因为他不想在自己的种植园里看到非洲的房子。"① 然而，即使是这样，很多奴隶还是自己动手建造栖身之所。18世纪到南部旅行的人经常发现黑人利用星期天建造或修缮自己的小屋；在乔治·华盛顿的种植园中，奴隶们多数住在他们自己亲手盖的房子里。② 在下南部，由于气候和建筑材料与非洲相似，黑人的房屋的建筑所体现的非洲建筑形式和技术非常明显。如佛罗里达种植园中的黑人住房的拱形设计和南卡罗来纳的马蹄形奴隶居住区让人联想起非洲村落的布局。③ 在切萨皮克奴隶居住区发现了具有非洲建筑风格的房屋，其中尤其引人注目的是弗吉尼亚一个种植园中的一座圆形奴隶住所。它建于1750年左右，其建筑材料与主人的房子无异，但其圆形的结构体现出明显的非洲特色。非洲人发现，由于圆形表面使阳光分散均匀，圆形建筑在炎热的季节有利于室内保持凉爽。而且，这种圆形建筑也在一定程度上反映了非洲人的世界观。一位加纳的歌舞艺人在被问到他们把房子盖成圆形的原因时说："太阳是圆的，月亮是圆的，妇女的子宫也是圆的。

---

① 史蒂文·琼斯：《美国建筑学中的黑人建筑传统》（Steven L. Jones, "The African-American Tradition in Vernacular Architecture"），载特里萨·辛格尔顿编《奴隶制与种植园生活考古学研究》（Theresa A. Singleton ed., *The Archaeology of Slavery and Plantation Life*），纽约1985年版，第196页。

② 摩根：《奴隶对比：18世纪切萨皮克和下南部的黑人文化》，第118页。

③ 同上。

坟墓才是方的。房子是给生者盖的，而不是为死者盖的。"①

由于条件的限制，黑人很难将非洲的建筑工艺在北美充分发挥。但考古学研究表明，奴隶制时期，有些黑人奴隶的住宅在建筑材料和建筑风格上带有明显的非洲特色。

黑人奴隶所使用的建筑材料多种多样。如南卡罗来纳圣海伦那岛上的奴隶教堂和佐治亚圣西蒙岛上的一所奴隶医院使用的所谓"塔比"的建筑材料，这种建筑材料的原型就是西非几内亚湾一带普遍使用的由牡蛎壳和石灰石混合而成的建筑材料。此外，黑人还就地取材，把沙巴棕树用做建材，这也源自非洲的传统。在佐治亚和佛罗里达的一些种植园都发现了由这种材料盖成的奴隶住宅。②

黑人的建筑风格也对北美的白人产生了影响，从弗吉尼亚到路易斯安那的建筑物中，到处可以看到非洲建筑工艺的影响。这表明非洲的审美观念和技术在新大陆起了重要的作用。③

在奴隶区的遗址中还发现了奴隶的一些日常用品。有些是奴隶们自己制作的，如在17世纪弗吉尼亚的种植园发现了烟斗，其雕刻和钻孔的设计图案与西非的风格很相似。当然由奴隶亲手制作或从非洲带来的物品很少，更多的物品是由英裔和其他欧洲裔的人或印第安人制造的，如陶瓷器皿、纽扣，但奴隶看待和使用这些物品的方法与这些物品制造者的初衷不同，他们把这些物品进行了改造以适应西非的习俗。"个人和社会团体可以对传统物品在新的环境下加以改变，使其有新的用

①　琼斯：《美国建筑学中的黑人建筑传统》，载特里萨·辛格尔顿编《奴隶制与种植园生活考古学研究》，第199—201、210页。

②　同上。

③　索贝尔：《他们共同创造的世界：18世纪弗吉尼亚的白人和黑人的价值观念》，第119—126页。

途，赋予其新的意义，从而建立和发展自身的文化。"① 考古学家从这些物品中可以察觉到黑人文化的保持与发展变化。

奴隶制后期，奴隶的居住条件有所改善。对19世纪弗吉尼亚的一些种植园的奴隶区遗址的发掘，反映出种植园主对奴隶住所卫生条件的关注，尤其是对房屋建筑的改进。先在地面筑起基座再在上面盖房，以便木制地板下面空气流通。玻璃窗可以抵御寒冷；砖或石头垒的壁炉可以供热。改革者同时也提倡保持院落清洁，但在弗吉尼亚和北卡罗来纳的一些种植园的发掘表明或许主人未强调这一点，或者是奴隶们拒绝这样做，奴隶区和周围院子堆满了一层层由碎陶器、玻璃、动物骨头和其他污物组成的垃圾。②

四　医疗条件

为了使奴隶保持身体健康，主人一般会为奴隶提供必要的医疗条件。显而易见，奴隶患病或死亡事关主人的利益，奴隶主为奴隶提供基本医疗保障是非常必要的。从种植园主给监工的指示中可以明显看出这一点。如奴隶主埃克伦（Acklen）在写给其监工的信中叮嘱道："要使黑奴保持健康，在他们生病时要予以照料，这是你首要关注的事。如果不能把这些具体的事情做好即是不称其职。"③ 所以通常情况下，一旦奴隶生病，主人会尽力为奴隶治疗。当然，奴隶主为奴隶提供医疗，既是

---

① 桑福德：《美国黑人奴隶制和物质文化的考古研究》，《威廉-玛丽季刊》第53卷第1期（1996年1月），第103—104页。

② 同上书，第97页。

③ 福格尔和英格曼：《十字架上的时代：美国黑奴制经济》，第117—118页。

出于经济利益的考虑，也可能包含着一些感情因素。

奴隶主为奴隶提供的医疗方式各不相同。在有些大种植园里有专门为奴隶开设的医院。在一般种植园，主人通常会提供奴隶一些常备药品，由主人或监工把药买来并分发给奴隶。这些常备药品包括催吐药、泻药、发汗药等。鸦片用作镇静和止痛，或用于呼吸道感染性疾病的治疗。在常备药物中至少有一种滋补剂。多数奴隶主还用药膏和药酒来为奴隶治疗较轻的外伤。如果遇到主人无法治愈的严重疾病，主人就会为奴隶请医生。付给医生的治疗费往往很高，要请医生上门应诊，他需要付七先令六便士，其中不包括药费。如果是夜间请医生，费用还要高一些。①

同时，由于非洲传统观念的影响，黑人奴隶中普遍存在"自疗"的方法。黑人在同伴生病的时候互相帮助，用自己的方法治疗、照顾病人。黑人牧师西蒙·布朗的回忆不仅体现了黑人彼此之间的情谊，也反映出黑人如何以非洲传统的医疗方法使同伴减轻痛苦："当有人生病时，妇女们会在病人的床前为他歌唱祈祷，希望能替他化解病痛。有人为病人煮草药水或熬药膏，还有时用桃树叶子给发烧的人敷在前额上，以此帮病人恢复健康。无论病人最终痊愈了还是病逝了，所有的这些关心照顾都会使病人不安的灵魂得到慰藉。"②

在非洲的传统观念中，人们通常认为疾病和死亡都是由某种精神原因造成的，这些精神力量包括巫术、魔法、咒语、亡灵和神。这种疾病观和死亡观影响着黑人，所以他们生了病往

———————————

① 伍德：《佐治亚殖民地时期的奴隶制》，第 152 页。

② 转引自索贝尔《他们共同创造的世界：18 世纪弗吉尼亚的白人和黑人的价值观念》，第 39 页。

往找巫医和草药医生治疗。在北美的种植园中普遍存在着巫医。他们既是黑人传统宗教的神职人员，又是为那些自认为中了巫术的人治病的大夫。巫医在对病人进行治疗时采用的是心理治疗和草药并用的治疗方法。他们在治病时，首先是寻找给病人带来不幸的"妖巫"，捉住"妖巫"并废了"妖巫"的魔法，给病人以心理上的治疗。由于黑人普遍相信这种疗法，所以它对恢复病人的健康起着药物不可替代的作用。

从上述例子中可以发现，黑人奴隶采用的是心理治疗与药物治疗相结合的方法来处理病症。

黑人的民间医术丰富了北美的医学。对麻疹的预防和治疗最早源于加纳和冈比亚，后来由黑人传到北美。[①] 巫医在对病人实施心理治疗的同时，辅以草药治疗。在非洲传统医学中，草药是一种非常有效的治病良药。就某些慢性病而言，用草药治疗的效果可能更好。在奴隶制时期，尽管法律禁止黑人向其他人传授如何使用有毒草药的方法，但黑人利用草药治病的现象在奴隶中非常普遍，他们根据自己传统的医学知识就地取材行医治病。巫医懂得草药的性能，他们使用的草药种类繁多，"有焙过的昆虫、晒干了的爬行动物、碾成粉末的狮子粪、瓶装的水妖脂肪……各种动物的皮和骨、各种树皮、草根、浆果、树叶……从整个陆地和海洋的矿物界、植物界和动物界中精选了无数奇异的、药用的、具有'法力'的物品"[②]。殖民地时期，路易斯安那有一名奴隶曾教白人医生如何治疗妇女常见病，还用自己的方法医治因长期食用咸肉而引起的坏血病。在

---

① 霍洛威：《"非洲所给予美洲的"：非洲因素在北美黑人中的延续》，载霍洛威主编《美国文化中的非洲因素》，第53页。

② 帕林德：《非洲传统宗教》，商务印书馆1992年版，第108页；转引自艾周昌主编《非洲黑人文明》，第300—301页。

治疗坏血病时，他先把铁锈和草药浸泡在柠檬汁里，然后搅拌成膏状，把这种自制的药膏涂在病人的齿龈上用以止痛。他让病人每天喝两杯用柠檬和草药泡的茶，吃少量稍好的食物。[1]

还有的奴隶凭借自己的医术获取了自由。1729 年，弗吉尼亚的一个名为潘潘的奴隶用自己的秘方将植物的根和草药调和在一起，可以用来治愈雅司病和梅毒。他的主人为此允许他以 60 英镑购得了自由；另一位名叫凯撒的奴隶通晓解毒的方法，能治愈肠胃疼痛、蛇伤和胸膜炎，他因此不仅获得了自由，而且得到了一大笔补偿金；1754 年，南卡罗来纳的黑人奴隶桑普森多次展示自己治疗蛇伤的绝技，当众让毒蛇将自己咬伤，人们认为他康复无望的时候，他用自己秘制的草药将蛇毒完全化解。于是南卡罗来纳议会当即给他自由，并且赠与养老金。[2]

此外，黑人还吸收了白人的一些医学知识，以此丰富自己治病的经验。比如，路易斯·休斯的主人就曾教他如何辨别各种药材，对症下药。他很快就掌握了这些知识，不久就能利用自己采来的草药为同伴治病了。[3]

黑人利用自己的民间医学知识预防、医治了同伴的疾病，也对北美医学的发展作出了贡献。

黑人奴隶的衣食、居所和医疗条件大致如此。当然，由于各种因素的影响，奴隶们所受的待遇也存在着差异。通常家奴在饮食、衣着、居住等物质生活条件上要优越一些。一名叫汤姆·伍兹的黑人回忆说，小孩有时比成年奴隶伙食要好一些，

---

[1] 霍尔：《路易斯安那殖民地的非洲人》，第 126 页。

[2] 霍洛威：《"非洲所给予美洲的"：非洲因素在北美黑人中的延续》，载霍洛威主编《美国文化中的非洲因素》，第 53 页。

[3] 休斯：《三十年的奴隶生涯：从奴役到自由》，第 22 页。

家仆比田间劳力吃得强一些，家仆经常把食物拿给其他的奴
隶，尤其是拿给不准进入"大房子"① 的小孩吃。② 但物质条
件的不同并未构成奴隶之间的根本差别。目前考古学家对奴隶
的骨骼遗骸的分析表明，地位不同的人群之间在营养方面并不
存在明显差异。③ 家奴所受的待遇也许不同，特权范围也许较
广，每天的工作或许更灵活多样，但并未因此而有更多的独
立。④ 而且有的史学家认为，虽然家仆比田间奴隶的物质生活
条件好一些，但田间劳力的自由空间相对较大。⑤

---

① 指奴隶主的住宅，英文为"big house"或"great house"。
② 拉维克：《从日落到日出：黑人社区的形成》，第 68—69 页。
③ 赖茨：《沿海种植园生活的考古实据》，载特里萨·辛格尔顿编《奴隶制与
种植园生活考古学研究》，第 183 页。
④ 理查德·韦德：《南部城市中的奴隶制》（Richard C. Wade, "Slavery in the
Southern Cities"），载艾伦·韦斯坦和弗兰克·奥托·加特尔编《美国的黑人奴隶
制》，第 100 页。
⑤ 威什编：《南部奴隶制》，第 152 页。

第四章

亲情无限——黑人的家庭

在奴隶制下黑人是属于主人的财产，其婚姻、家庭得不到法律的认可。而且，即使组成了家庭，也会因主人亡故、经济困难等原因，他们随时可能面临家庭成员被转让或买卖而导致骨肉分离的惨剧，但对于奴隶来说，家庭仍然是最重要的生存机制之一。在这种特殊制度下，黑人奴隶以各种方式维持属于自己的家庭生活，从而使其文化得以生存和延续。

一 相对稳定的黑人家庭存在的条件

早期的学者认为，奴隶制严重地摧毁了黑人的核心家庭结构。20世纪70年代以前的史学家大多认为，在奴隶制下黑人谈不上家庭生活。如社会学家菲利普·豪泽对关于黑人家庭历史的看法做了总结："由于长期以来黑人在美国的社会地位低下，造成了美国黑人家庭的瓦解和家庭生活的不稳定。在奴隶制时期及其奴隶解放之后的半个世纪里，黑人从来没有机会获得白人中产阶级所享有的那种家庭生活模式。事实上黑人家庭在奴隶制下被摧毁了，黑人奴隶那时不可能建立任何持久的家庭组织形式。"① 艾布拉姆·坎迪纳和莱昂纳尔·奥维齐的观点是，在奴隶制下，最基本的黑人家庭组织类型都不允许存在，更不用说大家庭。唯一可能得以存在的家庭形式是家中只有母亲和孩子，没有父亲，也不知道父亲是谁；即使有父亲，他在家庭中也不起任何作用。② 丹尼尔·莫伊尼汗认为，"白人是通过摧毁黑人的家庭来摧毁黑人的意志"；三个世纪的"不公"致使"美国黑人的家庭生活结构严重扭曲"，并造成一种"病态的混乱"。③ 詹姆斯·布来克维尔相信，尽管奴隶制没有完全摧毁作为社会制度的婚姻和家庭，却侵蚀了为黑人所熟悉的那种作为西非社会秩序支柱的家庭。这种侵蚀缓慢而隐伏，但对黑人奴隶的影响是深远的。④

　　后来学术界又转向了另一个极端，认为奴隶们英勇地抵抗着奴隶制的毁灭性因素，成为自身命运的积极塑造者，建立起

---

　　① 菲利普·豪泽：《取消黑人种族隔离的人口因素》（Philip M. Hauser, "Demographic Factors in the Integration of the Negro"），转引自赫伯特·伽特曼《关于非洲裔美国人家庭的持久神话》，载迈克尔·戈登编《从社会历史的视角看美国家庭》（Herbert Gutman, "Persistent Myths About The Afro-American Family", Michael Gordon, ed., *The American Family in Social-Historical Perspective*），纽约 1978 年版，第 468 页。

　　② 艾布拉姆·坎迪纳、莱昂纳尔·奥维齐：《压迫的标志：美国黑人人格研究》（Abram Kandiner and Lionel Ovesey, *The Mark of Oppression*：*Explorations in the Personality of the American Negro*），转引自伽特曼《奴役与自由状态下的黑人家庭：1750—1925》，前言第 17 页。

　　③ 丹尼尔·莫伊尼汗：《美国的黑人家庭》（Daniel P. Moyniham, *The Negro Family in America*），转引自伽特曼《奴役与自由状态下的黑人家庭：1750—1925》，前言第 17 页。

　　④ 詹姆斯·布来克维尔：《黑人社区：多样性与统一性》（James E. Blackwell, *The Black Community*：*Diversity and Unity*），纽约 1975 年版，第 36 页。

富有活力的家庭制度，并持续到20世纪。[1]

到70年代以后，有些史学家在对史料进行分析、综合的基础上证实多数黑人奴隶在双亲家庭中长大，很多家庭维系的时间很长。[2]乔治·拉维克通过对奴隶自述的分析得出结论："虽然奴隶不允许订立合法的婚约，但奴役下的黑人男女并非仅仅通过乱交而繁衍。他们以各种为社会和文化所认同的方式组成家庭，生儿育女"，"种种迹象表明这种家庭关系是稳定的"。[3]

关于黑人奴隶的家庭，史学界的各种观点都有一定的道理。对这些观点进行全面、纵向的分析不难看出，承认在奴隶制下存在着黑人家庭，这种观点以基本成为共识。虽然在奴隶制下，黑人不能享有订立婚姻契约的权利，但相对稳定的黑人家庭是存在的。

首先，出于自身利益的考虑，主人允许黑人奴隶组成家庭。除少数主人出于某种特殊原因，如找了黑人女奴作情妇，或为了在出售自己的奴隶时避免考虑保持他们家庭的完整，不希望奴隶结婚以外[4]，多数奴隶主会鼓励黑人男女的结合。即使是对奴隶抱冷漠态度的主人，一般情况下也不会反对黑人奴隶组成家庭。因为，一方面奴隶组成家庭更容易管理，主人可以把家庭作为分配衣食的基本单位，而且有了妻儿牵挂的奴隶逃跑或以其他方式的抵抗的可能性会减少。例如，1745—1779

---

[1] 杜辛贝尔：《黑暗的日子：美国稻米沼泽区的奴隶制》，第84页。

[2] 参见伽特曼《奴役与自由状态下的黑人家庭：1750—1925》第一章。

[3] 拉维克：《从日落到日出：黑人社区的形成》，第79、88页。

[4] 冈纳·米尔达尔：《美国的困境》第2卷（Gunnar Myrdal, *An American Dilemma*, Vol. 2），纽约1964年版，第931页。

年南马里兰的逃奴统计表明，黑人男子在 20 岁之前很少逃跑，但到了 20 岁以后，也就是到了结婚的年龄时，逃奴的数量增加；在 25—30 岁之间的已成家的奴隶中，逃奴的数量明显减少。① 另一方面，奴隶结婚后所生的黑人子女又成为主人的财产。② 托马斯·杰斐逊曾直言不讳地指出，"一个每两年生一个小孩的黑人女子比最能干的田间劳力给主人带来的收益更大，因为她所生产的是新的资本，而一个劳动力的劳动成果总会消耗殆尽"③。所以，奴隶主鼓励黑人奴隶组成稳定的家庭。

另一方面，黑人奴隶也有组成家庭的愿望。非洲黑人有着强烈的家庭传统观念。在非洲，广义上的家庭，即家族是一切社会组织的基础，它是人与人之间关系的纽带。个人在亲缘体系中才能找到群体的归宿感和自身在群体中的位置。对被贩卖到北美受奴役的非洲黑人来说，"最大的创伤或许就在于脱离了亲属体系"④。因此，在陌生的环境中建立自己的家庭生活对这些背井离乡的黑人奴隶尤为重要。在家庭中，他们才能找到一种群体归宿感和个体身份的认同。而且组成家庭也是在奴隶制的艰难环境下实现群体生存的手段。例如，1739 年乔治王

---

① 艾伦·库利科夫：《马里兰黑人家庭的初期阶段》（Allan Kulikoff，"The Beginnings of the Afro-American Family in Maryland"），载迈克尔·戈登等编《从社会历史的视角看美国家庭》（Michael Gordon, ed., *The American Family in Social-Historical Perspective*），纽约 1978 年版，第 458 页。

② 福格尔和英格曼：《十字架上的时代：美国黑奴制经济》，第 127 页；吉诺维斯：《奔腾吧，约旦河：奴隶们创造的世界》，第 451—454、463—482 页；布拉辛格姆：《奴隶社区：内战前南部的种植园生活》，第 77—103 页；乔伊纳：《沿河岸边：一个南卡罗来纳的奴隶社区》，第 137 页。

③ 埃德温·贝茨编：《托马斯·杰斐逊的农场账簿》（Edwin M. Betts, ed., *Thomas Jefferson's Farm Book*），转引自伯林《时间、空间和北美英属殖民地黑人社会的演变》，《美国历史评论》第 85 卷第 1 期（1980 年 2 月），第 74 页。

④ 赖特：《殖民地时期的美国黑人》，第 90 页。

子县的非洲黑人策划了一场暴动，原因之一就是由于黑人女子数量不足，他们找不到结婚的对象。[①] 这是黑人主观上渴望组成家庭的一个佐证。

黑人奴隶在北美建立相对稳定的家庭，这种愿望的实现经历了一个漫长的过程。

17 世纪末到 18 世纪初，被贩卖到切萨皮克地区的非洲黑人就开始试图建立自己的家庭生活。当那些黑人被驱赶到贩奴船上的时候，他们的身心都承受着巨大的痛苦。他们的家人和朋友被抛在了身后。到了大洋彼岸，他们四顾茫茫，举目无亲，无法重新建立家庭，更无法组成西非社会那样的亲属体系。[②]

而且，奴隶主对于奴隶建立家庭的态度也经历了一个从不鼓励奴隶结婚到鼓励他们组成家庭的过程。在奴隶制早期，黑人奴隶所生的小孩被看做负担，一个黑人小孩从出生到把他训练成一个强劳力所需费用很高，甚至比从非洲购买一个成年黑人奴隶的价钱高出许多。所以，在奴隶制早期，奴隶主不鼓励奴隶结婚生育。后来，奴隶主逐渐发现了允许奴隶建立家庭的益处，于是他们转而鼓励奴隶结婚成家，并认可他们的婚姻。[③]

黑人奴隶组成家庭需要具备必要的客观条件。其一是黑人人口性别比例的基本平衡。在奴隶贸易的早期，由于需要壮劳力开垦、耕作土地，被贩卖的奴隶男性多于女性，因而

---

① 库利科夫：《马里兰黑人家庭的初期阶段》，载迈克尔·戈登编《从社会历史的视角看美国家庭》，第 446—447 页。

② 同上书，第 445 页。

③ 赖特：《殖民地时期的美国黑人》，第 92 页；索贝尔：《他们共同创造的世界：18 世纪弗吉尼亚的白人和黑人的价值观念》，第 161 页。

男女比例严重失调，男性的数量大大高于女性。如在马里兰南部，17 世纪中期的男女比例为 125 至 130 比 100，到 18 世纪 20 年代上升到 150 比 100，而到 30 年代更涨至 180 比 100；在大的种植园，有的男女比例甚至高达 249 比 100。[①] 1756 年，纽约 16 岁以上的奴隶中，男女比例为 4 比 3；同一时期马里兰的成年奴隶的男女比例为 11 比 9。[②] 由于黑人女子的数量严重不足，很多黑人奴隶找不到妻子。而到后期奴隶主发现贩卖黑人妇女有利可图，所以更多的黑人妇女被卖到美洲，客观上促进了黑人男女比例的平衡。[③] 到 18 世纪末以后，尤其是在奴隶贸易废止以后，黑人人口开始自然增长，性别比例趋于平衡，种植园的规模逐渐扩大，有利于土生的黑人之间增进联系，建立稳定的家庭生活。历史学家艾伦·库里科夫认为，到 1790 年，土生的黑人已经形成了相对稳定的群体生活。[④]

另外，黑人组成家庭还需具备必要的物质生活条件，如基本的生活设施，相对独立的生活空间。通常主人会为新婚的黑人夫妇安排一间小棚屋，并提供一些必要的衣物、家具和炊具等物品，以保障他们基本的生活需要。

所以，黑人奴隶组成家庭具备了必要的主观和客观条件，这使相对稳定的黑人家庭的存在成为可能。

[①] 库利科夫：《马里兰州黑人家庭的初期阶段》，载迈克尔·戈登编《从社会历史的视角看美国家庭》，第 446—447 页。

[②] 纳什：《红种人、白人和黑人：美国早期的居民》，第 208 页。

[③] 詹姆斯·布来克维尔：《黑人社区：多样性与统一性》，第 36 页。

[④] 库里科夫：《烟草与奴隶：1680—1800 年切萨皮克地区南部文化的发展》，第 319 页。

二　黑人奴隶婚姻和家庭的特点

奴隶制下的黑人家庭基本上都是一夫一妻制。黑人奴隶多数是来源于西非国家，在那里各个不同的民族群体之间在婚嫁习俗、家庭伦理等各方面都存在很大的差异，一夫一妻、一夫多妻和一妻多夫的婚姻制度都存在，其中以一夫多妻制度最为普遍。其所以普遍，是因为非洲没有实行雇佣劳动制，多娶一个妻子就等于多了一个劳动力，妻子成了财富的象征，一个男子娶妻越多财富也就越多。[①] 而在北美，客观条件决定了黑人奴隶的家庭只能以一夫一妻制的形式存在。黑人身为奴隶，没有财产，所以不具备多妻制的必要动机。对奴隶主而言，奴隶生育后代会给他增加财富，有意鼓励黑人实行多妻制者不乏其人。有的奴隶主的主要的兴趣在于维持种植园秩序的稳定，使之易于管理。只要黑人家庭内部不争吵、打斗，他们不在乎奴隶的婚姻道德。一名种植园主曾说道，"我对他们的家庭内务尽量少干预，除非有必要维持秩序。只要他们的活儿干完了，我们不在乎他们做什么。我们到转天才见到他们。他们的道德和行为由他们自己负责。比如，男人们可以愿意娶多少妻子就娶多少，只要他们不因此吵架就行"。[②] 但通常奴隶主要求奴隶

---

① 艾周昌主编：《非洲黑人文明》，中国社会科学出版社 1999 年版，第 277 页；库利科夫：《马里兰州黑人家庭的初期阶段》，载迈克尔·戈登编《从社会历史的视角看美国家庭》，第 445 页。

② 转引自乌尔里克·菲利普斯：《南方黑人奴隶制》，载艾伦·威斯泰恩、弗兰克·奥托·加泰尔《美国黑人奴隶制：现代读本》（Ulrich B. Philips, "Southern Negro Slavery: A Benign View", in Allen Weinstein and Frank Otto Gatell, eds., *American Negro Slavery: A Modern Reader*），纽约 1968 年版，第 42 页。

实行一夫一妻制。

　　由于黑人女性的比例偏低，而且其中的一部分为白人所占有，所以黑人组成家庭的机会受到限制，黑人夫妻之间往往存在着年龄的差距。一方面，多数黑人女子被迫早婚，而男子结婚的年龄普遍推迟。通常妇女与比自己年龄大的男子结合，一般相差至少5岁，很多相差9岁以上。而另一方面，有四分之一的黑人妇女比她们的丈夫年长，年龄差距大多也是5岁以上。其原因一是到婚龄的女奴隶很少能找到同龄的男奴相匹配，因此很多黑人找比自己年龄大很多的对象；二是奴隶的第一次婚姻往往由于一方的死亡而突然结束，另一方通常与年龄较小的黑人重新组成家庭。①

　　黑人选择配偶的范围也受到种植园规模的影响，夫妻不在同一种植园共同生活的婚姻形式居多。通常在规模较大的种植园，黑人男子在种植园内部选择配偶的可能性大一些。主人一般希望自己的奴隶在种植园内部结婚，因为如果自己的奴隶与其他种植园的人结婚，那么其中的一方就要时常离开种植园，其劳动效率就要降低。如果奴隶的配偶在种植园以外，主人通常设法或将奴隶的配偶买来，或将自己的奴隶出售给其配偶的主人。② 但是，由于内战前美国南部多数的种植园规模较小，没有足够的黑人女子，黑人男子只得到自己所在的种植园以外找配偶，只在周末夫妻团聚。内战前的南部，一半以上的奴隶主都是拥有不足20名奴隶的小奴隶主。1860年200000名奴隶主拥有5名以下奴隶；338000名奴隶主，即全部奴隶主人

① 杜辛贝尔：《黑暗的日子：美国稻米沼泽区的奴隶制》，第104—106页。
② 富兰克林：《从奴役到自由：美国黑人的历史》，第147页。

数的 80％，都是拥有 20 名以下黑人的小奴隶主。① 在马里兰，1860 年一般的奴隶在有不足 11 人的种植园劳动。② 而且，即使在大的种植园找到适婚的对象也很难。所以，"两地分居"的婚姻所造成的限制在多数奴隶的生活中是一个"主要问题"。③

黑人的这种家庭生活方式一方面与非洲传统的婚姻家庭观念相吻合，同时也是奴隶制度下相对合理的生活方式。首先，由于非洲黑人有"外婚制"，即在血亲范围之外寻找配偶的传统。而同一种植园的奴隶之间往往有血缘关系，因此很多黑人尽量避免在主人的种植园内择偶；④ 其次，由于奴隶夫妻在一方被责罚时，另一方爱莫能助，不在一起可以减轻一些心理上的痛苦；再者，夫妻不在同一种植园可以使奴隶以看望亲人为由，增加一些自由出行的机会。另外，夫妻分属不同种植园的家庭，其他亲属经常帮助照看孩子，客观上也增进了血亲之间的联系。⑤

奴隶制下黑人一夫一妻制的家庭有各种存在的方式。有些黑人被认可与某妇女有亲缘关系，但他们并不生活在一起。有些家庭只有母亲和子女，没有父亲。造成这种现象的原因很多，有的是黑人父亲早亡；有的是父亲被主人强行拆散；还有

---

① 菲利普斯：《南方黑人奴隶制》，载艾伦·威斯泰恩和弗兰克·奥托·加泰尔编《美国黑人奴隶制》，第 44 页；富兰克林：《从奴役到自由：美国黑人的历史》，纽约 1980 年第 5 版，第 133 页。

② 巴巴拉·珍妮·菲尔德：《中部地带的奴役与自由：十九世纪的马里兰》(Barbara Jeanne Fields, *Slavery and Freedom on the Middle Ground：Maryland during the Nineteenth Century*)，纽黑兰 1985 年版，第 25 页。

③ 杜辛贝尔：《黑暗的日子：美国稻米沼泽区的奴隶制》，第 106 页。

④ 艾周昌主编：《非洲黑人文明》，第 273 页；伽特曼：《奴役与自由状态下的黑人家庭：1750—1925》，第 131 页。

⑤ 伽特曼：《奴役与自由状态下的黑人家庭：1750—1925》，第 137 页。

的女奴做了主人的情妇，所生子女与母亲生活在一起，其地位仍是奴隶。也有被社会认可的家庭是父母、孩子共同生活在同一屋檐下。威丽·李·罗斯断言，"实际上，整个南部最典型的黑人家庭的存在形式是夫妻二人和他们的子女一起，生活在简陋的小木屋里"。[1] 而威廉·杜辛贝尔通过对佐治亚的稻米种植园黑人家庭的抽样研究发现，由于婴儿的死亡率很高，"最普遍的核心家庭组织是没有子女的夫妻共同生活。很多人英年早逝，很多夫妻自愿分手，所以年龄28岁以上的黑人妇女中超过半数的人至少结婚两次，结婚三四次甚至五次的也不罕见"。[2]

在奴隶制度下，黑人的家庭生活受到各种威胁和限制，存在着各种不稳定因素。各殖民地的法律均未提及奴隶婚姻和家庭的合法性问题。根据北美的法律，奴隶只是属于主人的财产，不能享有结婚成家的权利。奴隶无法预知主人何时死亡及死后财产如何分配，对主人做出的决定也无法改变，所以，无论奴隶的婚姻维持多久，也不能算是稳定。所以奴隶的父母有必要教育子女如何适应这种制度，使之了解他们的家庭随时可能破裂，家庭成员随时可能被卖掉而与亲人离散。

当然不同的时间、不同的种植园之间在家庭的稳定程度上存在着差异。总体上讲，与奴隶制早期相比，1800年以后，随着黑白两个种族交往的日益频繁和禁止海外奴隶贸易，黑人家庭趋于稳定。[3] 新英格兰由于受清教伦理观念的影响比较深刻，无论对黑人还是对白人自己，其家庭伦理道德的要求都比

---

① 罗斯：《奴役与自由》，第40页。
② 杜辛贝尔：《黑暗的日子：美国稻米沼泽区的奴隶制》，纽约1996年版，第84—85页。
③ 特里萨·辛格尔顿编：《奴隶制与种植园生活考古学研究》，第235页。

南部多数地区更严格;① 与北美其他殖民地相比，路易斯安那在维护奴隶的家庭生活方面付出的努力更多一些，因为路易斯安那从 1731 年以后就成为被遗弃的殖民地，很少从非洲或美洲其他地方购买奴隶，黑人人口几乎完全依靠自然繁殖而增长。为了鼓励黑人生育，该地的殖民政府采取鼓励黑人组成家庭的政策。并且在出售奴隶时把由父母和孩子组成的家庭作为一个整体。② 大种植园主在死后可能将一个家庭的奴隶分给不同的继承人而导致黑人家庭的破裂，而小的种植园主因为经济状况不稳定，常常由于负债被迫将奴隶卖掉。所以大种植园的奴隶在主人去世之后，家庭被拆散的可能性大；而小种植园的奴隶在主人在世时，更有可能面临骨肉分离的惨剧。③ 即使同一地区，在不同时期也存在差异。如路易斯安那在 18 世纪六七十年代被西班牙占领后，不再像以前那样努力维护黑人家庭的完整性，甚至六七岁的儿童即被与母亲拆散的现象也屡见不鲜。④

导致黑人家庭解体的原因大致包括：家庭成员被出售或转让；夫妻双方一人死亡；自愿分手。此外，主人的举家迁移也会导致黑人家庭，尤其是大家庭的解体。

奴隶家庭成员被出售或被作为礼物转让在奴隶制下是常见的事情。方丹·休斯在回忆奴隶制时说："我们那时是奴隶，是属于别人的财产，他们像卖马、牛、猪一样把我们随意出

① 詹姆斯·布来克维尔：《黑人社区：多样性与统一性》，第 36 页。
② 霍尔：《路易斯安那殖民地的非洲人》，第 168—169 页。
③ 伽特曼：《奴役与自由状态下的黑人家庭：1750—1925》，第 571 页，注 10。
④ 霍尔：《路易斯安那殖民地的非洲人》，第 304—305 页。

售。"① 虽然奴隶建立稳定的家庭有利于主人，有些白人奴隶主也尽量设法维持黑人家庭的完整，即使出售或购买也多是以家庭为单位（前提是其经济利益不受损失）②，但由于法律没有赋予黑人奴隶结婚的权利，黑人男子不具有父亲的合法地位。法律只承认黑人母亲与其子女的亲缘关系，所以当一个奴隶的家庭被"一起"出售时，通常仅仅意味着把黑人母亲和她的孩子作为一个单位来出售。③ 这从出售奴隶的广告中可以体现出来。例如"漂亮的黑人女子，约 22 岁，带一名 4 岁儿童"；"貌美黑人女子，带一名 10 个月男孩"；"一 24 岁黑人女子和她的 5 岁女儿"。④

　　史学家布拉辛格姆通过对 2888 对奴隶婚姻的研究得出结论：有约 32.4％的奴隶家庭是被主人拆散的，其他的家庭保持完好，因此奴隶主没有拆散多数的奴隶家庭。⑤ 杜辛贝尔也通过抽样研究发现，有 21％的奴隶家庭是被主人卖掉其中的一方而破裂的，26％自愿分手，其余破裂的家庭都是由于一方的死亡而告结束。⑥ 伽特曼对 1864—1865 年的 9000 多名奴隶的婚

---

　　① 方丹·休斯访谈，http：//memory. loc. gov/cgi-bin/query/r? ammem/af-cesn：@field（DOCID＋afc9999001t9990a），2010 年 3 月。

　　② 威尔玛·丹纳维：《奴役下与解放后的美国黑人家庭》（Wilma A. Dun-away, *The African-American Family in Slavery and Emancipation*），纽约 2004 年版，第 51 页。

　　③ 谢里尔·安·科迪：《取名方式，亲缘关系和财产分割》（Cheryll Ann Cody, "Naming, Kinship, and Estate Dispersal：Notes on Slave Family Life on a South Carolina Plantation, 1786 to 1833"），《威廉-玛丽季刊》（*The William and Mary Quarterly*）第 39 卷第 1 期（1982 年 1 月），第 195—198；唐纳德·格兰特：《佐治亚黑人的经历》（Donald L. Grant, *The Way It Was in the South：The Black Experience in Georgia*），新泽西 1993 年版，第 40 页。

　　④ 赖特：《殖民地时期的美国黑人》，第 93 页。

　　⑤ 布拉辛格姆：《奴隶社区：内战前南部的种植园生活》，第 170—177 页。

　　⑥ 杜辛贝尔：《黑暗的日子：美国稻米沼泽区的奴隶制》，第 108 页。

姻统计进行了分析，结果表明有 16％的黑人男子和 19％的黑人女子被主人强行拆散；由于配偶死亡而导致婚姻解体的男女分别为 16％和 25％；由于遗弃和双方自愿分手的男女均各为2％。[1] 谢里尔·安·科迪对南卡罗来纳的一个种植园的个案研究表明，在继承、转让和买卖的过程中，夫妻被拆散的很少，只占不足 4％，而且 10 岁以下的小孩通常没有与父母分开的。[2] 从这些统计数字看，被主人强行拆散的奴隶婚姻的比例只占少数，因此将奴隶婚姻的不稳定完全归罪于奴隶主是与史实不符的。

虽然被主人强行拆散的奴隶婚姻所占的比例很小，多数的奴隶主可能为了保持种植园的秩序稳定，会设法避免拆散黑人的家庭，但是家人离散的恐惧感对奴隶所产生的影响是深远的。也许一个奴隶一生中没有与家人骨肉分离的经历，但对任何一个黑人来说，都随时有可能面临与家人离散的惨剧。即使主人宽厚仁慈，奴隶也无法确保与亲人终生相守。当主人事业兴隆，无须出售奴隶时，父母子女还可以团聚一堂，虽然小屋狭窄简陋，毕竟有些天伦之乐。可是一旦主人财力紧张，要出售奴隶，就会妻离子散，天各一方。一个奴隶被卖掉，其亲属和周围的人都会知道，他们因此会意识到主人的绝对权威，心理上产生不安全感。[3] 弗雷德里克·道格拉斯曾写道："种植园中的任何一个人被卖掉，不仅是被卖的人伤心悲痛的事，也同样使留下来的人痛心疾首。"[4] 对那些不服管教的奴隶，有些奴

① 伽特曼：《奴役与自由状态下的黑人家庭：1750—1925》，第 147 页。

② 科迪：《取名方式，亲缘关系和财产分割》，《威廉-玛丽季刊》第 39 卷第 1期（1982 年 1 月），第 207 页。

③ 伽特曼：《奴役与自由状态下的黑人家庭：1750—1925》，第 146—148 页。

④ 威什编：《南部奴隶制》，第 63 页。

隶主经常以要把他们卖掉，使其骨肉分离相威胁，以更有效地控制奴隶。为了达到这一目的，主人不必将很多家庭拆散，他只需将一个家庭中的一个成员卖掉，就可以对种植园中所有的奴隶产生威慑作用。如史学家奥兰多·帕特森指出，"即使拆散家庭的现象偶有发生，也足以使很多奴隶心惊胆寒"①。一个名为约西亚·汉森（Josiah Henson）的黑人，在五六岁的时候和他的母亲及兄弟姐妹被拍卖，当他的母亲想到将与自己的孩子永远分离的时候，推开人群来冲到买主面前，哀求他把自己和最小的孩子一起买下，却遭到无情的拒绝，绝望之中悲叹道："啊，我主耶稣，我们这样煎熬还要多久！"多年之后，汉森回想起来仍感觉如同撕心裂肺一般。② 肯塔基的路易斯·克拉克回忆说，有些母亲宁可将孩子杀死，然后自己自杀，也不愿与孩子骨肉分离。③ 因此，黑人奴隶在精神上所承受的巨大压力，比之物质生活上的匮乏，更要痛楚得多。

另一方面，奴隶被出售或迁移在拆散黑人家庭的同时，也在客观上使黑人的家族体系在空间上得以扩展，从而促进了不同的种植园、不同地区之间黑人的联系。如果一个奴隶要逃跑，他能在沿途得到很多亲友的帮助，使他能够找到临时的藏身之处。黑人家族体系的在空间上的扩展也使统一的黑人奴隶文化在整个南部得以传播。④

死亡率高是影响奴隶家庭稳定性的另一个重要因素。由于

　　① 转引自卡欣《一个家庭的冒险：南部边疆的人们》，第50页。
　　② 费希尔、夸尔斯：《美国黑人文献史》，第86—87页。
　　③ 《奴隶自述》：http: // vi. uh. edu. / pages/mintz/21. html。
　　④ 库利科夫：《马里兰州黑人家庭的初期阶段》，载迈克尔·戈登编《从社会历史的视角看美国家庭》，第461页；伽特曼：《奴役与自由状态下的黑人家庭：1750—1925》，第138、165页。

南部气候湿热，致使霍乱、疟疾和痢疾等传染性疾病非常流行。奴隶主一般会在这些传染病的多发期到北部或欧洲去旅行，而奴隶们则只能听天由命。奴隶死亡率高在稻米种植园尤其明显。以佐治亚的高里种植园为例：1834 年 9 月，这个种植园受到来自欧洲的霍乱的侵袭，原有的 66 名奴隶中，有 18 人相继死亡，其中多数是 32 岁以下的壮劳力。另有 9 人由于患其他疾病而死去。所以到 1835 年的元旦，幸存下来的大约相当于先前奴隶总数的一半。之后的几年里，该种植园的主人查尔斯·马尼高特又购买了新的奴隶。在 1833 年至 1861 年近 30 年的时间里，奴隶死亡总数是 294 人，其中 146 人属自然死亡，而出生的新生儿只有 148 人。黑人妇女常常在分娩之后不久即离开人世。1835 年至 1862 年间，高里种植园的 33 名育龄黑人妇女中有 8 人死于产后疾病。与高里种植园相邻的种植园的奴隶数量，在 1838 年至 1844 年的六年时间里，从原来的 95 人减少到 65 人；在附近的另一个种植园，1836 年曾有大约 115 名奴隶，而在 8 年之后，40 名强壮劳力已不在人世。黑人奴隶，尤其是男奴的死亡率高，造成了该种植园奴隶婚姻的不稳定现象：不足 32％的黑人妇女初婚维持 16 年以上，11％第二次婚姻维持 20 年以上。37％的黑人妇女在二十几岁的时候由于丧夫而婚姻破裂，另外 21％的妇女在三十岁以后也难逃丧夫的悲哀。[①]

　　由于有相当比例的奴隶婚姻并非出于男女双方的自愿而结合，只是主人的安排，所以也有一部分奴隶的婚姻是双方自愿结束的。例如，在高里种植园，至少有 26％的婚姻是双方出于

---

① 杜辛贝尔：《黑暗的日子：美国稻米沼泽区的奴隶制》，第 49—51、75、56、108—110 页。

自愿而告结束的。其中有些是感情不和，也有的是一方另有新欢。[①]

主人的迁移也是导致奴隶家庭成员离散的一个原因。从18世纪末开始，南部沿海地区的很多种植园主向西南内陆地区迁移。在西迁之前，他们往往要购买或出售奴隶，致使黑人家庭分裂。因为奴隶们把核心家庭以外的血亲也看做重要的家庭成员，而他们中的一些人很可能属于其他的种植园，所以即使黑人全家和主人一同迁移，他们也会与自己的一些亲人永远失去联系。而且，出发时没有被拆散的家庭，在西进的行程中，有时主人可能将奴隶卖给沿途遇到的其他白人，所以对奴隶来说，也难保证家庭的完整。[②] 在西进运动期间，南部被拆散的家庭日趋增多。在切萨皮克地区，18世纪90年代每12个黑人中就有一人与家人离散；到19世纪初增加到每10人里就有一人被迫与家庭其他成员分开；1810年到1820年之间，随着棉花生产的日益重要，更有五分之一的黑人奴隶与家人天各一方。[③]

面对影响家庭稳定的诸多因素，奴隶被迫采取一些策略调节自身的生存机制。由于丈夫和妻子、父亲和孩子以及其他亲友常常不在同一个种植园，他们经常想方设法保持彼此之间的联系。在晚上、星期天以及节假日，黑人父亲会定期去看望住在其他种植园的亲属。在大种植园，每当亲人团聚的时候，左

---

① 杜辛贝尔：《黑暗的日子：美国稻米沼泽区的奴隶制》，第108页。

② 琼·卡欣：《一个家庭的冒险：南部边疆的人们》（Joan E. Cashin, *A Family Venture: Men and Women on the Southern Frontier*），纽约1991年版，第50、59页；帕克：《奔向自由：1775—1840年间北卡罗来纳的逃亡奴隶》，第174—175页。

③ 赖特：《殖民地时期的美国黑人》，第141页。

邻右舍、亲戚朋友都聚在院子里聊天、唱歌、跳舞、讲故事、喝酒。这些聚会加深了亲属之间的情感，也增进了朋友之间的友谊。虽然一般情况下主人只允许奴隶定期去探望家人，而且还必须持有主人发给的通行证，但是很多奴隶寻找一切机会与亲人相见。如亚拉巴玛的黑人汤姆·武兹的父母分别属于两个毗邻的种植园，他的父亲每天给他的主人干完活儿以后都回来和妻儿同住，早晨步行大约一英里再去上工。[①]

在有些情况下，由于夫妻双方长期不在一起，一方会"重婚"，以便组成完整的双亲家庭，共同抚养孩子。在这种家庭中长大的黑人孩子不会怨恨"第三者"。[②] 由于家庭经常被拆散，黑人往往需要在更大的群体之中得到心灵的抚慰。父亲不在家的家庭往往会得到其他亲友的帮助，祖父、祖母、叔叔、婶婶会帮助照看孩子，料理家务。他们通过这些应对性的策略来弥补奴隶制对他们家庭生活的破坏，以保持"家"的感觉。

三　黑人奴隶的婚姻家庭观念

黑人像其他种族一样，具有稳定、持久的感情，他们也渴望建立稳定健全的家庭。但是，受到非洲传统观念和北美奴隶制的影响，黑人作为一个群体，具有一些特别的家庭伦理观念。

多数黑人妇女年龄很小就结婚或有了性行为，婚前性行为

---

① 拉维克：《从日落到日出：黑人社区的形成》，第86页。
② 赫伯特·伽特曼：《奴役与自由状态下的黑人家庭：1750—1925》，第154—155页。

非常普遍，但她们并不觉得羞耻。当一名黑人妇女在被问到有多少比例的黑人女子有婚前性行为时，回答道："大多数都有，但她们并不认为这是坏事。"① 黑人女子 13 岁做母亲的并不少见，到 25 岁的时候多数女奴生育过十几个孩子。② 这种现象也可以从非洲的传统中找到缘由。在非洲非常强调生殖崇拜，从艺术作品中可以体现出女性多产多福的愿望，在非洲黑人的理念中，"性欲既不使人恐惧，也不令人神往，它就是生命"③。虽然婚前性行为在黑人中非常普遍，但他们并不是乱交。绝大多数妇女所生孩子的父亲只有一个。④

传统的观点大多认为黑人奴隶缺少家庭亲情观念。如南部鼓吹奴隶制的著名人士乔治·费茨休认为，"他们（黑人孤儿）失去父母并没有什么损失，而失去了主人他便一无所有。黑人只有温和的性情，而毫不具备稳定、持久的感情。'离久情疏'对他们来说千真万确。对父母、妻子、丈夫或孩子的亡故，他们的悲伤不会超过 24 小时"⑤。著名黑人史学家约翰·霍普·富兰克林强调奴隶制对黑人家庭观念的摧毁性因素。他断言"求爱及婚姻中的各种必要条件很少存在"；黑人妇女"也许学会了照顾强加于她的丈夫，但这种可能性不是很大"，黑人妇

---

① 杜辛贝尔：《黑暗的日子：美国稻米沼泽区的奴隶制》，第 104 页；伽特曼：《奴役与自由状态下的黑人家庭：1750—1925》，第 63 页。

② 富兰克林：《从奴役到自由：美国黑人的历史》，第 108 页；詹姆斯·布来克维尔：《黑人社区：多样性与统一性》，第 37 页。

③ 让·洛德：《黑非洲艺术》，江苏人民出版社 1994 年版，第 136 页；转引自艾周昌主编《非洲黑人文明》，第 200 页。

④ 伽特曼：《奴役与自由状态下的黑人家庭：1750—1925》，第 60 页。

⑤ 乔治·费茨休：《坎普·李和自由民局》（"Camp Lee and Freedmen's Bureau"），转引自赫伯特·伽特曼《关于非洲裔美国人家庭的持久神话》，载迈克尔·戈登编《从社会历史的视角看美国家庭》，第 471 页。

女"没有多少机会发展对子女的感情"。① 杜辛贝尔也认为，也许有些长期生活在一起的奴隶夫妻会彼此之间怀有维多利亚时代的忠诚，但有众多的黑人夫妻即使维持着长期甚至感情很好的婚姻，也并未意识到有彼此忠贞的必要。②

实际上，黑人的婚姻家庭观念并非如此淡薄。斯特罗耶曾写道，虽然法律没有限制黑人可以娶几个妻子，但他们有自己的道德观念，很多黑人认为每人只能娶一个妻子。③ 一名购得自由的黑人彼得·斯蒂尔，当他得知 5000 美元可以为自己的妻子和三个孩子买到自由时，用了近三年的时间募集了所需款项，最终与妻儿团聚。从他的弟弟写给他主人的信中可以看出他对家庭的感情："他（彼得）深爱自己的妻子和三个孩子。我从来没有见过像彼得这样爱妻子和孩子的人。"④ 路易斯安那的一名 18 岁的黑人奴隶约瑟夫不幸在密西西比河溺水身亡后，他的父母悲痛欲绝，双双跳入河中想一死了之。⑤

社会学家富兰克林·弗雷泽认为，妇女在黑人家庭中占据主导地位，而父亲的角色则没那么重要，因为黑人父亲经常会被卖掉而被迫离开自己的子女，而母亲一般不会。而且黑人父亲往往只是一星期到他们所住的小木屋来两三次，对子女的关心仅仅是偶尔为之。⑥ 也有的史学家认为，由于在黑人家庭中

---

① 富兰克林：《从奴役到自由：美国黑人的历史》（From Slavery to Freedom: A History of American Negroes）1967 年第 3 版，第 203—204 页。

② 杜辛贝尔：《黑暗的日子：美国稻米沼泽区的奴隶制》，第 117 页。

③ 罗斯编：《北美奴隶制文献史》，第 401 页。

④ 赫伯特·阿普特克编：《美国黑人文献史》（Herbert Aptheker, ed., A Documentary History of the Negro People in the United States），纽约 1969 年版，第 1 卷，第 321—322 页。

⑤ 霍尔：《路易斯安那殖民地的非洲人》，第 168 页。

⑥ 转引自拉维克《从日落到日出：黑人社区的形成》，第 78—79 页。

丈夫多数时间是在为主人劳动，无法供养妻子儿女。事实上他们多数人没有任何供养家庭的责任感，因为他们认为那是主人的责任。① 奴隶制史学家菲利普斯曾听到过一个身强力壮的黑人开玩笑说，他为自己是个自由人而感到遗憾，因为"如果我生活在奴隶制时期，我的主人会给我半打妻子，并负责照顾所有的孩子"。② 由此可以看出奴隶制对有些黑人的家庭责任感造成的负面影响。

而实际上，很多黑人男子在奴隶制下尽量履行对家庭应尽的职责。福格尔和英格曼认为，所谓"奴隶的家庭是女家长为主的"以及"丈夫充其量只是其妻子的助手"之类的说法并非事实；无论如何，即使在奴隶制下，黑人男性仍占主导地位③。大量种植园主的记录和逃奴的回忆证实，在黑人家庭中丈夫与妻子一起在小屋附近的菜园里劳作，丈夫通常养猪、捕鱼、打猎来补充家庭饮食的不足。在滨海的南卡罗来纳和佐治亚的很多种植园都实行定额劳动制，有的季节一个壮劳力下午两点钟就可以完成当天的任务，其余的时间就可以进行自己的家事劳动，这样就使父亲有时间发展对子女适度的关爱。④

虽然在奴隶制下黑人男子多逆来顺受，无力保护自己的妻儿，有些黑人迫于奴隶主的鞭笞对自己的妻女遭受的侵扰爱莫

① 埃德加·麦克马纳斯：《纽约的黑人奴隶》（Edgar J. McManus, "The Negro Slave in New York"），载艾伦·威斯泰恩、弗兰克·奥托·加泰尔编《美国黑人奴隶制：现代读本》，第 68 页；斯坦普：《特殊的制度：内战前南部的奴隶制》，第 343—344 页。

② 菲利普斯：《南方黑人奴隶制》，载艾伦·威斯泰恩和弗兰克·奥托·加泰尔编《美国黑人奴隶制：现代读本》，第 42 页。

③ 福格尔和英格曼：《十字架上的时代：美国黑奴制经济》，第 141 页。

④ 威丽·李·罗斯：《奴役与自由》，第 41 页。

能助，这是制度使然。如 Harriet Jacobs 所说，"如果你出生即为奴隶，而且你的祖辈数代为奴，（面对这样的事情）你又能如何"？"是白人让他们变得无知和愚昧，是残酷的皮鞭抽掉了他们作为男人的尊严。"① 但是，在有些情况下黑人男子仍然会表现出男人的勇气。在乔赛亚·亨森的记忆中，印象最深的一件事就是当监工企图强暴他的母亲时，他的父亲作为一个丈夫的反应："听到她的尖叫声，我的父亲从远处跑来，发现他的妻子与那个人厮打在一起，他怒不可遏，像猛虎一样扑上去，将那监工打倒在地。如果不是母亲的恳求，父亲会打死那个监工。"事后他的父亲被"依法"以袭击白人的罪名责打一百鞭子，并砍下右耳。② 乔赛亚的父亲在奋不顾身地与监工搏斗时，不会对事情的后果一无所知，但他并没有因此而放弃一个丈夫应尽的责任与应有的自尊。而且，在与白人的接触过程中，黑人奴隶逐渐形成了与白人相似的家庭角色观念。明显的例证就是，在黑人获得解放以后，南部一度出现了劳动力短缺的现象，其原因是很多黑人妇女不再下地劳动，留在家里主管家务，像她们原来的女主人一样靠丈夫供养。③

黑人奴隶重视家庭亲情的另一个例证是，在奴隶制下，很多奴隶的逃亡并不仅仅是为了个人获得自由。从很多寻逃奴的广告中可以发现，相当数量的奴隶是去寻找被拆散的亲人。主人经常在寻逃奴的启示中承认逃跑的奴隶可能去了某个地方，

---

① 哈里特·雅各布斯：《一个奴隶少女的生平遭遇》（HarrietHarriet A.，Jacobs，*Incidents in the Life of a Slave Girl*），马萨诸塞州剑桥市 2000 年版，第 44 页。

② 《奴隶自述》：http://vi. uh. edu /pages/mintz/20. html。

③ 伽特曼：《奴役与自由状态下的黑人家庭：1750—1925》，第 167 页。

因为那里有他的妻子、丈夫或者孩子。[①] 在弗吉尼亚1775年之前的589则寻逃奴启事中，有三分之一提到逃跑的奴隶是为了与生活在其他种植园的亲人团聚；在马里兰，1745年至1779年之间为寻找亲属而逃亡的奴隶人数更多。弗吉尼亚的一则启事写道，"他可能逃到了沃里克县的塞缪尔·托马斯先生的种植园，那里有他的父亲和祖母"。另一则写道，"因为约翰·斯内尔森上校的奴隶中有该逃奴的妻子和兄弟，他很可能被他们藏匿起来"。[②] 1775年至1840年之间，北卡罗来纳逃跑的奴隶中，有282人（占该地逃奴总数的11％）是为了寻找被卖掉的亲人，其中149人是去寻找他们的妻子、孩子和父母，至少15名女黑奴是去寻找自己的丈夫，其余118名奴隶可能去投奔其他亲属。[③] 内战刚刚结束，甚至在内战之前，当种植园的束缚已被打破的时候，成千上万的南部黑人都在寻找被拆散的父母、妻子、丈夫、孩子和兄弟姐妹。[④] 可见黑人奴隶也懂得骨肉情深。

有的已获得了自由的黑人，为了能与亲人团聚，甚至宁愿放弃自由。如一名1815年被主人释放的黑人妇女，为了能与仍为奴隶的丈夫在一起，请求当丈夫主人的奴隶。[⑤] 另一名叫做查尔斯·英格拉姆的奴隶，在19世纪40年代末或50年代初，他从弗吉尼亚州的里士满逃到城外，并设法成为自由人。

---

① 富兰克林：《从奴役到自由：美国黑人的历史》，第127页；伽特曼：《奴役与自由状态下的黑人家庭：1750—1925》，第264页。

② 赖特：《殖民地时期的美国黑人》，第94页。

③ 帕克：《奔向自由：1775—1840年间北卡罗来纳的逃亡奴隶》，第173—174页。

④ 罗斯：《奴役与自由》，第42页；拉维克：《从日落到日出：黑人社区的形成》，第90页。

⑤ 伽特曼：《奴役与自由状态下的黑人家庭：1750—1925》，第35页。

当时他的妻子已去世，孩子仍为奴隶。后来当英格拉姆得知他的孩子们被卖到了得克萨斯时，毅然追随他们去了边疆，并且，为了能父子团聚甘愿再做奴隶。[1] 即使主人在物质上善待奴隶，也无法弥补使他们骨肉分离的心灵创伤。一名黑人在重建时期回忆起自己的主人时说："他是给我足够的粮食，也给我肉吃，而且从来没用鞭子打过我。可是，我的妻子哪儿去了?！我的孩子哪儿去了?！我可以还给他粮食和肉，我自己能种田养猪，但是我要让他还给我那被卖掉的可怜的妻子和孩子！"[2]

在奴隶制下，黑人不能把握自己的命运，所以逐渐形成了独特的婚姻家庭观念。黑人奴隶常常因为无望再与被拆散的配偶团聚而重新组成家庭，尤金·吉诺维斯把这种现象称作"顺序多妻制"（sequential polygamy）。[3] 这实际上是为了在奴隶制下生存，而做出的无奈的选择。他们将这种调节方法纳入了更大的价值体系之中。如果不采取这种生存策略，黑人奴隶的家庭生活将更加悲惨，本来可以幸存的价值观也会遭到摧毁。[4] 再婚可以使奴隶重新组成完整的双亲家庭，两个人共同照顾子女，使黑人儿童在尽可能的条件下享受到父母之爱。

但这种"重婚"现象并不能证明黑人夫妻之间缺乏感情。很多被迫分开的夫妻，双方彼此仍怀有感情。有一名弗吉尼亚的黑人妇女告诉一位北方的教师，她和丈夫被主人强行拆散后

---

[1]　卡欣：《一个家庭的冒险：南部边疆的人们》，第50页。

[2]　伽特曼：《关于非洲裔美国人家庭的持久神话》，载迈克尔·戈登编《从社会历史的视角看美国家庭》，第483页。

[3]　尤金·吉诺维斯：《美国奴隶及其历史》，载库克等编《过去的不完美》第1卷，第226页。

[4]　伽特曼：《奴役与自由状态下的黑人家庭：1750—1925》，第155页。

分别再婚。当 1863 年二人意外重逢时，"那对我如同一个致命的打击。我们彼此抱头痛哭……白人对黑人欠下的债永远也还不清"!① 另一名黑人妇女劳拉·斯派塞与丈夫被主人出售以后天各一方。她的丈夫听说她已经去世，所以再婚了。但内战之后，劳拉又找到了自己以前的丈夫。从他给她写的信中，可以看出这种夫妻离散的惨剧给黑人带来的痛苦和无奈。在给妻子的一封信中丈夫写道："我把你的信翻来覆去看了很多遍。那些信我一直揣在口袋里。如果你已经结婚了，我就不想再见到你了。"但是，在另外一封信中他又写道，"每次收到你的信我都痛苦万分，我真心地希望你找一个好男人重新结婚。……我之所以很长时间没有给你写信，那是因为你的信使我心绪无法平静……我真想去见你，但我知道你承受不了。我想见你，但又怕见到你。我仍然像从前一样爱着你，但我已经再婚了，现在有一个妻子和两个孩子，如果你我相见只会使局面更尴尬……亲爱的，上帝知道我们俩的心。你知道彼此分开并不是出自我们的本意，那不是我们的错，与你和孩子分开是让我心痛的事"。从他的信中更能体现出一个父亲对孩子的舐犊情深："你知道我多爱我们的孩子，对他们我恪尽一个父亲的职责。得知我的幼子卢埃林身体不好，我十分担忧……给我寄一些孩子的头发，把每个孩子的头发用一张纸包起来，上面分别写上他们的名字……我希望你能再婚……如果你不找到一个好人来照顾你和孩子，我将死不瞑目。"②

在黑人奴隶的观念中，家庭不仅仅指由丈夫、妻子和孩子组成的核心家庭，而是更广意义上的大家庭。这种家庭观念源

---

① 伽特曼：《奴役与自由状态下的黑人家庭：1750—1925》，第 149 页。

② 《奴隶自述》，http: // vi. uh. edu. / pages/mintz/19. html.

于非洲的传统。虽然被贩卖到北美的非洲黑人没有把一个统一的西非文化带到新大陆，但他们对家庭的亲属关系的认识却有着很多的相似之处。非洲人把亲缘关系看做保持人与人之间关系的主要途径。一个部落中的每一个人，都与这个群体中的其他多数人有着一定程度上的亲缘关系。他们的亲属体系很庞大，日常活动往往有核心家庭以外的亲属参与。比如，在很多非洲社会部落中，父母双方的成年兄弟姐妹，在抚养婴儿和料理家务方面都起着重要的作用。[1]

黑人把非洲大家庭的观念带到了北美，并保持和发展了这种家庭观念，使之成为奴隶制下维持社会群体感的一种重要手段。奴隶们在贩奴船上即开始寻找"亲属"。小孩称成年人为"叔叔"或"婶婶"，成年人也常常照顾与他们没有血缘关系的孩子。在北美殖民地的黑人群体中，年轻人尊重年长者，并把他们当做自己的亲属。生活在这种没有血缘关系的"亲属"中的黑人儿童，当父母以及其他血亲生病、死亡或被卖掉时，可以得到较多的关照。[2] 一位19世纪出生在弗吉尼亚的黑人牧师西蒙·布朗，在回忆奴隶制时期黑人的生活时说道，"如果哪个妇女病了，其他妇女就会帮她照顾小孩、烧饭、洗衣服或做其他家务。那时的人们不像现在一样只看重钱"[3]。

黑人非常重视婚姻的合法性。虽然内战前的法律不承认奴隶婚姻的合法性，很多奴隶还是通过各种为社会所认同的仪式来举行他们的"婚礼"。这从黑人奴隶的自述及采访的前奴隶

---

① 库利科夫：《马里兰州黑人家庭的初期阶段》，载迈克尔·戈登编《从社会历史的视角看美国家庭》，第446页。

② 赖特：《殖民地时期的美国黑人》，第91页。

③ 转引自索贝尔《他们共同创造的世界：18世纪弗吉尼亚的白人和黑人的价值观念》，第39页。

的回忆中可以得到佐证。

　　这些结婚仪式有的是由牧师按照近似白人的婚礼的仪式主持的，也有的主人亲自为奴隶主持婚礼。但以基督教的仪式为奴隶举办婚礼的只是少数，其原因之一是主人对奴隶婚姻的漠视态度，也有些主人是因为即使按照基督教的仪式给奴隶举办了婚礼，也无法做到使奴隶的婚姻如结婚仪式中所承诺的那样天长地久。[①] 多数情况下，奴隶们按照自己的方式来庆祝。从奴隶的表述中不难看出，并不是因为主人要求奴隶举行结婚仪式，而是奴隶出于自己的愿望，利用这样的结婚仪式使自己的婚姻得到认可。在所有这些非正规的结婚仪式中最普遍的是"跳扫帚"（broom-jumping），而且奴隶解放以后仍然沿用这种仪式。[②]

　　关于"跳扫帚"这种仪式的起源尚无可靠的考证，但从下面一段奴隶的自述中可以体现出它的象征意义。这名黑人名叫杰弗·卡尔洪，1838 年生于亚拉巴马州。他回忆说：

　　　　那时候婚礼的方式是，你选择一个女孩子，然后告诉你的主人。如果在别的种植园，你还得征得她的主人的同意。然后他们告诉你某个晚上来结婚。（在婚礼上）他们对女孩说："你爱这个男人吗？"对男的说："你爱这个女孩吗？"如果你说不知道，那就全完了。如果你说"是的"，他们就拿来一把扫帚，举到离地面一英尺左右，让你们从上面跳过去，然后就宣布你们结婚了。如果你们俩任何一个的脚碰到了扫帚，那就意味着你们俩之间会有麻

---

①　伍德：《佐治亚殖民地时期的奴隶制》，第 155 页。
②　拉维克：《从日落到日出：黑人社区的形成》，第 86 页。

烦，所以你们要尽量跳得高一些。①

另一名 1843 年出生于北卡罗来纳州的贝蒂·富尔曼·切西亚回忆道，"我结婚的时候从一把扫帚上跳了过去。如果你想离婚，只要再从那把扫帚上跳回去就行了"②。

还有的奴隶提到了其他类似的结婚仪式。田纳西的黑人妇女霍尔莫斯回忆奴隶制时期黑人的婚礼时说："那时候人们结婚都跳扫帚，由两个人抬着一把扫帚，第一次在头上顶一支蜡烛跳过去，第二次顶着一杯水跳过去，头顶着的东西不能掉下来。"③

可见，在奴隶制下，黑人的婚姻虽然没有法律地位，也不能像白人那样举行正式隆重的结婚典礼，但他们尽量通过各种方式使自己的婚姻得到认可，以维持家庭基本结构的稳定。内战后，前奴隶强烈要求自己的婚姻合法化，积极到政府部门办理登记手续，从而进一步证实黑人对稳定的婚姻生活的渴求与珍视。④

四　黑人子女的命名

名字是一个人身份的重要标志，因而每个民族都赋予其非常重要的内涵，黑人尤其如此。弗洛伊德认为："一个人的名

---

① 拉维克：《从日落到日出：黑人社区的形成》，第 87 页。
② 同上书，第 80 页。
③ 《奴隶自述》，http://xroads.virginia.edu/~HYPER/wpa/wpahome.html。
④ 伽特曼：《奴役与自由状态下的黑人家庭：1750—1925》，第 414 页。

字是其人格的重要成分，甚至是其灵魂的一部分。"① 古埃及人把名字看做是构成一个人的八大部分之一，没有名字的人今生和来世都要被毁掉。北美印第安人的一些部落中有一句谚语："创伤可制，错名难医。"② 对于黑人这样一个以口头形式来记述一个人的历史和身份的社会群体而言，新生儿名字的选择较之一个有书面历史的社会群体，意义更为重大。③ 即使是在奴隶制下，黑人也在努力把握自己的姓名，认同自己的文化。

非洲黑人对名字极为重视，把名字与命运、荣誉和尊严看做是紧密相关的，名字被看做一个人的"精华"④。在非洲，新生儿出生几天后要为他（她）举行庄严的命名仪式。通常在仪式上，人们向屋顶倒一罐水，一名最年长的妇女将婴儿置于水流下任其啼哭，在哭声中大家送上礼物以示祝贺，而后有当地德高望重的长者给婴儿取名字。有了名字的小孩才能成为这个家族的成员。取名字之后人们还要敬神祭祖，并将孩子抱到祖父的坟前认祖。⑤ 西非的约鲁巴人的名字往往由多个音节组成，每个音节都代表一定的意思，一个名字可能是一个词组甚至是

---

① 索贝尔：《他们共同创造的世界：18 世纪弗吉尼亚的白人和黑人的价值观念》，第 157 页。

② 约瑟夫·鲍斯金：《进入奴隶制：弗吉尼亚殖民地的种族决策》（Joseph Boskin, *Into Slavery: Racial Decisions in the Virginia Colony*），费城 1976 年版，第 29 页。

③ 谢里尔·安·科迪：《鲍尔种植园没有"押沙龙"：南卡罗来纳低洼地区奴隶的取名方式，1720—1865》（Cheryll Ann Cody, "There Was No 'Absalom' on the Ball Plantations: Slave-Naming Practices in the South Carolina Low Country, 1720—1865"），《美国历史评论》（*The American Historical Review*）第 92 卷第 3 期（1987 年 6 月），第 564、573 页。

④ 斯塔基：《奴隶的文化：民族主义理论与美国黑人社会的奠基》，第 195 页。

⑤ 艾周昌主编：《非洲黑人文明》，第 276 页。

一个句子，子女的名字中代表着父母的希望。[1] 由此可见，对非洲人来讲，名字并不仅仅是一个符号而已，它是个人在家族历史上地位的体现，有着深刻的内涵。

黑人被贩卖到美洲沦为奴隶之后，离乡背井，四顾茫茫，举目无亲，一无所有，自由被剥夺，非洲的文化情结被割断，连自己原来的名字也难保全。虽然非洲黑人命名的习俗彼此之间有所差异，但他们对名字都同样地珍视，所以无论是来自非洲哪个地方的黑人，"失去姓名所带来的精神上的痛苦是大体相同的"[2]。这是黑人从自由人坠入被奴役过程中难以承受的精神压迫。白人认识到，要使黑人接受被奴役的地位，必须让他们重新认识自己的身份，而给奴隶重新命名是体现主人的权威和令奴隶认清现实的一个重要手段。能够给他人命名是支配权的体现。为了使黑人忘记自己的过去和以前的身份，白人首先强制奴隶放弃自己的名字，由主人重新为他们命名，以此标志黑人"从前的自我已经死去，新的名字代表新的身份"[3]。由于白人奴隶贩子和奴隶主不通晓非洲的语言，也无意研习黑人的名字，为了称呼起来方便，绝大多数都用白人的语言为奴隶取名。1619 年由西印度群岛运到詹姆斯敦的第一批黑人中，有一半以上有西班牙语的名字，如安东尼、弗朗西斯、费尔南多、玛德琳娜和伊莎贝拉等，这些名字显然是由西班牙浸礼会教徒所取。[4] 为了便于日常使用，到北美后英国殖民者又对这些西班牙语的名字进行了改造。从第一批运到弗吉尼

---

① 斯塔基：《奴隶的文化：民族主义理论与美国黑人社会的奠基》，第 195 页。

② 同上书，第 197 页。

③ 索贝尔：《他们共同创造的世界：18 世纪弗吉尼亚的白人和黑人的价值观念》，第 157 页。

④ 鲍斯金：《进入奴隶制：弗吉尼亚殖民地的种族决策》，第 30 页。

亚的黑人名字中就可以看到这种痕迹。如约翰、威廉、爱德华和玛格丽特，这些名字分别是相应的西班牙语名字的英文变体。[①]

　　早期北美白人给黑人奴隶命名的方式主要有三种。第一种是以最常见的英语名字的昵称作为奴隶的名字，如男名杰克（Jack）和威尔（Will）分别是约翰（John）和威廉（William）的昵称，英语女子名中伊丽莎白（Elizabeth）、凯瑟琳（Catherine）和苏珊娜（Susanna）用于黑人则简化为贝蒂（Betty）、凯特（Kate）和苏（Sue）。弗吉尼亚的大奴隶主罗伯特·卡特给奴隶取的名字中多数是一些类似的小名，如汤姆（Tom）、杰米（Jamey）、莫尔（Moll）和南（Nan），似乎是为了使他们永远处于孩童的幼稚状态，俯首听命于主人。[②] 主人给奴隶取名字的第二种方式是使用在贩运奴隶的海上航行中所用的术语或所经过的重要地名。如一名贩奴者曾做过这样的记述："我们知道他们（黑人）都有自己本族语的名字，但那些名字太难读，所以我们选了一些海上术语作为他们的绰号，比如'桅杆'、'锚架'、'船窗'和'搁浅'等等。"[③] 一些地名，如伦敦、格拉斯哥、约克和爱丁堡等在 18 世纪的弗吉尼亚黑人名字中相当普遍。[④] 第三种是以神话传说中的神祇、英雄或历史名人的名字给奴隶命名，如希腊、罗马神话

<hr />

　　① 鲍斯金：《进入奴隶制：弗吉尼亚殖民地的种族决策》，第 31 页。

　　② 艾拉·伯林：《从克里奥尔式到非洲式：大西洋克里奥尔人和北美大陆黑人社会的起源》（Ira Berlin，"From Creole to African：Atlantic Creoles and Origins of African-American Society in Mainland North America"），《威廉-玛丽季刊》（*The William and Mary Quarterly*）1996 年第 2 期，第 251 页。

　　③ 鲍斯金：《进入奴隶制：弗吉尼亚殖民地的种族决策》，第 29 页。

　　④ 索贝尔：《他们共同创造的世界：18 世纪弗吉尼亚的白人和黑人的价值观念》，第 157 页。

中的维纳斯、墨丘利、海格利斯、巴克斯、达佛涅，还有古罗马的政治家恺撒、加图等。这种给小人物冠以伟大名字的做法实质上对黑人更是一种嘲弄，它通过反衬更加强化了黑人卑微的身份。①

对于黑人这样一个极其重视名字的群体来说，失去自己的名字无疑给他们造成了严重的心理创伤，使他们在精神上承受了巨大的痛苦。对于他们而言，失去名字意味着过去的文化传统被割裂，被迫忘记自己在家族历史上的位置，更失去了做人的尊严。因此，即使是在奴隶制的高压之下，黑人一直在努力保持自己的非洲文化传统，通过取名字的方式使自己的非洲文化情结在北美得以延续和发展。

第一代黑人奴隶及其子女大多由主人命名，从第二代在北美出生的黑人开始，虽然少数奴隶主仍坚持亲自为奴隶的后代命名，但很多人将为奴隶新生儿命名的权利移交给了孩子的父母。这一方面是由于黑人奴隶数量的增多，尤其是规模较大的种植园，主人没有太多的精力为新生奴隶一一取名字，另一方面是奴隶自己争取子女命名权的结果，因为黑人奴隶把为自己的子女命名看做一种重要的权利。

黑人奴隶同他们的非洲祖先一样，把取名字看做一件神圣的事情，从中可以反映出他们对于历史和文化传统的重视，尤其是对家族观念和价值观的重视。一首黑人诗歌反映了黑人对名字的态度：

---

① 伯林：《从克里奥尔式到非洲式：大西洋克里奥尔人和北美大陆黑人社会的起源》，《威廉-玛丽季刊》1996 年第 2 期，第 251 页；索贝尔：《他们共同创造的世界：18 世纪弗吉尼亚的白人和黑人的价值观念》，第 158 页。

> 黑皮肤的人们，请听我说：
>
> 那些给了我们生命的人在开口说话之前要考虑严肃的
> 问题，
>
> 他们说：要给孩子取名，必须先考虑自己的传统和
> 历史，
>
> 他们说：一个人的名字就是他的碴头，
>
> 黑皮肤的人们，请听我说：
>
> 我们的先辈从不把名字当儿戏。
>
> 听到他们的名字就知道他们的家世，
>
> 每个名字都是一个真实的见证。①

从歌谣中可以看出名字对于黑人的意义。他们把名字赋予了历史和文化的内涵，把名字看做身份的象征。无论以何种方式命名，最重要的是要让名字体现出一个人真实的历史，没有了这种真实也就无法确定其属于哪一个文化群体，就无法认同自己的文化。

白人不允许黑人奴隶使用他们自己的名字，目的是让他们忘记过去的历史，将其纳入奴隶制当中，而黑人却要寻"根"。在美国作家阿历克斯·哈里的历史纪实小说《根》中讲到，作者的祖先昆塔·金特在1767年的一天在西非伐木时被白人绑架，运至弗吉尼亚，主人给他取名"托比"（Toby）。而当同伴以此名称呼他时，他拒绝接受，反复告诉他们自己的名字叫"昆塔"，是金特家族的后裔，而且还将家族的历史以口述的形式传给女儿济西。昆塔所反复强调的不仅仅是自己的名字，更重要的是自己的文化身份。

---

① 斯塔基：《奴隶的文化：民族主义理论与美国黑人社会的奠基》，第193页。

　　早期被贩卖到北美的黑人中就有人成功地保留了自己的非洲名字。17 世纪北美的黑人中就有少数带有非洲色彩的名字得以幸存，如桑巴（Samba）、穆金加（Mookinga）和帕拉萨（Palassa）等。[1] 根据 1710—1749 年约克郡和兰开斯特郡的奴隶名册记载，在抽样的 465 名年龄在 10—15 岁之间的黑人中，有 3％的奴隶保留了原来的非洲名字，更有 80 人保留了非洲名字的英文变体。其中有 3 个名字最为常见。在这些抽样的黑人中 24 名男子名叫杰克，这是源自非洲名夸科（Quaco，意为星期三出生的男子），12 人名为杰米（Jemmy），此乃是"夸姆"（Quame，非洲语，意为星期六出生的男子）的变体。女子中用得最多的是菲利斯（Fillis），白人很少使用这一名字。该名字的发音近似一个非洲词语 Fili，在曼丁哥语中意为"迷路"，在班巴拉语中意为"抛弃"或"欺骗"。或许这些黑人女子在沦为奴隶前并不叫做 Fili，而只是以此来描述她们目前的惨境。[2]

　　即使是主人强加给奴隶名字，并记录在案，在奴隶群体内部，他们往往使用他们认可的另外名字。在路易斯安那，不论是在法国还是在西班牙殖民统治期间，黑人奴隶通常都保留了自己的非洲名字。18 世纪六七十年代，生活在那里的黑人仍沿用自己的非洲名字，并以非洲的语言给子女命名。虽然奴隶们除非洲的名字外还有正式的法语名，他们彼此之间交往时也只用非洲语本名相称。[3] 其他地方的黑人也至少有两个名字，

　　① 鲍斯金：《进入奴隶制：弗吉尼亚殖民地的种族决策》，第 32 页。
　　② 库利科夫：《烟草与奴隶：1680—1800 年切萨皮克地区南部文化的发展》，第 325—326 页。
　　③ 霍尔：《路易斯安那殖民地时期的非洲人：18 世纪非洲克里奥尔文化的发展》，第 166 页。

一个是主人起的、公开使用的名字，一个是父母起的，只用于黑人内部。如一个名叫萨伯·拉特利奇的黑人在自述中回忆道，主人叫他纽曼，而同伴只知道他的非洲名——萨伯。他祖父被主人唤作吉姆，而奴隶们都叫他罗德维克·拉特利奇。[①]有些奴隶私下使用的名字对主人而言也不是秘密。在逃奴启事中，主人经常提到奴隶的"化名"。如"'乔'化名为'乔赛亚'"，"'鲍勃'自称叫'埃德蒙·塔玛尔'"，"'朱比特'化名为'吉布斯'"等等。[②] 现代的加勒比地区的黑人仍然至少有一个教名和一个绰号，人们之间交往只知道彼此的绰号却不知道大名。[③]

黑人使用多个名字的习惯也有深厚的非洲渊源。非洲人通常都有好几个名字，每个名字在不同时间、不同场合使用。[④]如在西非的一个部落中，幼儿都有两个名字，一个是临时的，一个是永久的；一个用在人生得意之时，一个用在命运多舛的日子；一个取自母亲，一个来自父亲。[⑤]

黑人给子女取名字最常用的方式是以祖先的名字为子女命名，这一习俗源于非洲尊天敬祖的观念和灵魂转世的信仰。在非洲，人们认为新生儿是祖先亡灵的转世。以祖先的名字给婴儿命名是为了让先人的灵魂寄寓于新生儿的体内，以此拉近生

---

①　索贝尔：《他们共同创造的世界：18世纪弗吉尼亚的白人和黑人的价值观念》，第217页。

②　同上书，第159页。

③　汉德勒、雅各比：《巴巴多斯奴隶的名字及取名方式》，《威廉-玛丽季刊》第53卷第4期（1996年10月），第710—711页。

④　库利科夫：《烟草与奴隶：1680—1800年切萨皮克地区南部文化的发展》，第325页。

⑤　斯塔基：《奴隶的文化：民族主义理论与美国黑人社会的奠基》，第196页。

者与死者之间的距离，减轻死亡给人们带来的痛苦。① 非洲的乌干达人在给新生儿取名字时，把一连串祖先的名字念给婴儿听，如果念到某一个名字时婴儿笑了，人们就相信这个祖先的灵魂已寄寓于此婴儿的躯体中，这个名字就被确定为婴儿的名字。② 在尼日利亚南部，通常由先知给婴儿命名。先知首先判断该婴儿是哪位亲属的转世。假如认为婴儿是他的祖父投生，先知便用其祖父的名字给他命名，婴儿的父亲也会因此对孩子倍加尊重。③ 在基库约人中，部落的习俗是一对夫妇至少应该生育四个孩子，二男二女，长子和次子分别以祖父和外祖父的名字命名，长女和次女则分别与祖母和外祖母同名。④ 还有的黑人认为新生儿不能马上取名字，如果孩子出生不足一个月就取名字的话，孩子就会死，因为灵魂需要时间熟悉一下它所寄寓的躯体。所以种植园记录死亡的新生儿经常用"无名"或"婴儿"。⑤ 在北美奴隶制下很多黑人都以祖先的名字为婴儿命名，即便所取的名字不是非洲语，也足以证明非洲文化传统对美国黑人的影响。⑥ 在北美艰难的生存环境中，黑人的寿命往往很短，前辈的早逝是常见的事情。以祖先的名字为新生儿命名，将新的生命看做逝者灵魂的再生，一方面表达了黑人对亡

---

① 霍尔：《路易斯安那殖民地时期的非洲人：18世纪非洲克里奥尔文化的发展》，第195—196页。

② 艾周昌主编：《非洲黑人文明》，中国社会科学出版社1999年版，第276页。

③ 斯塔基：《奴隶的文化：民族主义理论与美国黑人社会的奠基》，第197页。

④ 索贝尔：《他们共同创造的世界：18世纪弗吉尼亚的白人和黑人的价值观念》，第154页。

⑤ 伽特曼：《奴役与自由状态下的黑人家庭》，第193页。

⑥ 斯塔基：《奴隶的文化：民族主义理论与美国黑人社会的奠基》，第195—196页。

灵的哀思；另一方面也使生者心灵上得到一点儿安慰，缓解了亲人亡故带来的痛苦。

有些奴隶的名字表面上是英语，而实质上其背后隐含着非洲的命名习俗。由于语言的差异，主人只是将黑人奴隶给子女取的名字按照大致发音记录下来，因此在主人的名册中所登记的名字往往与奴隶实际的名字有出入。如一对黑人夫妇给所生的男孩取"科塔"（Keta），这是约鲁巴和豪萨人常用的名字，而主人可能将其理解为"加图"（Cato）。而奴隶用曼丁哥语给女儿取的名字为"哈加"（Haga，曼丁哥语的一常用人名），主人很可能根据读音登记为"夏甲"（Hagar，《圣经》中亚伯拉罕之妾，因受亚伯拉罕妻之嫉妒，逃至大沙漠）。① 在黑人的名字中还会发现虽然是英语但很少被白人当做名字所使用的词汇，如"大雪"（Snow）、"消瘦"（Bonney）、"懒惰"（Lazy）、"优美"（Grace）、"欢迎"（Welcome）、"好运"（Fortune）和"艰辛"（Hardtime）等等。这是因为，在非洲的传统习俗中有以婴儿出生时的天气、孩子的外貌或性情特点以及父母对孩子降生的态度为子女命名。②

非洲人以出生的时间命名的习俗也在北美的黑人中得以继承。切萨皮克地区的黑人受白人文化的同化影响相对较大，很少以日期给孩子取名字，③ 但南卡罗来纳和佐治亚的黑人一直保持着这一习俗。在黑人的名字中经常见到非洲语的名字，如男子名卡非（Cuffey，意为星期五）和奎西（Quashy，意为星期天），女子名菲芭赫（Phibah，意为星期五）、朱芭（Juba，

---

① 乔伊纳：《沿河岸边：一个南卡罗来纳的奴隶社区》，第 218 页。

② 同上书，第 207 页。

③ 伯林：《时间、空间和北美英属殖民地黑人社会的演变》，《美国历史评论》第 85 卷第 1 期（1980 年 2 月），第 77 页。

星期一）。有些名字是原非洲名字的英文变体，如"夸克"
（Quack，在英语中意为"冒充内行的人，江湖游医"）会被人
误认为是品位不高的主人给奴隶取的名字。而实际上这个名字
很可能是他父母亲自给取的，源自非洲名"夸科"（Quaco，意
为"星期三出生的男子"），而且这个名字还可能有其他变体，
如"杰科"（Jacco）、"杰基"（Jacky）或"杰克"（Jack）。[①] 以
出生的时间命名，黑人力图真实记录一个人生命的开端，以特
有的方式表明一个人的文化身份。

　　很多奴隶不但有名字，还有姓，并且有的与其主人的姓氏
不同。他们的姓之所以很少被提到，一是因为黑人没有法律地
位，没有姓名权；二是因为即使主人知道他们有姓，在他们的
记录中也不登记奴隶的姓。一位名叫温德姆·马利特的黑人在
解放后回忆说："黑人是有姓的，但是他们只在黑人之间使用，
他们把姓称为'头衔'（title）。"[②] 奴隶的姓或许与前主人的姓
相同，而多数奴隶并未因易主而改姓，这在逃奴启事中可见一
斑，如菲利普·亚历山大寻罗伯尔·范维克、塞缪尔·阿珀森
寻乔·恩比宾、罗伯尔·伯威尔寻杰克·迪斯莫尔。[③] 黑人起
义领袖纳特·特纳 1830 年后的主人是约瑟夫·特拉维斯，但
他没有改姓，仍沿用第一个主人本杰明·特纳的姓。[④] 黑人奴

　　① 杰罗姆·汉德勒、乔安·雅各比：《巴巴多斯奴隶的名字及取名方式》（Je-rome S. Handler and JoAnn Jacoby, "Slave Names and Naming in Barbados"），《威廉-玛丽季刊》（*The William and Mary Quarterly*）第 53 卷第 4 期（1996 年 10 月），第685—728 页；伽特曼：《奴役与自由状态下的黑人家庭》，第 186 页。

　　② 乔伊纳：《沿河岸边：一个南卡罗来纳的奴隶社区》，第 221 页。

　　③ 索贝尔：《他们共同创造的世界：18 世纪弗吉尼亚的白人和黑人的价值观念》，第 159 页。

　　④ 埃里克·丰纳编：《纳特·特纳》（Eric Foner, ed., *Nat Turner*），新泽西1971 年版，第 1—10 页。

隶丹尼尔·佩恩的名字也没有因为后来成为美国国父乔治·华盛顿的奴隶而改为丹尼尔·华盛顿。① 黑人雅各布·斯特罗耶曾是南卡罗来纳一个种植园的奴隶，他在自述中写道，有自己姓名的奴隶一旦逃跑便不容易找到，因为人们会误认为他所用的是主人的姓；另一方面，只有主人才有权拥有自己的姓氏，而奴隶则不配有姓。他父亲的姓在奴隶制时期没有公开使用过，而内战之后他的孩子们都继承了父亲的姓。② 由于黑人的姓只在黑人群体内部使用，所以对姓氏的选择自由性更大一些。很多黑人将自己的一技之长作为自己的姓氏，并引以为荣。如一名黑人被大家公认是头号木匠，把"第一"作为自己的姓；③ 裁缝（Taylor）、石匠（Mason）、车夫（Wheeler）和木匠（Carpenter）等在黑人的姓氏中也屡见不鲜。④ 黑人通过选择自己的姓氏来证明自己独立的人格，尽量在姓名中维持个人历史的连续性。史学家乔伊纳认为，"由于一个人的名字是其身份最重要的标志之一，（能自己命名）是个不小的成功"⑤。

在保持非洲传统的同时，黑人将非洲的取名习俗进行了改造，以适应北美的社会环境和语言环境。

在非洲的传统中，很少以父母的名字给婴儿命名，但18世纪黑人奴隶使长子或次子与父亲同名的现象已相当普遍。这一方面是受到白人取名习惯的影响，更重要的是奴隶制下法律对血缘关系的规定使然。白人既用父亲的名字给儿子命名，也用母亲的名字为女儿命名，虽然女儿的法律地位从属于母亲，

---

① 伽特曼：《奴役与自由状态下的黑人家庭》，第243页。
② 罗斯编：《北美奴隶制文献史》，第399—400页。
③ 乔伊纳：《沿河岸边：一个南卡罗来纳的奴隶社区》，第221页。
④ 吉诺维斯：《奔腾吧，约旦河：奴隶们创造的世界》，第447页。
⑤ 乔伊纳：《沿河岸边：一个南卡罗来纳的奴隶社区》，第222页。

但黑人奴隶很少以母亲的名字为女儿命名。对于这种现象，人类学家斯蒂芬·古德曼做出了解释：由于法律只承认黑人母亲与子女的关系，而父亲与子女的关系没有得到法律的认可，父子骨肉分离的可能性更大。以父亲或父系亲属的名字给子女命名，是为了确定孩子在黑人群体中的身份，加固孩子与父母双方的血脉联系，保持亲缘的历史延续性。[①] 如亨利·詹金斯曾在南卡罗来纳作奴隶，其父丁金斯（Dinkins）内战后抛弃了妻儿另觅新欢。虽是这样，亨利和他的兄弟们都在自己的名字中保留了其父名字的首字母 D，用以提醒自己的身份。[②] 黑人奴隶以父亲的名字命名的习惯一直延续到内战之后。奴隶通过这种方式体现出奴隶制下的应变策略：主人只承认黑人母亲的血统，而奴隶以给子女命名的方式突出了父亲的地位，它有力地否定了黑人男子在家庭中的角色无足重轻的论断，证明即使是在奴隶制下，黑人的父亲也同白人一样在家庭中拥有家长的地位。

黑人奴隶还常以旁系亲属的名字给子女命名，其中既有父系亲属也有母系亲属。直到19世纪40年代有些地区的奴隶仍保持这一习俗。[③] 这种命名方式反映了黑人不同于白人的家庭亲情观念。正如因为父亲更容易与子女分开，所以多以父亲的名字给子女命名，以作为对父亲和孩子之间亲情关系的一种形式上的补偿，以亲属的名字给子女命名也是为了使亲缘关系得

---

① 斯蒂芬·古德曼：《以人类学的观点评价赫伯特·伽特曼的〈奴役与自由状态下的黑人家庭：1750—1925〉》（Stephen Gudeman， "Herbert Gutman's The Black Family in Slavery and Freedom，1750－1925：Anthropologist's View"）；转引自科迪《取名方式，亲缘关系和财产分割》，《威廉-玛丽季刊》第 39 卷第 1 期（1982 年 1 月），第 203 页。

② 吉诺维斯：《奔腾吧，约旦河：奴隶们创造的世界》，第 447 页。

③ 乔伊纳：《沿河岸边：一个南卡罗来纳的奴隶社区》，第 198—211 页。

以保持。奴隶的家庭观念与主人对黑人家庭的认识有着明显的差异，奴隶的家庭观念是广义的，不仅包括核心家庭成员，还包括旁系亲属。这体现了黑人对非洲传统观念的继承，因为在西非的黑人传统社会中，最重要的社会经济单位不是由父母和子女组成的核心家庭，而是由以血缘纽带联系起来的大家庭，即家族。而主人把核心家庭视为基本单位，在将奴隶作为财产出售或转让时尽量保持核心家庭的完整，但并不考虑维系黑人的大家庭。所以旁系的亲属更可能因为主人亡故后分配给不同的继承人等原因而天各一方，所以兄弟姐妹之间相互以对方的名字给自己的孩子命名。在种植园的奴隶被重新分配以后，以旁系亲属的名字给子女命名的习俗进一步加强，这也表明了这种命名方式的意义。

黑人以出生时间命名的习俗也被赋予了新的形式。在南卡罗来纳的众圣教区，很多黑人的名字是英语中表示时间的单词，如星期一、星期五、3月、4月、8月、夏季和冬天。① 从这些有非洲特色的名字可以推断出，最初以出生的时间命名的黑人应该是他们出生日的真实记录，而且同一天出生的婴儿如果都以出生日命名，也有性别上的区分。然而，在北美出生的奴隶虽然有相当一部分仍然沿用以日期命名的习俗，但由于历史的变迁已经逐渐失去了最初的意义，无从知道名叫"卡非"（Cuffey）和"菲芭赫"（Phibah）的人中有多少是在星期五出生的，原本用作男子名的"奎西"（Quashy）会成为一个女子的名字，8 月份出生的婴儿会以去世的叔叔的名字命名为"冬天"（Winter）。② 由此可见，黑人奴隶将非洲的传统进行了变

① 乔伊纳：《沿河岸边：一个南卡罗来纳的奴隶社区》，第 220 页。

② 汉德勒、雅各比：《巴巴多斯奴隶的名字及取名方式》，第 697 页。

通以适应奴隶制的特殊生存环境。

　　黑人奴隶给子女命名在一定程度上也受到基督教的影响。接受了基督教的奴隶不仅从《圣经》中学到了一些新的名字，而且也受到了其中关于家庭观念的影响，所以在给新生儿取名时突出了父系亲缘关系。这使奴隶的家庭观念在某种程度上更接近主人的家庭观念。但是，即使受到了基督教的影响，黑人的命名方式仍然保持一定的非洲传统特色。比如，他们仍然会沿用以出生日期命名的习惯，只是用了一些基督教的节日，如1743 年 12 月 25 日出生的一名奴隶被命名为"圣诞节"（Christmas），另一名在复活节前一天出生的婴儿得名"复活节"（Easter）。[①] 以此将基督教的内容与非洲的传统结合起来。在选择《圣经》人物名字的时候，奴隶们避免使用那些在性格上或外表上有明显缺陷的人物给子女命名，因为他们认为那些名字会影响儿童人格的发展。[②] 黑人的父母从力士参孙的故事中选择参孙这个英雄人物的名字给他们的儿子命名，但从不把女儿取名为大利拉（Delilah，迷惑大力士参孙 Samson 之妖妇）；在《圣经》故事中的领袖人物中，哈拿（Hannah）、撒母耳（Samuel）、大卫（David）和所罗门（Solomon）都是常见的黑人名字，唯独扫罗（Saul）的名字极少被奴隶所采用，因为听过《圣经》故事的人都知道，扫罗的妒忌心理、行为乖僻和在战场上自杀身亡掩盖了他的优点。也很少有黑人奴隶给自己的儿子取名为"押沙龙"（Absalom），此人乃是《圣经》故事中背叛自己父亲的不孝之子。黑人父母也不把自己女儿的名字叫做"拔示

---

　　① 科迪：《鲍尔种植园没有"押沙龙"：南卡罗来纳低洼地区奴隶的取名方式，1720—1865》，第 573 页。
　　② 索贝尔：《他们共同创造的世界：18 世纪弗吉尼亚的白人和黑人的价值观念》，第 160 页。

巴"（Bathsheba），因为她原为乌利亚之妻，后嫁与大卫王，有不贞的坏名声。[1] 对《圣经》人物名字的取舍，反映了黑人的家庭伦理道德标准。而且，黑人的宗教歌曲——灵歌告诉人们黑人奴隶相信自己有属于自己的真实的名字，只有上帝知道，个人的身份会在最后的审判日得以昭显：

> 不到最后审判的那天早晨，没有人知道我是谁。[2]

获得自由之后，有些黑人仍沿用内战之前的名字，但多数黑人都重新取了名字，以此作为新的身份的标志。1825 年，黑人加尼特一家从马里兰逃到纽约市后，全家举行了简单而庄严的"再洗礼"仪式，男主人为自己及妻儿都重新取了名。《解放宣言》发布之后，成千上万的奴隶都以此形式表明自己已经成为自由人。[3] 有些黑人害怕白人有朝一日改变了主意，会再次想把他们变为奴隶，于是改了名姓避免被白人找到。还有的黑人借用当地有声望的白人的姓氏，以寻求保护。[4]到 20 世纪中期，很多黑人穆斯林认识到名字作为自我身份的象征意义，拒绝再使用姓氏，但又无法追溯家族的过去，因此将英语的姓改为 X，以此象征断裂的家族史和自己新的身份。其中最有影响的例子当属黑人民权运动领袖马尔克姆·X。对于放弃姓氏的原因，马尔克姆认为自己原来的英语姓氏不是

---

① 科迪：《鲍尔种植园没有"押沙龙"：南卡罗来纳低洼地区奴隶的取名方式，1720—1865》，第 589 页。

② 吉诺维斯：《奔腾吧，约旦河：奴隶们创造的世界》，第 450 页。

③ 斯塔基：《奴隶的文化：民族主义理论与美国黑人社会的奠基》，第 194—195 页。

④ 吉诺维斯：《奔腾吧，约旦河：奴隶们创造的世界》，第 447 页。

自己本来的姓，真正的姓已经被人夺走了，无从寻找，所以用代表未知数的符号 X 来替代。[1]　史学家斯塔基认为，"黑人重新为自己命名缘于非裔人因受压迫而产生的一种失落感"[2]。

纵观黑人取名的历史可以看出，他们的命名取向并非一成不变，而是在不同的阶段采取不同的策略，以维持自身的生存与发展，维护作为一个种族的身份与尊严。虽然黑人的文化在经历了数代人之后，已与非洲传统相去甚远，所用的新名字多为英语，奴隶为自己和家人所选择的名字非洲色彩已经非常淡薄了，但对命名的重视则是非洲传统文化的延续。

黑人的命名充分体现了非裔种族特征的延续性，同时也体现出其文化身份的变化。他们一方面在姓名中力图真实体现出个人的历史以及在群体中的位置，保持自己的文化认同；另一方面也在根据环境的变化不断调整取名的策略，以适应奴隶制，使自身得以生存。在北美奴隶制桎梏下的黑人肉体和灵魂都受到奴役，但他们不仅在物质上而且在精神上一直在寻求在这种"特殊制度"下的生存策略。争取到属于自己的名字和为子女命名的权利使黑人在奴隶制的煎熬中得到一丝心灵上的慰藉。虽然很多名字已失去了非洲语言的色彩，但是在他们的命名中体现出深厚的非洲文化情结，在英语表面下所隐含的宗教信仰、家庭亲情和价值观念仍带有非洲的痕迹，是美国黑人在特定的环境中特有的命名方式。这些文化特征是北美奴隶制下对黑人的传统文化继承和改造的结果。

---

① 鲍斯金：《进入奴隶制：弗吉尼亚殖民地的种族决策》，第 35 页。
② 斯塔基：《奴隶的文化：民族主义理论与美国黑人社会的奠基》，第 195页。

五　黑人子女的教养

众所周知，一个人孩童时期所处的环境会对他的一生产生重大的影响，所以子女的教养至关重要。黑人奴隶的子女从一出生就注定了他们的奴隶身份，所以他们不可能像白人孩子那样得到悉心的照顾。历史学家肯尼斯·斯坦普写道，因为在奴隶家庭中父母双方全天都为主人劳动，所以他们的孩子通常不是由母亲，而是由女主人或黑人老妇照看。[①]

在美国下南部的多数种植园里，妇女分娩大约四周以后回到田里劳动，但婴儿一般 1 岁以后才断奶。当母亲到地里劳动时，白天婴儿被送到种植园的托儿所由年长的黑人妇女照看，母亲定时回去给婴儿喂奶。如果劳动的地方离奴隶的住所较远，母亲就把孩子带到田地里，没有遮盖地置于篱笆的一角，她在不远的地方干活儿，隔一段时间回到婴儿身边喂奶。有时，大一些的孩子把婴儿带到母亲干活儿的地方哺乳。种植园主们明白哺乳期母亲的休息与婴儿健康的关系。有些奴隶主对母亲给婴儿喂奶时间的长短、从地里回来到开始给婴儿喂奶之间应该等待的时间以及给婴儿断乳的方法都做出明确的规定。[②]

虽然新生的黑人婴儿因为是主人的财产而受到关照，但由于生存环境的恶劣、疾病的传播等原因，婴儿的死亡率非常高。虽然一般的黑人妇女生育能力都很强，但每个人所生的孩子中能存活下来的却寥寥无几。以切萨皮克地区的一些种植园

---

① 斯坦普：《特殊的制度：内战前南部的奴隶制》，第 292 页。

② 罗斯：《奴役与自由》，第 44 页。

的情况为例，黑人婴儿在 1 岁以前夭折的比例达到四分之一；在年满 15 岁以前又有四分之一的黑人子女死去。[①] 在佐治亚的高里种植园，1848 年有 18 名育龄黑人妇女，其中只有 1 人有三个子女存活，有两个和一个子女存活下来的各占 3 名，其余 12 名妇女所生婴儿均全部夭折。从人口统计数字看，19 世纪美国奴隶的人口迅速增长，实际出生的婴儿比记录在案的至少高出 66%。[②]

　　幸存下来的婴儿也很难保证活到成年。在主人看来，抚养幼儿的目的不是培养他们的想象力或发展他们完善的人格，而只是简单的喂养，防止他们捣乱，少占用劳动力，所以一般黑人的孩子都是由无力从事田间劳动的老年妇女照看。这些老年妇女一方面由于行动不便；另一方面因为不是自己的孩子而心不在焉，导致有些儿童掉进沟里溺水而死，还有一些小孩死因不明。[③]

　　黑人孩子长大一点儿以后回到自家的小木屋居住，由父母照管。他们的小屋通常狭小、拥挤，毫无舒适可言。稍大的孩子白天留在自家的小屋里，只有到晚上才能见到父母。7—10 岁的孩子就要下地干活儿，不能干活儿的则要照顾更小的孩子。黑人孩子的童年中虽然也有与白人孩子一样嬉戏玩耍的快乐时光，但从降生之日起他们就已注定将来要受奴役，因此从小就要从父母那里学习在奴隶制下如何生存。如拉尔夫·埃里森在他的名著《看不见的人》中描述的一位一向温顺、软弱的老人弥留之际在病榻上对儿孙们所说的："你要在逆境中周旋。

---

　　① 库利科夫：《烟草与奴隶：1680—1800 年切萨皮克地区南部文化的发展》，第 73 页。

　　② 杜辛贝尔：《黑暗的日子：美国稻米沼泽区的奴隶制》，第 103 页。

　　③ 同上书，第 121 页。

希望你对他们唯唯诺诺，叫他们忘乎所以；对他们笑脸相迎，叫他们丧失警惕；对他们百依百顺，叫他们彻底完蛋。让他们吞食你吧，要撑得他们呕吐，要胀得他们爆裂。"①

为了适应奴隶制，通常黑人父母对子女很严厉。这种严厉并不意味着他们不爱孩子，因为他们本身在暴力中长大，在强制下劳动，他们也明白如何教会子女"生活在别人意志的木筏之上"的生存之道。他们相信"不打孩子就会把他娇惯坏了"，他们长大后无法接受被人奴役这一事实。②

在奴隶制下，为了生存，黑人父母教给孩子最多的是顺从和礼貌。因为他们知道，作为奴隶自立不是必要的品质，而恭顺则可以使之少受惩罚或得到主人的宠爱，甚至被提升到"大房子"中，生活相对舒适一些。③ 值得一提的是，虽受到条件的限制，很多奴隶的父母巧妙地或明确地启发孩子向往自由。斯特罗耶的父亲在孩子无辜受罚时爱莫能助，而在作祈祷时祈求将来有一天孩子能获得自由。父亲的话对他是一个"巨大的安慰"，从此他的心中"对未来充满希望"，感到"每一刻都如同一小时那样漫长"④。

继承和发展黑人文化也是黑人子女教养的一个重要内容。黑人子女从小就受到黑人传统文化的熏陶。美国作家阿历克斯·哈里的历史纪实小说《根》中即描写了黑人奴隶昆塔·肯特向女儿吉西讲述非洲肯特家族的历史，并教授女儿曼丁哥

---

① 拉尔夫·埃里森：《看不见的人》（Ralph Ellison, *The Invisible Man*），纽约1953年版，第19—20页；译文参考了任绍曾等译的《看不见的人》，外国文学出版社1984年版，第16页。

② 杜辛贝尔：《黑暗的日子：美国稻米沼泽区的奴隶制》，第43、45页。

③ 同上书，第45页。

④ 罗斯编：《北美奴隶制文献史》，第403页。

语。这种黑人文化的传承使昆塔·肯特的后代最终寻到了他们在非洲的根。在普通黑人奴隶的家庭中，一家人围在壁炉边，年轻的黑人学会了有黑人特色的语言，听到各种非洲传统的民间故事；看着在班卓琴的伴奏下大人们唱歌、跳舞和祈祷。简言之，就在壁炉边年轻的奴隶学到了丰富的土生黑人文化。[①]

由于西非社会的传统习俗的影响，更重要的是由于奴隶制下客观条件的限制，在黑人家庭中妇女的作用相对来讲更为重要，她不仅要和男性奴隶一样从事田间劳动，而且在教育子女方面担负主要的职责。黑人子女从母亲那里学会在奴隶制下如何应付环境、寻求生存和处理自己及外部世界的关系，例如，如何同主人和监工打交道，如何应付沉重的体力劳动。

而黑人男子在家庭中无法像自由人那样充分担当起丈夫和父亲的角色。在有些奴隶家庭中，父亲在别的种植园，很少能回家。但很多例子表明，即使是在这种条件下，父亲也会给妻子带来一些小礼物，并参与对子女的教育。[②] 在奴隶制下，如果黑人父亲表现出敌视和反抗情绪，会受到惩罚，甚至会被主人卖掉。而黑人母亲则一般会得到宽恕。所以在教育孩子如何看似顺从而实际反抗方面，父亲所扮演的角色有些传统妇女角色的特点。这种角色的错位是历史的必然。[③]

虽然由于历史条件的限制，黑人男子在家庭中的作用显得没有妇女那么重要，但这并不意味着黑人男性在家庭生活中的地位是无足轻重的。从一些奴隶的自述中可以看出，父亲对子女是有一定影响的。罗斯通过对奴隶的自述进行核实鉴定证

① 乔伊纳：《沿河岸边：一个南卡罗来纳的奴隶社区》，第126页。
② 罗斯：《奴役与自由》，第41页。
③ 同上书，第42页。

实，在被抽样调查的 34 名内战前曾为奴隶的黑人中，只有 4
人提到了在大种植园的托儿所集体喂养的经历；20 人逃出了
奴役，其中的 13 人活到内战以后。而引人注意的是除 4 人以
外，其余均提及了自己的父亲，20 名逃奴每个人都谈到了自
己的父亲，其中 4 名逃跑的想法是受了父亲的影响。[1] 有些奴
隶以其吃苦耐劳使后辈为之骄傲，如有的奴隶的后代因为其父
辈将沼泽地开垦成良田而感到自豪。

　　而另一方面，由于奴隶制使奴隶的人格和行为标准发生扭
曲，不可避免地对黑人儿童产生不良影响。一名叫做本·赫利
的奴隶回忆其父亲时说，他的父亲是当时的能工巧匠，深得主
人的信任，掌管谷仓的钥匙；因为喜欢喝酒而没有钱买，于是
父子俩就把主人的稻米偷来卖。四十年后本·赫利提起此事时
称赞他的父亲"有头脑"，而当主人问及丢失的稻米时他会装
作不知道。由此可见奴隶的才智在奴隶制下畸形发挥，儿童也
从小学会了说谎。[2] 著名黑人领袖布克·华盛顿也记得，在他
小时候母亲在夜里将从主人那里"得"来的一只鸡煮熟，然后
将他和他的哥哥、妹妹叫醒让他们吃。他认为在奴隶制下发生
那样的事并无负罪感。[3]

　　所以，黑人儿童一方面继承非洲传统文化中的一些因素，
如家族历史、非洲语言、风俗习惯和价值观。另一方面，为了
适应奴隶制、为了生存，黑人奴隶的子女从小在家庭中和黑人
群体中学会了容忍、礼貌和顺从，产生了对自由的向往。同
时，他们也学会了说谎、偷盗以及貌似恭顺而实则反抗的行为

　　① 罗斯：《奴役与自由》，第 46 页。
　　② 杜辛贝尔：《黑暗的日子：美国稻米沼泽区的奴隶制》，第 426—427 页。
　　③ 布克·华盛顿：《从奴隶制中崛起》（Booker T. Washington, *Up from Slav-ery*），纽约 1967 年版，第 17 页。

定式。

六 黑人家庭的作用

家庭是构成社会的基本细胞。古往今来，对任何种族来说，家庭所起的作用都是相似的，它在黑人奴隶的生活中也同样起着不可替代的作用。它是奴隶们劳累一天之后休息、放松的场所，是教养子女、传授给他们生存技能的"学校"，是非洲的语言、传统习俗、家族历史得以延续的地方；是黑人奴隶受压抑的心灵得到安慰的"医院"。罗斯认为，"实际上，奴隶们所创造的群体家庭生活模式不仅保护奴隶的人格使之不被摧毁——当个体试图做无法做到的事情时往往会出现人格被毁的现象，而且是产生黑人自豪感、黑人身份、黑人文化、黑人社区以及黑人反抗的社会过程的主要部分"[1]。

黑人家庭的首要作用是保障日常生活有序地进行。在奴隶制下，奴隶主发放给奴隶的食物和衣物均以家庭为单位。由于奴隶制的限制，多数黑人女奴不仅要到田里劳作，而且还要担负起料理家务、照顾家庭成员生活起居的责任。男奴通常在工余耕种自家的田地，捕鱼、打猎改善家庭饮食。在这种典型的黑人家庭中，通常在下地劳动之前，黑人妇女会准备好饭菜并放在火炉上慢慢煨熟，以保证一家人能按时开饭。利用工余，女奴会用主人发放的布料为全家人做衣服、帽子，浆洗缝补，使一家人能穿着体面地去教堂。

黑人的家庭也起着教养子女的作用。由于身处奴隶制这种

---

① 拉维克：《从日落到日出：黑人社区的形成》，第93页。

特殊的环境，黑人奴隶不得不教育子女自小如何适应奴隶制，如何处理好自己和外部环境的关系等生存之道。黑人父母还传授给子女一些手艺和生活技能，以使在一定范围内他们的生活得到些许的改善。

黑人的家庭还起着继承和发展黑人文化的作用。在黑人的家庭中，奴隶的子女从小就受到非洲传统文化的熏陶。黑人父母会给子女讲述他们祖先的故事和家族的历史；教授他们非洲的语言、音乐和舞蹈，使他们理解自己的非洲背景，继承非洲传统文化中一些重要因素。

家庭也是黑人心灵的避风港。奴隶的身份使黑人的精神受到压抑。当受到主人或监工的责打、侮辱时，他们无力反抗；面对亲人的被迫离散，他们无可奈何。他们只能把愤怒与悲伤埋在心里，这不可避免地造成心灵的创伤。在家庭的亲情氛围中他们才能感受到人间的一丝温暖，使压抑的心情得到缓解，以维持基本的心理健康。

总之，黑人在奴隶制下以自己的方式建立了家庭生活。奴隶的家庭结构既不是完全根源于非洲的传统，也不是欧洲裔美国人家庭模式的简单翻版。它在一定程度上保持了非洲的传统和风俗习惯，同时也把白人的一些文化因素吸收到他们的家庭观念中来，并加以改造，形成了在北美奴隶制的特殊环境下特有的家庭体系和家庭观念。黑人家庭使黑人找到一种群体归宿感和个体身份的认同，它是为了适应奴役和剥削而形成的一种鲜明的、富有活力的黑人文化的一部分。[①]

---

① 拉维克：《从日落到日出：黑人社区的形成》，第 79 页。

第五章

精神家园——黑人奴隶的宗教

非洲的黑人有着深厚的宗教传统，他们被贩卖到北美大陆后，其宗教根源并未被割断，而是在新的生存环境中在原来的宗教基础上进行了继承和改造，从而形成了北美奴隶制下的具有黑人特色的宗教。宗教是奴隶制下黑人精神活动的中心，也是黑人在奴隶制下得以生存的一种重要手段。

一 黑人奴隶的宗教传统

黑人奴隶作为一个群体，有着悠久的宗教传统。新大陆的非洲奴隶来自于宗教与世俗活动并无明显界限的社会。所有的活动中宗教活动都必不可少，现世和来世、肉体与精神、活着的身体和死后的灵魂之间的区别并不是绝对的。他们认为人可以轻松跨越二者之间的界限。① 被贩卖到北美的非洲黑人来自不同的部族，在宗教信仰上存在很大的差异，但其核心内容是

---

① 拉维克：《从日落到日出：黑人社区的形成》，第 32 页。

相同的，在所有非洲传统宗教中都有尊天敬祖的观念。所谓天就是自然，祖就是祖先。早期非洲黑人宗教最显著的特点是祖先崇拜和自然崇拜。非洲人认为他们祖先的神灵对他们的生活有着无限的影响力，人们虔诚地相信亲属死后其亡灵仍然存在，并继续眷顾着自己的家人。黑人的自然崇拜表现在他们认为四周的一切物质，如树木、岩石以及头顶的天空都有神灵。这种宗教的信仰是非洲人的生存环境的产物。在非洲，人们的生活贴近大自然。那些宗教仪式是人们在拼命搜寻难以解决的问题的答案的表现形式。神在他们的生活中无处不在，人们祈求神发挥他们的力量帮他们获得好的收成，战胜敌人。① 因此非洲的宗教可以被看做一种"理解、预测和把握世事的实用技艺"②。

　　虽然对于19世纪前北美奴隶宗教的内容我们缺乏直接的证据，但由于在奴隶制的最初一百年里，白人没有对奴隶进行大规模的基督教化。由此可推断黑人在北美有充足的时间和机会，为了适应这种艰难的生存环境而建立具有西非特色的宗教。③ 被贩卖到新大陆的黑人带来了他们自己的宗教，最终保持和发展的结果如何要取决于外部环境。结束非洲奴隶贸易是人道主义的一种胜利，但同时也割断了他们与故乡宗教的联系，使他们的宗教不可避免地要受到白人宗教的影响。

---

① 富兰克林：《从奴役到自由：美国黑人的历史》，第 22、27 页。
② 索贝尔：《他们共同创造的世界：18 世纪弗吉尼亚的白人和黑人的价值观念》，第 172 页。
③ 拉维克：《从日落到日出：黑人社区的形成》，第 33 页。

二　白人对黑人奴隶的基督教化

白人对黑人奴隶的基督教化经历了一个漫长的历史过程。

在 18 世纪 20 年代中期之前使奴隶皈依基督教的动机很少，只要奴隶好好工作并安分守己，主人不在乎他们信哪一种宗教。虽然白人早就意识到宗教对黑人奴隶的影响，试图通过基督教教化奴隶。早在 1686 年纽约总督托玛斯·唐甘就接到英国政府的训令，要求他找到一种"最简便易行的方式使黑人奴隶皈依基督教"[①]，但很多奴隶主不愿意让奴隶皈依基督教，因为很久以来的传统是：受过洗礼的基督教徒不能被用作奴隶。

一旦奴隶主确信使黑人皈依基督教并不能使奴隶获得解放，他们便开始利用基督教作为维持奴隶制的工具。因此，在 1700 年左右，当神学家、立法者和法庭宣布皈依基督教与黑人的奴隶身份并不相抵触之后，有些奴隶主开始努力为奴隶提供皈依基督教的机会和向上帝作礼拜的场所，鼓励牧师向黑人宣讲服从主人的教条，或至少不再阻止奴隶们的宗教活动。他们的基本动机无非是为了满足自身的利益，使奴隶变得谦卑、温顺和服从。但他们之中也许有人确实想认真履行基督教徒传播福音的职责，以弥补黑人被剥夺的很多其他的权利。[②] 但有些主人因为担心牧师的布道会对奴隶产生不良的影响，使奴隶

---

① 麦克马纳斯：《纽约的黑人奴隶》（Edgar J. McManus，"The Negro Slave in New York"），载艾伦·威斯泰恩、弗兰克·奥托·加泰尔编《美国黑人奴隶制：现代读本》，第 69 页。

② 米尔达尔：《美国的困境》第 2 卷，第 859 页。

产生要求平等、获得自由的愿望，所以亲自对奴隶进行宗教教化，小心地将基督教中"危险"的思想略去，给奴隶灌输最"安全"的基督教思想。①

　　奴隶主的担心是有充分的理由的。早在 1723 年，伦敦的大主教收到了一封来自弗吉尼亚的一名混血黑人奴隶的信。信中这名奴隶请求他"把我们从这种残酷的奴役中解救出来"。由于在殖民地时期很少允许黑人奴隶学习读书写字，奴隶以书面形式表达对奴隶制的看法极为罕见，所以这封信的意义就显得非常重大。信中写道："值得注意的是，兄弟姊妹之间居然是主人与奴隶的关系，这完全不符合常理，我本人就是我兄弟的奴隶，我的名字在此不便公开……圣经中让我们信守安息日，但我们不知道何时才能得到主人的恩准，他们对待我们就像埃及人对待以色列的子孙一样残酷。上帝慈悲！"② 1731 年，弗吉尼亚的奴隶教徒曾发动了一场反抗运动，因为他们认为，英国政府已经发出御令，要求给黑人基督教徒以自由，奴隶主将御令私藏了起来。当年驻弗吉尼亚的伦敦布道团主教詹姆斯·布莱尔向伦敦汇报道："在这里的奴隶中普遍谣传他们要被还以自由。当他们看到毫无这种迹象时，便愤怒暴躁起来，夜间聚众，策划谋反，在有些地方还选出了起义首领。后来派出巡逻队四处巡查，对非法外出的黑人鞭笞严惩，才打破他们谋反的企图。有一个县的奴隶预谋杀死所有的主人，四名领头

---

　　① 麦克马纳斯：《纽约的黑人奴隶》，载艾伦·威斯泰恩、弗兰克·奥托·加泰尔编《美国黑人奴隶制：现代读本》，第 69 页。

　　② 汤姆斯·英格索尔：《"把我们从这残酷的奴役中解救出来"：1723 年来自弗吉尼亚的申诉》（Thomas N. Ingersoll，"'Releese us out of this Cruell Bondegg'：An Appeal from Virginia in 1723"），《威廉-玛丽季刊》（The William and Mary Quarterly）第 51 卷第 4 期（1994 年 10 月），第 782 页。

造反的奴隶被处以绞刑。"[①] 这封信的作者很可能参与了那场运动。[②]

白人不热心于对黑人进行基督教化的另一个原因是黑人语言上的障碍。由于早期的黑人对英语很陌生，即使是提倡向奴隶传播基督教的白人也面临很大的困难。佐治亚的一名白人教士写道，"我们的这些黑人对英语一窍不通。他们之中没有一个人会讲英语，要让他们弄明白字面的意思都颇费工夫"。有人认为，为了能让黑人听懂布道词，牧师只能学会"黑人奴隶那种特殊的方言"。[③]

18世纪30年代开始的第一次"大觉醒"运动宣扬"上帝面前人人平等"，在上帝面前人与人之间唯一的区别在于灵魂境界的不同。人们不分阶层和肤色都可以加入基督教。地位低微的人可以比那些身处高位但罪孽深重的人得到上帝更多的恩惠。这场"大觉醒"运动中，与奴隶有关的宗教改革运动首先在南卡罗来纳和佐治亚发起，以乔治·怀特菲尔德和布赖恩兄弟等为首的宗教改革倡导者建议对奴隶仁慈相待，使他们接受教育，并允许他们皈依基督教。怀特菲尔德到各地布道，接纳黑人入教。他的布道充满激情，简洁有力。"他把末日的审判和地狱的烈火描述得栩栩如生，他要为他的听众寻找内心中的圣灵。"他的听众，无论是黑人还是白人，都深深地被他的布道所打动，许多黑人在他的影响下皈依了基

---

① 转引自布莱克本《新世界奴隶制的形成》，第473—474页。
② 英格索尔：《"把我们从这残酷的奴役中解救出来"：1723年来自弗吉尼亚的申诉》，《威廉-玛丽季刊》第51卷第4期（1994年10月），第781页。
③ 伍德：《佐治亚殖民地时期的奴隶制》，第160页。

督教。[1]

很多种植园主担心奴隶们会把宗教的教化变成宗教权利，进而发展为政治权利。更重要的是白人当权者担心奴隶以宗教的名义进行集会，尤其是不同种植园的奴隶聚集将对社会的安全构成威胁。特别是在 1739 年南卡罗来纳的斯托诺发生上百名奴隶参加的起义之后，这种恐惧进一步加深，因此宗教改革的建议受到了阻碍。实际上，这些改革倡导者本人身为奴隶主，并无意给自己的奴隶以自由，使自己蒙受经济损失，更不想动摇奴隶制，而只是希望它成为一种"更安全"的制度。布赖恩等人通过对自己种植园中的奴隶进行基督教化的经验证明：奴隶皈依上帝并不会耽误他们的劳动时间，他们也不会因此向往自由。相反，他们与主人的关系变得更为融洽，劳动效率更高。1740 年以后，黑人加入教会的人数日益增多，各个宗教团体中都有黑人。因为浸礼会和卫理公会的祷告和布道充满活力和情感，许多黑人加入了这两个教会，使这两个教会中的黑人教徒人数为最多。与其他基督教宗派相比，黑人感到卫理公会和浸礼会的礼拜仪式与非洲的传统宗教更为接近，而且这两个教会组织对黑人表现出不同寻常的热情。加布里埃尔·普罗瑟的起义计划是对白人奴隶主进行大屠杀，但普罗瑟命令不得伤害其中的卫理公会教徒。可见，这两个教会组织得到了众多黑人的尊重。直到 18 世纪中期以后，仍有很多南部的白人基督教牧师哀叹很多奴隶仍对基督教一无所知，仍然如刚从非洲来的时候一样深受异教习俗的影响，搞迷信和偶像崇拜。[2]

---

① 索贝尔：《他们共同创造的世界：18 世纪弗吉尼亚的白人和黑人的价值观念》，第 182—185 页。

② 莱文：《黑人文化与黑人意识》，第 60—61 页。

到 19 世纪才有越来越多的南部白人奴隶主开始对奴隶进行基督教的训导。①

主人试图强加给奴隶白人信仰的基督教，这从 20 世纪二三十年代的奴隶自述及 19 世纪关于奴隶制的文献中可以得到佐证。

19 世纪 20 年代开始，南部的传教士们大都积极履行他们所宣扬的家长制职责。在很多种植园里，奴隶被允许和白人到同一教堂祈祷，有时黑人坐在专门为他们准备的过道里，有时坐在地板上给他们留出的一块地方。允许黑人进白人教堂对白人来讲近乎强迫，这也并不代表白人与黑人的兄弟之情在增长，而只是对奴隶实行更严密监视的一种方法。他们认为很多暴动的阴谋都是在宗教聚会中策划出来的，而且这些团体给废奴主义者提供了宣传煽动性理论的机会。当北卡罗来纳的主教阿特·金森问道："我们的黑人在哪里时"，他不仅暗示他们不在福音教堂，而且指出他们脱离了白人社会中最保守因素的控制。②

19 世纪 30 年代以后，奴隶主开始将基督教当做控制黑人奴隶以维持社会秩序的一种方式。③ 很多报纸、杂志和书籍等传媒都鼓励白人奴隶主对黑人奴隶进行基督教化。白人牧师认

---

① 艾伦·加利：《奴隶主家长制的起源：乔治·怀特菲尔德、布赖恩一家与南部的大觉醒运动》（Alan Gallay, "The Origins of Slaveholders' Paternalism: George Whitefield, the Bryan Family, and the Great Awakening in the South"），《南部史杂志》（*The Journal of Southern History*）第 53 卷第 3 期（1987 年 8 月），第 369—394 页；乔丹：《白高于黑：1550—1812 年间美国人对黑人的态度》，第 212—215 页；埃里克·林肯：《种族、宗教和美国长久的困境》（C. Eric Lincoln, *Race, Religion and the Continuing American Dilemma*），纽约 1984 年版，第 79—81 页。

② 富兰克林：《从奴役到自由：美国黑人的历史》，第 144 页。

③ 吉诺维斯：《奔腾吧，约旦河：奴隶们创造的世界》，第 86 页。

为皈依基督教使奴隶更易于管理，因为顺从源自内心，而不是靠鞭子。皈依基督教的黑人奴隶比非基督教徒工作更努力。为了自身得到拯救和现实的利益，种植园主有义务对其奴隶进行基督教化。[①]

在这方面白人的努力在一定程度上达到了预期的目的，这一点从黑人奴隶的自述中可以体现出来。如格斯·罗杰斯在回忆中说道：

> 挪亚有三个儿子，一天他喝醉了酒，一个儿子嘲笑他，而另外两个儿子拿了张床单倒退着进去扔在挪亚的身上。挪亚对那个嘲笑他的儿子说，"你的子孙必为你的两个弟兄的子孙砍柴提水，他们的头发和皮肤将是黑色，世人一看便知"。所以我们现在是这个样子，这是神的旨意。我们必须顺从白人，学着他们的样子做，我们摆脱不了主的意志。[②]

从这段自述中可以推想白人如何利用宗教训导以达到使黑人奴隶顺从的目的。从罗杰斯的叙述中不难发现，白人对《圣经》中的故事进行了"加工"以后教给奴隶，除故事的细节与原文有出入外，更为重要的是白人主观地把嘲笑他父亲的儿子（即《圣经》原文中的迦南）的后代确认为黑人，以此让黑人接受上帝的旨意，甘心受白人奴役。由此可见白人在向黑人布道中有意曲解宗教经典，以达到世俗的实际目的。如美国18世纪的教友派废奴主义者约翰·沃尔曼所说："基督教没有改

---

① 布拉辛格姆：《奴隶社区：内战前南部的种植园生活》，第82页。
② 梅隆等编：《奴隶记忆中的鞭笞岁月：一部口述史》，第185页。

善奴隶制，奴隶制反倒玷污了真正宗教的源泉。"①

　　基督教的宗教仪式几乎总是由白人牧师主持，但也有黑人牧师，他们通常更了解自己同伴的宗教需要。对于黑人群体来讲，黑人牧师的作用至关重要。他们是黑人群体的代言人，为黑人群体的利益服务。他们在黑人中享有很高的威望，具有很强的凝聚力。他们将来自不同地区、操不同语言、具有不同文化背景的黑人团结在一起，在使黑人形成一个统一的群体方面起了重要的作用。18 世纪 70 年代，佐治亚的萨凡纳市开始由黑人牧师为奴隶布道，从此黑人与白人分开作礼拜的现象逐渐普遍。② 安德鲁·布赖恩是最早的黑人牧师之一，他是当时佐治亚最大的奴隶主之一——约翰森·布赖恩的奴隶。虽然在其主人去世之后，安德鲁的牧师地位一度受到萨瓦纳大陪审团的反对，最后在约翰森·布赖恩的儿子威廉·布赖恩的努力下安德鲁·布赖恩得以继续向奴隶布道。③ 有些黑人牧师也向奴隶们宣扬要服从主人。他们的这种布道出于各种原因。有的是为了避免挨主人的鞭子，有的是因为主人给他们一定的好处，如金钱的奖赏、减轻劳动或许以自由。有一小部分黑人牧师是从字面上理解《圣经》，虔诚地相信服从主人是进天堂的一条途径，但他们之中多数人明白自己的职责是教奴隶们在现世中如何以保守的方式免遭鞭打。④

　　考虑到黑人牧师极不稳定的地位，他们在黑人奴隶中的这

---

　　① 转引自戴维斯《革命时期的奴隶制问题，1770—1823》，第 47 页。

　　② 索贝尔：《他们共同创造的世界：18 世纪弗吉尼亚的白人和黑人的价值观念》，第 207 页。

　　③ 加利：《奴隶主家长制的起源：乔治·怀特菲尔德、布赖恩一家与南部的大觉醒运动》，《南部史杂志》第 53 卷第 3 期（1987 年 8 月），第 392—393 页。

　　④ 布拉辛格姆：《奴隶社区：内战前南部的种植园生活》，第 129 页。

种布道方式也就不足为奇了。黑人牧师的活动往往在白人教会的严密监控之下。白人不能阻止黑人布道，但他们可以用各种理由取消某些黑人牧师布道的资格。例如，18 世纪 90 年代弗吉尼亚的几名黑人牧师就被以各种原因禁止布道。其中内德教士是因为酗酒并非难一名女黑人教友；威廉·路易斯由于在布道中"训导不当"；而杰苏则被教堂没有任何明确的理由禁止布道。[①] 黑人布道者中当然不乏激昂雄辩的牧师，但一般的黑人布道者只是带头放声歌唱、振臂欢呼的人。[②]

但在 1831 年的纳特·特纳起义之后，对奴隶起义的恐惧导致对黑人宗教活动的限制。因为黑人起义的领导人登马克·维奇就是一个积极的卫理公教徒，而纳特·特纳则曾经当过传教士。虽然如此，黑人的宗教活动从未完全中止过。[③]

当然，有不少白人教会和牧师通过给奴隶布道对他们施加了重要的影响。在下南部各州，浸礼会和卫理公会对种植园奴隶的影响最大。这些教会调整自身以适应黑人奴隶的需要。卫理公会和浸礼教的黑白两种人都参加的"宗教扩大聚会"，不仅唤起了人们的宗教热情，也给黑人提供了社会交往的机会。这些宗教活动是宣泄被压抑的情感的最有效的方式，奴隶们以此来缓解南部种植园的单调生活。在这种场合白人与黑人共同歌唱，一起呼喊，一同放松。这是南部所能提供的协调黑白两个种族关系的一种有效方式。[④]

---

① 索贝尔：《他们共同创造的世界：18 世纪弗吉尼亚的白人和黑人的价值观念》，第 208 页。

② 弗纳斯：《与汤姆大叔告别》，第 171 页。

③ 米尔达尔：《美国的困境》第 2 卷，第 859 页；布尔斯廷：《美国人：建国历程》，第 233 页。

④ 拉维克：《从日落到日出：黑人社区的形成》，第 48 页；富兰克林：《从奴役到自由：美国黑人的历史》，第 145 页。

但是，即使是最有才能和最敬业的牧师也会面临一种严峻的考验：一方面他们要传播福音，另一方面又要把基督教作为维持社会秩序的一种方式，而这二者之间却存在着严重的矛盾。白人牧师向黑人布道时，会尽量选择《圣经》中"安全"的内容，但无论他们如何谨慎，奴隶也能了解其中"危险"的部分。如《圣经》中《旧约全书》的第二章就是《出埃及记》，多数奴隶都会自然而然地将自己的境遇与埃及法老奴役下的以色列人的命运联系起来，期待有朝一日会出现一位黑人"摩西"，带领他们摆脱奴役，获得自由。此外，在奴隶制下，奴隶是主人任意支配的财产，其地位低下，主人动辄鞭打奴隶甚至拆散奴隶家庭的现象普遍存在，这显然与基督教所宣扬的平等、仁爱、圣洁、公正的教义相悖。所以即使是雄辩的牧师也很难自圆其说。

三　黑人奴隶对基督教的接纳与改造

如同在音乐方面一样，虽然长期以来人们认为非洲的宗教与欧洲的宗教截然不同，但实际上二者有着相似之处，这些共同点使二者的融合并不困难。[①] 黑人对于基督教并不陌生。早在16世纪葡萄牙人就曾派布道团到西非。上帝以各种形式出现的说法，信仰多神论的西非人对此也不以为奇，所以他们对圣父、圣子、圣灵三位一体的概念也并不难理解。而且，有些非洲的神话传说和《圣经》中的故事非常相似。例如，在非洲的民间传说中，有一个故事讲到人为什么会死亡。根

---

① 莱文：《黑人文化与黑人意识》，第59页。

据这个故事，人原本是可以长生不老的。神禁止人吃某一种水果、禽蛋或动物之类的东西。后来人违背了神的旨意偷食了那种食物，于是"死亡就降临到了他们的身上"。这与《圣经》中亚当和夏娃偷食禁果的故事出奇的相似，所以很多西非黑人接触到基督教《圣经》时，感觉其中有一则他们自己的古老的故事。①

　　但黑人并没有轻而易举地接受基督教。有些奴隶抵制白人的基督教，他们认为，奴隶主所宣扬的基督教偏离了传统基督教圣洁、公正的教义，其行为亵渎了上帝。黑人奴隶认为这是一种奇怪的宗教，它宣扬平等和仁爱，但同时却拆散黑人的家庭，把他们运到很远的地方作奴隶。"非洲人对基督教接受得很慢，那不仅仅是因为他们抱住自己部落崇拜的特殊仪式不放，也是因为他们没有超人的力量来在心中化解这种新宗教自相矛盾的特点。"② 因此，白人将基督教变为单纯宣传顺从的企图受到奴隶的憎恨和反对。

　　有些奴隶为了自身的利益有选择地接受了基督教。我们无法确切知道1800年到内战前有多少奴隶成为基督徒。相对准确的估计表明，到19世纪中期有12％到15％的奴隶是教会成员。没有加入教会的黑人奴隶和非教会成员的白人一样，基督教新教无疑是很多人名义上接受的宗教。③ 名义上成为基督教徒可以给奴隶带来一些好处。如皈依基督教后，不同种植园的奴隶们可以借去教堂或参加祈祷会的机会见面，而平时很少有

---

　　① 索贝尔：《他们共同创造的世界：18世纪弗吉尼亚的白人和黑人的价值观念》，第171页。

　　② 富兰克林：《从奴役到自由：美国黑人的历史》，第171页。

　　③ 劳伦斯·穆尔斯：《宗教的局外人与美国的成长》（Moore, *Religious Outsiders and the Making of Americans*），纽约1986年版，第176页。

这种机会。而且，在早先每周要求奴隶劳动七天的种植园，由于奴隶主要求奴隶去教堂作礼拜，使劳动时间减少到六天。更重要的是，他们接受主人的宗教道德标准，以此换取自身的特权，这是奴隶制下家长式关系发展的第一步。[①]

有些黑人奴隶皈依基督教后，逐渐形成了对任何事情逆来顺受的态度。哈里特·比彻·斯托夫人在其著作《汤姆叔叔的小屋》中创造了汤姆叔叔的形象，这一形象是基督教牺牲精神的典型，他对黑人奴隶及其后代都产生了深刻的影响。汤姆叔叔生活在基督教仁爱的规则之中，他向人们展示出如何在驯服中保持人格的尊严，怎样在恭顺下坚持自己的主张。他出于正义而忍受痛苦，他自愿做个殉道者以使美利坚民族得到拯救。许多黑人皈依基督教后变得更加顺从，白人由此达到了对黑人进行基督教化的最初目的。

多数黑人奴隶对基督教没有完全地排斥，也没有全盘接受，而是在内容和形式上对其进行了改造和利用，以适应自身生存的需要，使黑人的"基督教"与白人的基督教具有明显的差异。对于基督教的特点，布尔斯廷曾写道："基督教的全部历史表明，它是同时提倡谦让和勇敢的宗教，它是殉教者也是十字军的宗教，它是圣弗朗西斯科也是圣路易的宗教。黑人从福音书中既可以找到医治其心灵创伤的药方，又可明白其地位低贱的原因，同时还可以找到平等的理由，以及鼓励反抗的动力。"[②]

----

① 吉诺维斯：《奔腾吧，约旦河：奴隶们创造的世界》，第86页；伽特曼：《奴役与自由状态下的黑人家庭》，第312—317页；加利：《奴隶主家长制的起源：乔治·怀特菲尔德、布赖恩一家与南部的大觉醒运动》，《南部史杂志》第53卷第3期（1987年8月），第393—394页。

② 布尔斯廷：《美国人：建国历程》，第232页。

　　黑人奴隶接受了基督教的很多内容，并且从自身的角度重新认识和理解这些内容。

　　首先，黑人奴隶相信上帝的存在。上帝不仅存在，而且有着万能的力量，能够驱除一切邪恶。黑人的灵歌中体现出他们对上帝的敬仰。其中一首灵歌中唱道：

> 　　上帝与我们同在，
> 　　与我们同在，
> 　　直到永远……

　　另一首灵歌中唱道：

> 　　魔鬼撒旦徘徊在我的周围，
> 　　时时想作祟，
> 　　但上帝保护着我，
> 　　他将一切邪恶击溃。①

　　黑人歌曲中所唱的上帝既不遥远也不抽象，而是同非洲宗教中的神一样亲切并颇为人性化。在黑人的灵歌中经常唱道，"当我漫步时，我与上帝交谈"，"主耶稣是我的挚友"，"我将单独与耶稣王散步"②。

　　但是，他们在相信上帝的同时，并没有放弃对非洲传统宗教中神灵的崇拜。他们仍认为祖先的神灵眷顾着他们，而且仍

---

① 索贝尔：《他们共同创造的世界：18 世纪弗吉尼亚的白人和黑人的价值观念》，第 218 页。
② 莱文：《黑人文化与黑人意识》，第 35 页。

然相信"魔法"的神奇力量。

黑人奴隶接受了基督教关于"原罪"的概念，但他们对于"原罪"的理解与白人的观念不同。他们开始相信"原罪"是导致人死亡的原因，但他们所理解的"原罪"并非道德上的过失，而是对宗教禁忌的违背。[①] 他们认为黑人奴隶中普遍存在的小小的过失，如偷盗主人财产、撒谎、怠工等行为，不是原罪的表现，而是奴隶制这种特殊制度的必然产物。

黑人奴隶中也有一些人深受基督教"原罪"观念的困扰，甚至在皈依基督教以后仍担心自己能否获得拯救。如当有人问弗吉尼亚的一名年迈的奴隶，是否期待上帝将他召唤到天堂，使他从现世的痛苦中解脱出来时，他回答说："不，我害怕死亡。"当被问到是否因为做过有悖良心的事或对主人不忠时，他说："没有。我一直忠于职守，尽心尽力，但我还是怕死。难道我们的救世主自己不怕死吗？"[②] 当然多数黑人基督教徒不存在这种担忧，他们相信自己死后将进天堂，永远获得拯救。

对于基督教中神圣的概念，以及"地狱"与"天堂"，黑人奴隶自有他们独特的看法。最初到新大陆的非洲黑人相信他们死后灵魂会回到故乡，与先辈的灵魂相聚。如一名非洲传教士的全家被贩卖到北美之后，他的儿子不幸夭折，这名传教士为儿子埋下了一只小独木舟，一支弓箭，一些食物，一双桨，还有一束头发，以帮助他的孩子能"魂归故里"。[③] 皈依基督教以后，天堂成为所有黑人灵魂的归宿，他们的所有祖先和家庭

---

① 索贝尔：《他们共同创造的世界：18世纪弗吉尼亚的白人和黑人的价值观念》，第241页。

② 同上书，第216页。

③ 布拉辛格姆：《奴隶社区：内战前南部的种植园生活》，第31页。

成员都将在那里团圆。一名 1781 年出生在弗吉尼亚的黑人鲁本·麦迪逊在他的妻子被卖掉以后，夫妻离散的痛苦令他难以承受。但他从宗教中找到了安慰，他真心希望"与自己的妻子和孩子在天堂重逢，永远不再分开"。乔治·霍布斯被卖到田纳西以后，给弗吉尼亚"家"中的妻子阿格尼丝·霍布斯写信说，"让我们在天堂相见，到那时我一定不停地祈祷…… 我亲爱的妻子，我希望我们相聚在伊甸园，永远赞美上帝"①。

黑人对天堂寄托的希望迄今在黑人的灵歌中仍有表露：

> 天堂有我母，
> 光辉盖太阳；
> 天堂有我父，
> 光辉盖太阳；
> 天堂有我姐，
> 光辉盖太阳；
> 我辈上天堂，
> 光辉也能盖太阳，
> 远远胜过小月亮。②

在奴隶制下，黑人奴隶充满了对天堂的向往。内战前的南部，虽然充满了人人所渴望和需要的平等、社会地位及个人价值感，但奴隶无法适应身外的世界，他们创造了一个超越自己所生活其中的世界之外的一个新世界。他们将有限的世界的边

---

① 索贝尔：《他们共同创造的世界：18 世纪弗吉尼亚的白人和黑人的价值观念》，第 96 页。
② 布尔斯廷：《美国人：建国历程》，第 231 页。

界向后扩展到与《旧约》中的世界融为一体，向上扩展到与这个宇宙之外的世界成为一体。[①] 在黑人的灵歌中经常提到地狱和天堂，显然地狱指的是他们在现实世界中的苦难生活，而天堂往往是指北部、非洲或者他们认为可以摆脱白人的剥削与压迫的任何地方。道格拉斯回忆起在与一群奴隶准备逃往北部时唱着一首灵歌，在这首灵歌中提到他们要去"迦南"，"那不仅表达了我们奔向天堂的希望，我们指的是要去北部，北部就是我们的迦南"[②]。

对于"上帝的选民"这一概念，黑人奴隶与白人的看法不同，同时黑人奴隶之间对此概念的理解也存在着差异。

南部的白人大多认为上帝创造了两个截然不同的种族，上帝的安排是有着明确目的的，这一神学根据可以从阿肯色州的一名官员的谈话中体现出来："黑人在南部确实是我们的助手。他们是万能的上帝特意赐给我们的奴仆。我们需要他们。"[③] 白人认为，只有他们才是上帝的选民，而黑人奴隶并非完全被动地接受这一观点。

为了能够在艰难的环境中求得生存，很多黑人奴隶接受了上帝选民的概念。一些奴隶认为自己受奴役是上帝的旨意，所以他们要学习白人的文化，来驱散他们愚昧无知的阴云。[④]

但多数黑人相信自己就是上帝的选民。在黑人的灵歌中这种信念有所体现，如"我们是上帝的子民"；"我们是主的子民"；"我确信我是上帝之子"；"我是上帝的孩子，我的灵

---

① 莱文：《黑人文化与黑人意识》，第32—33页。
② 弗雷德里克·道格拉斯：《我的奴役与自由》，第278—279页，转引自布拉辛格姆《奴隶社区：内战前南部的种植园生活》，第142页。
③ 米尔达尔：《美国的困境》第2卷，第584页。
④ 穆尔斯：《宗教的局外人与美国的成长》，第181页。

魂是自由的"；"我知道我是上帝所创造"。他们也相信"我一定要去那希望之乡"，"我要走上天堂之路"；"天堂是我的家"；"我将遇到我的救世主"；"我要去寻找主，我要找到他"；"那天早上我将听到号角"；"我们将走在新耶路撒冷的金光大道上"。①

黑人不仅相信他们自己就是上帝的选民，很多奴隶认为他们的主人将无法得到拯救。弗雷德里克·道格拉斯在自传中写道："奴隶们知道正义的神会把所有的坏主人都送到地狱。"②一名奴隶曾说道："我相信有地狱的原因是上帝不会将那样的人（她的主人）纳入他的王国。"③还有一则笑话更清楚地表明奴隶相信他自己将得到拯救，而他的主人将下地狱。一个奴隶主告诉他的奴隶，在该奴隶死后可以和主人葬在一起，以此作为对奴隶的奖赏。这名奴隶听后大惊失色，说道："主人啊，我是喜忧参半。喜的是我死后能有一口好的棺木，但我又担心魔鬼来捉你的时候错把我抓走。"④

在宗教活动中，黑人奴隶接受了基督教赞美诗这一表现形式。黑人奴隶具有悠久的音乐传统，他们接受了赞美诗这一宗教活动的形式，并将其改造为有黑人特色的宗教歌曲。黑人的宗教歌曲通常被叫做"灵歌"（spirituals），奴隶们利用灵歌抒发自己真实的情感。

黑人灵歌的特点是一唱一和，这种特点源自非洲，并且在北美唱灵歌的实践中得到加强。在宗教集会上，无论是在教堂

---

① 莱文：《黑人文化与黑人意识》，第34、40—41页。
② 同上书，第34页。
③ 同上。
④ 《刘易斯·克拉克自述》（*Narrative of Lewis Clarke*），转引自莱文《黑人文化与黑人意识》，第35页。

还是在乡间到处可见的野营布道会上，牧师先唱出一段布道词，然后全体教徒以喊叫或是歌唱的方式回应他。黑人在歌唱中与群体不断地交流，使他既保持作为独立实体的意识，同时又将个体意识融入群体意识之中。黑人的音乐的发展反映出，不管奴隶制对黑人群体意识的破坏如何严重，它从来没能将其完全摧毁，也没能使黑人个体处于孤立状态使其精神上无法自卫。实际上，黑人音乐的形式给黑人提供了发泄个人感情的机会，同时也将其不断地拉到群体当中，使黑人奴隶享受到群体意识的温暖。[①]

黑人关于神圣的概念是黑人灵歌的主要内容，通过这些灵歌可以体现出奴隶世界观的精华所在。在黑人灵歌中可以看出，黑人奴隶将《圣经》中的人物看得更有人情味。黑人灵歌中经常提到《圣经》中的人物，如"玛丽姐姐"，"约拿兄弟"，"摩西兄弟"，"但以理兄弟"，这些是圣歌中对圣经人物亲切的称呼。黑人奴隶认为，不是由主人而是由上帝和主耶稣制定标准，开创先例，确定价值观；《圣经》中的人物在他们精神世界中占有重要的位置。奴隶圣歌中所描绘的是一个黑人的世界，在这个世界里没有提到任何白人。他们所提到的都是他们自己生活圈子里的人：父亲、母亲、兄弟、姐妹、叔叔、婶婶、牧师以及教友们。他们通过即将离世的人把消息传给已故的亲友，并且希望在来世欢聚一堂。[②]

黑人灵歌所反映出的宗教思想与白人的宗教思想有着相似之处，如群体意识。黑人经常运用大胆的想象，把天堂描绘成一个充满了快乐的地方，这种快乐在现世是无法得到的。

---

① 莱文：《黑人文化与黑人意识》，第 33、217 页。
② 同上书，第 37 页。

黑人还强调为将来的荣光而作准备，让人有一种期待，那就是在死后能与所爱的人永远相聚。但黑人的宗教与白人的宗教有着本质的差异。黑人的灵歌多属即兴创作，虽然并非完全是创新，而是把先前的老歌与新的曲调结合在一起，但他们根据自身的境遇对圣经故事作出了解释，既是个人也是群体创造性的表现。即使是黑白两种灵歌在旋律上相似，其内容也大相径庭，而且往往截然不同。如白人的圣歌中唱道："我何时才能见到耶稣并与他共聚天堂"，而黑人灵歌则以相似的曲调唱道："啊，我主拯救了但以理，为什么不把我拯救？"白人唱道："主啊，我相信你所有的子民都将有一个归宿"，黑人的灵歌借用相同的曲调诉说摩西带领以色列人出埃及。① 与清教神学不同，黑人灵歌，内战前美国音乐最原始的创造形式，教育奴隶不要把美国当做锡安山，而要把它当做埃及。一首黑人灵歌利用以色列人在埃及受奴役的故事，表达了奴隶们对自由的向往：

> 只要以色列还在埃及，
> 放我的臣民走！
> 他们无法忍受这深重的奴役，
> 放我的臣民走！
> 出走，摩西，离开埃及的土地，
> 告诉老朽的法老，放我的臣民走！②

---

① 莱文：《黑人文化与黑人意识》，第23、29页。
② 约翰·布雷、西玛妮莎·辛哈：《美国黑人马赛克：从奴隶贸易到二十一世纪文献史》第1卷，新泽西2004年版，第170页。

传说这首圣歌中的摩西指的是黑人反奴隶制活动家哈瑞特·塔布曼，她曾经帮助奴隶通过"地下铁路"逃往北方各州。①

　　还有的黑人灵歌毫不避讳地表达对自由的渴望，如一首题为《啊，自由！》的灵歌中写道：

　　　　啊，自由，

　　　　啊，自由，

　　　　我渴望至极，

　　　　我宁可葬身墓冢，

　　　　也不愿去作奴隶，

　　　　我要回家去找我的主啊，

　　　　落得自由之躯。

　　　　不要悲伤，

　　　　不要悲伤，

　　　　不要为我哭泣，

　　　　我宁可葬身墓冢，

　　　　也不愿去作奴隶，

　　　　我要回家去找我的主啊，

　　　　落得自由之躯。

　　　　为我歌唱吧，

---

①　约翰·洛弗尔：《奴隶自由地歌唱》（John H. Lovell, Jr. "The Slave Sings Free"），载米德雷·德贝恩等编《从自由到自由：美国土地上的非洲根源》（Midred Bain et al. eds., *From Freedom to Freedom：African Roots in American Soil：Selected Readings*），纽约 1977 年版，第 249 页；http：// art. qc. qc. com. cn. music/ philpharmonic/ topic－2319. html。

为我呼喊吧，

为我祈祷上帝，

我宁可葬身墓冢，

也不愿去作奴隶，

我要回家去找我的主啊，

落得自由之躯。①

黑人在白人基督教赞美诗的基础上进行了改造，使自己的灵歌曲目更加丰富。其中最具说服力的是以色列的子孙如何获得自由的抒情歌曲，它告诉奴隶上帝的福泽将遍洒约旦河对岸，不分肤色的深浅与毛发的曲直，上帝会保佑他所有的臣民：

不必想如何让曲发变直，

上帝说他自能辨明是非曲直。

他们抓走了我们的主耶稣，

把他赶到山上，

用带刺的鞭子抽打他，

但他从来没哼一声。

兄弟们！

他从来没哼一声……

人们多为这些灵歌所打动，但很少有人知道这是出自黑人的手笔。它们在很大程度上直接借用了白人的民间音乐，非洲

---

① 布雷、辛哈：《美国黑人马赛克：从奴隶贸易到二十一世纪文献史》第1卷，第171页。

的成分很少，但其重要意义在于它充分表现出黑人在奴隶制文化中孤立的地位。[①]

　　黑人奴隶将基督教变成了与白人教会所宣传与实施的完全不同的一种宗教，这一点恰恰是奴隶主所惧怕的。即使是黑人和白人在同一教堂作礼拜，听相同的布道词，唱同一首赞美诗，但黑人与白人的理解却会截然不同。他们把白人讲给他们的圣经故事变成了他们自己的故事。[②] 人类学家保罗·雷丁认为，内战前的黑人并未被转化为上帝的信徒，而是他们将上帝"为我所用"了。他们在基督教的上帝中找到了一个定点，而且他们也需要一个定点，因为无论从他们的内心还是从外界，他们都只能看到踌躇不定和变化无常。对于各方面都面临疑惑和崩溃的惶恐，本能受到压抑，价值观被毁灭的人来讲，没有其他方式的安全感。[③]

　　从基督教中黑人也可以找到要求自由的根据。《圣经》中对黑人思想影响最大的恐怕当属摩西带领以色列人逃出埃及、摆脱法老奴役的故事了。黑人基督教中隐含着反抗，加布里埃尔·普罗瑟、登马克·维奇以及纳特·特纳的行为就是这种反抗精神的公开表现。[④]

　　一些参与 1800 年加布里埃尔领导的黑人起义的奴隶显然受到过基督教的教育。其中一个化名为本·伍尔福克的黑人供认说，他曾在一次策划暴动的会议上告诉起义者，"我听说在古时候以色列人曾在埃及法老的统治下受奴役，但是借助上帝

　　① 弗纳斯：《与汤姆大叔告别》，第 169—170 页。

　　② 索贝尔：《他们共同创造的世界：18 世纪弗吉尼亚的白人和黑人的价值观念》，第 241 页。

　　③ 转引自莱文《黑人文化与黑人意识》，第 33 页。

　　④ 穆尔斯：《宗教的局外人与美国的成长》，第 176 页。

的力量，他们在摩西的带领下逃出了埃及"①。从南卡罗来纳州的登马克·维奇起义中可以看出奴隶的宗教世界观的一些线索。关于维奇的人格魅力中的宗教因素，从与他一起造反的奴隶的证词中可以体现出来：

"他对《圣经》作了很多研究，试图证明奴隶制是与《圣经》相悖的"；"他将宗教进行了改革，使之成为一种可用于奴隶制的宗教，例如在讲到《创世纪》时，他会说人都有平等的权利，不管是黑人还是白人。他所有的宗教言论都与奴隶制联系在一起；他给我们读《圣经》里的故事，告诉我们以色列人如何逃出埃及摆脱奴役。"②

奴隶在宗教仪式上的喊叫、歌唱和布道中也会表现出对自由的向往，而这种思想的表达常常因为白人的在场而受到限制。亨利·克莱布鲁斯回忆说，有一位老黑人牧师有一次忘记了还有白人在场，满怀激情地祈祷道："我们要真正的自由，我们要获得永生，远离地狱，不受苦役，不受白人压迫，不受任何束缚！"③

四　黑人奴隶自己的宗教信仰和仪式

大多数黑人在皈依基督教以后把自己看做基督徒，但他们仍保留着非洲传统宗教的信仰和价值观。

白人对黑人基督教化所付出的努力，虽然使很多奴隶接

---

① 乔丹：《白高于黑：1550—1812 年间美国白人对黑人的态度》，第 393 页。
② 莱文：《黑人文化与黑人意识》，第 76 页。
③ 布拉辛格姆：《奴隶社区：内战前南部的种植园生活》，第 139 页。

受了基督教的外在表现形式，但奴隶们以他们自己的方式发展了基督教的内在含义和宗教仪式。具有非洲传统色彩的宗教并未消失，而是以巨大的力量和创造力继续发展，它仍然是美国黑人宗教的主流。有些奴隶在任何意义上讲都从未真正成为基督徒。[1] 美国的黑人奴隶有两种宗教经历，一种是白人强加给他们的宗教，一种是黑人自己的宗教。这两种倾向在当代的黑人教堂中仍清晰可辨。罗伯特·布鲁斯·辛普森在 20 世纪 60 年代对圣路易斯的黑人教堂的研究中注意到了两种不相容的表现方式。他将黑人的宗教归结为抗议现世的宗教和在现世中生存为来世做准备的宗教。[2] 前者显然是奴隶对自己宗教的继承，而后者则反映出白人教会对黑人宗教的影响。

虽然白人接纳了黑人加入教会，但由于在教堂里黑人教友普遍不能以和白人教徒平等的身份参加礼拜仪式，加之黑人与白人的宗教礼拜方式的差异，白人与黑人都希望彼此分开，所以黑人教堂逐渐发展起来。黑人教堂将白人教堂的管理形式、组织结构和礼拜仪式照搬过来，但在此基础上做了一些修正，加上了黑人对宗教独特的诠释和礼拜风格，使之具有明显的黑人特色。

由于非洲黑人宗教本身的多样性，黑人分散居住在各个种植园，而且往往采取秘密的方式举行宗教仪式，从而形成了丹尼尔·布尔斯廷所说的黑人宗教团体的两大特点：分散性和隐蔽性。这两种特点对美国黑人的生活产生了深远的影响。正如

---

[1]　拉维克：《从日落到日出：黑人社区的形成》，第 33 页。

[2]　罗伯特·布鲁斯·辛普森：《黑人教堂：乱世中的狂热》（Robert Bruce Simpson，"A Black Church：Ecstasy in a World of Trouble"），转引自拉维克《从日落到日出：黑人社区的形成》，第 51 页。

犹太人在少数民族聚居区的生活形成了他们对宗教和社会的态度，黑人在奴隶制下的生活也形成了他们对宗教和社会的态度。[①]

黑人宗教团体从建立之初就表现出分散性的特征。背井离乡的非洲黑人在新大陆接触到各种各样的宗教传统，加之黑人社会内部在宗教方面就存在着差异，使他们的宗教团体更为多样。实际上，各个黑人教会之间并不存在信条上、神学上或仪式上的本质差别，这种分散性特征主要是由黑人所生活的社会环境造成的，主要原因首先是受白人价值观的影响。比如，既然白人有多种教派，黑人何必限制自己？其次是因为黑人之间存在着差异，他们能够也需要有不同宗教的表现方式。除此之外，由于在社会生活的其他方面黑人很少有机会发挥他们的领导才能，而黑人教会是黑人最大、最实际的社会组织，它为有领导才能的黑人展示才华提供了绝好的场所。更为重要的是，黑人长期以来生活在白人所主导的世界中，渴望摆脱这种重压。黑人宗教仪式的共同特性是超然物外和逃避现实，这与传统宗教的精神王国格格不入，黑人奴隶更需要一个更实际、有形的属于他们自己的世界。[②] 美国第一个专门供黑人作宗教礼拜之用的教堂，是1773年左右在佐治亚的萨瓦纳附近建立的浸礼会教堂，之后黑人教堂纷纷在各地建立起来。到18世纪90年代以后，虽然仍有不少教堂供黑人和白人共同作礼拜，但建立独立的专供黑人作礼拜的教堂已是大势所趋。[③]

从奴隶的自述中可以发现，在奴隶制时期，奴隶们除了星

---

①　布尔斯廷：《美国人：建国历程》，第236页。

②　林肯：《种族、宗教和美国长久的困境》，第77—81页。

③　乔丹：《白高于黑：1550—1812年间美国白人对黑人的态度》，第425页。

期天去白人教堂参加"法定的"宗教礼拜外，每周都有自己的宗教活动。由于黑人多数单独的宗教集会是非法的，而且参加的人，有时包括牧师在内，大多是文盲，所以他们的宗教活动基本上没有留下记载。尽管如此，从史学著述和奴隶的回忆中我们推断出，这类宗教活动是十分普遍的，"后来逐步发展成为黑人社会的核心，并进而成为唯一的组织形式"①。

黑人奴隶自己的宗教活动通常在夜里举行，地点是在奴隶居住的小屋里或在被认为有某种神秘色彩的靠近树丛的"凉亭教堂"。资料表明这种集会一般每周一次，而且经常是几个种植园的奴隶都参加。一名16岁时被主人释放的奴隶贝基伊尔斯利在多年以后回忆道："内战前我们经常在夜里聚会，我们总是在树林里或灌木丛中，以防白人巡逻队听见我们唱灵歌的声音。"② 出生在弗吉尼亚州乔治王子县的彼得·伦道夫曾是一个种植园的奴隶，1847年主人死后他获得自由，并到北部作了浸礼会的牧师。他在自述中写道，虽然在县里有专供奴隶作礼拜用的教堂，黑人还是设法自己举行秘密的宗教活动，因为不准在种植园举行，奴隶们就把地点选在白人巡逻队找不到的沼泽地。他们自己知道约定集会时间和地点的暗号。通常是第一个到场的人选定地点后，折下一些树枝指向所选的地点。几名男子负责把大家安排就绪后，教友们开始轮流布道，然后全体祈祷、歌唱。有时他们也在小木屋里举行宗教活动。如果被发现，他们就逃跑。被抓住的人经常遭到鞭打，但"为了上帝有些奴隶情愿受罚"③。

---

① 布尔斯廷：《美国人：建国历程》，第235页。
② 莱文：《黑人文化与黑人意识》，第41页。
③ 《奴隶自述》，http：// vi. uh. edu. / pages/ mintz / 24. html。

　　黑人的宗教活动与白人的宗教在内容和形式上都存在着极大的差异。亚拉巴马的奴隶埃拉·斯托尔斯·克里斯琴在她的日记中写道："当浸礼会的黑人参加他们主人的教堂礼拜，或当女主人和他们一起唱圣歌时，他们用的是赞美诗集，而在他们自己的宗教聚会上他们通常用自编的歌词和曲调。他们说他们自己的圣歌比书上的赞美诗更具宗教意义。"① 白人教徒通常静坐在椅子上听牧师布道，而在非洲，音乐和舞蹈在朝拜仪式中是必不可少的。北美的黑人奴隶继承了非洲的传统，在宗教聚会中奴隶们歌唱、祈祷、大声喊叫，尽情"欢乐"。他们经常围成一圈，手搭在相邻同伴的肩上跳一种慢节奏的舞蹈，以应答轮唱的形式配以伴唱；跳舞的人绕圈移动，跺脚击打节拍。这些集会使人与人之间的感情联系更紧密了。② 对参加这种宗教仪式的黑人来说，这种活动既不是知识性的，也不是冷冰冰的僵硬的礼仪，而是一种出自感情的、淳朴的个人直接感受。更重要的是，当黑人的宗教团体完全由黑人自己组成时，它就成为黑人活动的完整天地，为他们提供所有的政治、文化、美学和社会生活，成为"国中之国"。③

　　当奴隶们以自己的方式作宗教礼拜的时候，不管是正式的教堂仪式、在自己家中祈祷，还是秘密的集会，其特点都是在肉体和精神上表现出最大的热情，全身心投入。很多白人的记述和黑人的自述都表明他们在宗教仪式中狂欢劲舞，大声喊叫。彼得·伦道夫记得黑人在祈祷、歌唱时"忘记了他们所有的痛苦"，高呼"感谢上帝，我们不会永远生活在这里"！④ 一

---

① 转引自莱文《黑人文化与黑人意识》，第 44 页。
② 拉维克：《从日落到日出：黑人社区的形成》，第 34 页。
③ 布尔斯廷：《美国人：建国历程》，第 235 页。
④ 《奴隶自述》，http：// vi. uh. edu. / pages/ mintz / 24. html。

名将后半生投身于对自由黑人及其后代的教育事业上的白人教师劳拉·汤，在1862年年初到圣海伦娜岛不久给一位友人的信中写道："我今晚参加了一场'喊叫'，在我看来那似乎是某种古老的偶像崇拜仪式。我从未见过如此野蛮的场面。他们把那叫做宗教仪式，但实际上那更像是嬉戏。"① 一为黑人学者将黑人的宗教形式描述成"就像疯人院里的病人发作的情形"②。

　　路易斯安那的一个种植园的奴隶伊丽莎白·罗斯·海特证实，尽管她和她的同伴都是天主教徒，但她们不喜欢天主教的宗教仪式。她说道："我们常常躲在墙后面作礼拜。从法国来的天主教牧师不让我们喊叫，但主说如果你想获得拯救你就必须喊叫，那是《圣经》里写的。有时我们的礼拜做一整夜，直到早晨才散去。我们在罐子里放些油脂点燃，以借着火光读《圣经》。你知道，我们的主人不想让我们参加宗教活动太多，说那会影响我们干活。他只想让我们周末去作天主教的礼拜，而平时只管干活。他不想让我们整天呼叫、呻吟，但是你要想获得拯救，就必须喊叫、呻吟。"③

　　对很多奴隶而言，喊叫既是宗教的要求，又是个人情不自禁使然。即使在与主人共同作礼拜的时候，奴隶也禁不住要喊叫。有一则流传甚广的笑话讲道："一个主人因为自己的奴隶每个礼拜天在教堂喊叫而颇感尴尬，于是向那名奴隶许诺如果他不喊叫的话就奖给他一双新靴子，他的奴隶同意试一试。在次日的礼拜中那名黑人尽量保持安静以得到主人的奖赏，但最后他的兴奋之情终于无法再抑制，他大声喊道：'上帝荣光！

---

① 莱文：《黑人文化与黑人意识》，第141页。
② 弗纳斯：《与汤姆大叔告别》，第169页。
③ 莱文：《黑人文化与黑人意识》，第41页。

什么靴子不靴子，上帝荣光！'"①

关于黑人在宗教仪式中喊叫的原因，一名老黑人牧师解释道："因为内心有一种欣喜，它强烈膨胀使人难以抑制。它是骨骼中的火焰，每当这种火焰触到人，人就会跳起来。"② 斯塔基的研究找到了奴隶在宗教仪式中喊叫的非洲根源。他发现，这种习惯起源于非洲达荷美等地的宗教祭祀仪式，在这种仪式中，人们围成一圈，按逆时针方向运动，同时唱歌跳舞，高声呼喊。他们相信这样能与祖先和神灵进行交流。在北美，各个地区的黑人宗教仪式中都普遍存在高声喊叫的现象，白人称之为"环嚷"（ring shout）。由于黑人通常秘密地进行自己的宗教活动，所以白人一般不了解黑人这种习惯的根源，只把黑人喊叫的习惯看做黑人原始、野蛮的表现。这是在奴隶制下黑人为了保持自己的文化传统而采取的一种策略。③

黑人宗教仪式的狂热和全身心投入，使旁观者也禁不住为他们的宗教热情所感染。一名1854年在南部旅行的波士顿牧师尼赫迈亚·亚当斯就曾亲眼目睹过一场美以美会的奴隶礼拜，"一名黑人教友天师般的祈祷"使全场"情不自禁地呼喊起来，连我都想加入其中"。④ 19世纪50年代，奥姆斯特德在新奥尔良参加了一次奴隶的宗教礼拜。在歌声、呼喊声和心醉神迷的狂叫声及跺脚、跳跃和鼓掌声中，奥姆斯特德注意到，"我忽然惊奇地发现我全身的肌肉在伸展，仿佛要进行一场搏

---

① 吉诺维斯：《奔腾吧，约旦河：奴隶们创造的世界》，第238页。

② 莱文：《黑人文化与黑人意识》，第42页。

③ 斯塔基：《奴隶的文化：民族主义理论与美国黑人社会的奠基》，第12、24、36、43、53、57、85、138、330页。

④ 尼赫迈亚·亚当斯：《在南部看奴隶制》（Nehemiah Adams, *A South-Side View of Slavery*）；莱文：《黑人文化与黑人意识》，第28页。

斗。我的面孔在发热，脚在跺地”①。

黑人宗教的感染力，在奴隶制结束后仍然体现在黑人的宗教活动中。19世纪80年代，黑人学者杜波依斯在田纳西州第一次邂逅南部黑人的宗教奋兴会时，听到“抑扬顿挫的歌曲感到极大的震颤”，他被黑人群体的那种紧张激动的气氛所打动，而且突然间莫名其妙地发现自己为之感动，“一种被压抑的恐惧感充斥在空气中，仿佛将我们抓住，一种愤怒的疯狂，使歌与词令人恐惧”②。

由于当时的法律规定在没有白人在场的情况下黑人不得举行宗教集会，黑人的宗教活动受到很大的限制。但是宗教对于黑人来说太不可或缺了，所以他们想方设法在与自己的神交流的同时不被主人发现。一个名叫帕奇拉金的黑人回忆说，在她主人的种植园里奴隶们会偷偷地溜进丛林里，俯卧着把脸贴近地面作祈祷以便声音不会泄露。一名黑人奴隶牧师卡尔文·伍兹，曾描述过黑人妇女如何先将旧的被褥和布片用水浸透后挂起来，围成一间屋子的形状，然后奴隶们在这些被褥后面挤在一起作礼拜、布道、歌唱。那些湿布用来阻止声音透到空气中。在路易斯安那的一个种植园里奴隶们晚上聚集在树林里，跪在地上围成一圈，对着一只盛满水的桶进行祈祷以便让水将声音浸没。最普遍的“消音”方法是用一只铁罐或铁盆“降低”声音。有数百名相互之间从未接触过的前奴隶都讲到了关于“铁罐”的故事。有的将铁罐底朝上放在门外，也有的扣在屋子中间，或把头凑到桶口喊叫、唱歌。他们认为这样声音就会被铁罐吸进去，而不会传到外面，这样主人就听不到他们夜

---

① 转引自莱文《黑人文化与黑人意识》，第27页。
② 杜波依斯：《黑人的灵魂》，第140—141页。

间祈祷和唱歌的声音。实际上，很显然这种铁桶或铁罐只是一种象征而已，已经失去了其最初的意义。而且尽管黑人害怕被人发现，但有时奴隶相信即使主人知道他们在聚会，也会允许他们这样做。①

即使奴隶主害怕黑人出于宗教的原因而聚在一起，他们也无力阻止。精明的奴隶主不得不给奴隶这种抒发感情的机会，或虽然明知奴隶在进行宗教集会却视而不见。奥姆斯特德曾问一位奴隶主关于奴隶的宗教情况，他回答道："是的，没有白人在场他们不得聚会；没有白人听见他们不得布道。但实际情况并非如此。在我的种植园里，他们总是在星期天聚会。我也告诉我的监工到黑人聚集的地方去，因为法律要求我们这样做。而监工只是到那里看一下就走，从不等到他们的祈祷结束。"②

那么，既然"铁罐"起不到实际的消音作用，其真正意义何在呢？

根据前人的研究成果，拉维克发现，在西非，铁罐与神有着密切的联系，尤其与跟人最近的河神联系紧密。据说在西非的幺鲁巴族人中，制陶匠说众神中的每一个神都装在一个特制的罐里。在有些地区，人们用罐子从河里把水打来，倒在家中的泥地面上，以保护房子及屋中的一切。所以铁罐对于非洲黑人的作用相当于黑人的保护神。在西非，铁罐是庆祝仪式中常用的道具。达荷美人在葬礼上要祭奠所有的祖先，包括在北美出生的先辈，每个祖先有一只罐子，在里面装上一只小鸡做祭

①　莱文：《黑人文化与黑人意识》，第 42 页，拉维克：《从日落到日出：黑人社区的形成》，第 39—41 页。

②　威什编：《南部奴隶制》，第 195 页。

品。所以不仅仅是奴隶在宗教仪式中将铁罐作为一种象征保留下来，铁罐在黑人的生存中也起了重要的作用。①

黑人的宗教活动并不仅仅局限于公开或秘密的正式集会，他们还经常会进行一些非正式的宗教活动。在夏天的晚饭后，当奴隶们围坐在小屋前时，如果有人开始哼唱一首古老的圣歌，歌声就会从一家传到另一家，最终成为大家的合唱。不久他们就会兴奋起来，并开始喊叫。很多人在这样自发的集会中成为教友。②

黑人接受了基督教中关于"上帝"、"天堂"等概念，相信上帝是他们的主宰，天堂是他们的最终归宿，但他们并未抛弃他们传统信仰中的神灵。他们仍然相信树木、岩石、河流和房屋中都有神灵存在。他们相信魔法师能控制这些神灵，他可以让神灵寄寓于他们的房子里、动物的身体上、器具中或食物里。他们可以让神灵附体而具有超人的魔力。黑人把非洲的魔法、巫术等宗教形式也带到了新大陆。例如，在西非，黑人有将闪光的物品挂在树上用来"吸引神灵，驱除魔鬼"。弗吉尼亚至今仍保持着这一习俗，黑人把玻璃瓶子挂在屋外的树上用来"辟邪"。他们仍然相信，"如果在不刮风的时候树倒了，那就是死亡的预兆"；"如果天黑之后哭泣，家里就会有人死去"；"如果在屋子里扛着锄头或铁锹，你不久将要自掘坟墓"；"如果在老房子里开一扇新的窗户，家人之中就会有人死掉"。③ 这些或许被看做迷信，实际上迷信的概念很难界定。如伏尔泰所说："一个到意大利旅行的法国人会发现一切都是迷信，这也

---

① 拉维克：《从日落到日出：黑人社区的形成》，第42—43页。

② 莱文：《黑人文化与黑人意识》，第421页。

③ 索贝尔：《他们共同创造的世界：18世纪弗吉尼亚的白人和黑人的价值观念》，第97、218页。

并不算错。坎特伯雷的大主教会认为巴黎的大主教迷信，长老会的会员同样认为坎特伯雷神学是迷信，教友派也会认为长老会迷信，而基督教的其他教派又都认为教友派最为迷信。"[1] 因此，这些在外界看来有迷信色彩的信仰，也是黑人宗教不可或缺的一部分。

占卜师和巫医是非洲传统宗教的神职人员。占卜师也叫预言家，是靠神的启示来解决问题的专家，依靠神谕来回答问题。占卜师还要学会用土药治病。他是非洲黑人传统社会中的重要人物，村民经常向他求助。他用骨头和坚果卜测命运，显示过去，预卜未来，找到失物或发现盗贼，以及给人治病。实际上占卜师是凭着丰富的生活经验和广泛的闲谈资料来处理某一问题的。巫医是给中巫术的人治病的大夫。他们与妖巫相反，不是害人而是给人治病、维护公众利益的人。因此，他们在非洲黑人的传统社会里是备受尊敬的社会成员。

在新大陆的奴隶社区中，巫师也是受人敬畏的重要的人物。内战前，几乎每个种植园的奴隶中都至少有一名巫师，他们利用巫术给奴隶治病，帮他们解决日常的一些问题，相当一部分巫师是种植园奴隶的精神领袖。一个名叫威廉·韦尔·布朗的逃奴发现，"几乎在每个种植园里都至少有一名自称会算命的黑人，他会受到同伴格外地尊敬"[2]。

根据一名 1815 年出生在肯塔基州的奴隶亨利·比布的自述，黑人奴隶中有很多人相信魔法和巫术，有些黑人还利用这些"法术"帮助同伴逃脱主人的惩罚。他们的方法通常是给求助者一些植物的苦根茎，让他们嚼烂，当主人对奴隶发怒时吐

---

① 转引自莱文《黑人文化与黑人意识》，第 56 页。
② 莱文：《黑人文化与黑人意识》，第 69 页。

向主人。也有时他们准备好一些粉末，撒在主人住处，以此达到控制主人意志的目的。比布本人曾有一次因为未经允许擅自离开种植园而被主人发现，他知道被主人叫去的结果往往是一顿鞭打。他在一个朋友的建议下去求助一名巫师，在付给巫师钱之后，巫师把一些明矾、盐和其他的东西磨成粉末，告诉他如果主人要打他，只需撒向主人就可让他立即停手。那名巫师还给他一些苦草根，让他嚼碎，在主人要打他时吐出来，这也可以使他免遭鞭打。于是比布照巫师的吩咐去做，居然'出于某种原因'真的逃过了一场鞭打。从那以后比布对魔法深信不遗。虽然后来的试验均以失败告终，巫师的秘诀未能使主人对他的态度有丝毫改善，但他依然很难放弃对巫术的依赖。后来他又在巫师的指导下借助"魔法"追求心目中的女孩子，最终一无所获。比布认为巫术是传统留给他们的，"只要教育之门对他们紧闭，这些迷信的观念就永远无法抹去"①。虽然奴隶们在试图利用巫术逃脱主人的惩罚时经常失败，但在有些方面却很有效。例如，黑人巫术所用的草药往往药效良好，其原因并不在于奴隶们在南部所发现的植物本身的力量，而是在于服药的人对于巫术的信仰，即心理作用。② 乔伊斯·卡里关于黑人巫术的著作中写道，"病态的心理和原始的宗教显然是一回事"③。

在外界看来黑人带有迷信色彩的活动并非完全来自西非的传统，同时也受到白人社会的影响。例如，美国黑人相信，如果你听到猫头鹰的尖叫，就必须把你的鞋底朝上扣过来，否则

---

①　罗斯编：《北美奴隶制文献史》，第 457—462 页。

②　弗纳斯：《与汤姆大叔告别》，第 172 页。

③　乔伊斯·卡里：《非洲的巫术》（Joyce Cary, *African Witch*），第 209 页；转引自弗纳斯《与汤姆大叔告别》，第 172 页。

你身边的一个人就会死掉，这种说法来源于爱尔兰或苏格兰民俗中关于女妖精的传说；黑人相信如果谋杀者触到被害者的尸体，尸体就会流血，这是原封不动地来自欧洲中世纪的神裁法。黑人之所以有这种信仰，主要原因是源于他们对非洲传统中女巫的敬畏。[①]

考古发掘发现了奴隶制时期黑人宗教仪式所使用的物品。如在得克萨斯的一个奴隶居住区发掘出了招魂师用的整套用具，在马里兰的安娜波利斯的一个奴隶住所的地下室中也发现了类似的占卜用品，如石英、水晶、镜子、陶制碗、刨光的石头和骨制的圆盘。在1990年和1991年，在北卡罗来纳和弗吉尼亚的奴隶住所的遗址中发现了盛有纽扣的瓶子，盛有糖和烟草的布袋子和铁刀等物品，而这些物品恰恰是在南部被奴役的非洲巴康戈（Bakongo）人宗教和医疗上常用方法 minkisi（即来自亡灵世界中人性化的力量）中的必需品。其物质表现形式通常是容器，如葫芦、罐子、带子或蜗牛壳，黑人将白垩粉、坚果、植物、土、石头和木炭等被认为有神奇力量的物质放在容器中。这说明西非的宗教传统在北美得以保持。[②]

黑人也没有放弃深厚的尊天敬祖的传统，这从黑人的葬礼中可以得到充分的体现。非洲黑人对来生的看法存在很大的差异，但所有的非洲人都相信，人死了以后其"灵魂"仍然活着。虽然接受了基督教的黑人奴隶相信死后灵魂将会去天堂，他们仍和他们的非洲祖先一样把葬礼看得非常神圣。他们认为体面的葬礼才能使亡灵得以安然进入精神世界，并保证他的鬼

① 弗纳斯：《与汤姆大叔告别》，第173页。
② 桑福德：《美国黑人奴隶制和物质文化的考古研究》，《威廉-玛丽季刊》第53卷第1期（1996年1月），第107—110页。

魂不再回到世间作乱。到 20 世纪，南部的一些黑人仍然抱着这种看法。在黑人看来，葬礼是死者进入精神世界的渠道，因此他们对葬礼格外重视，不惜花费财力和精力。他们认为葬礼越隆重，死者在精神世界中所受的待遇越高。[①]

他们仍然保持着群体感，无论在今生还是在来世，家族都是社会生活的主导。他们接受了上帝将在天堂等候他们的说法，相信所有的人共有一个天堂，祖先在天堂等候与他们团聚，但安抚亡灵对他们有着重要的意义，葬礼是人生命过渡的重要仪式。[②]

由于害怕黑人利用举行葬礼的机会聚众暴乱，从 17 世纪开始白人对黑人葬礼举行的时间和参加者的人数即做出种种限制性的规定。如 1687 年弗吉尼亚的权威人士禁止为奴隶举行公开的葬礼。1772 年纽约市政当局要求奴隶的葬礼在白天举行，参加者最多不能超过 12 人。1800 年加布里埃尔·普罗瑟起义就是借为一个小孩举行葬礼的机会把奴隶们召集起来的，1831 年的纳特·特纳起义更加深了白人对奴隶起义的恐惧，于是 1836 年弗吉尼亚决定禁止黑人在没有白人在场的情况下举行公开的葬礼。[③]

但是，白人禁止黑人举行葬礼的努力始终没有成功，多数前奴隶都证实他们的主人允许他们为死去的同伴举行悼念仪式。霍尔伯特告诉采访者："当有人死了的时候，他们会把他埋在六英尺深的地下。那时候没有墓地，就把他们埋在种植园，通常在他们生前住过的房子附近。他们把尸体放在车上，

---

　①　索贝尔：《他们共同创造的世界：18 世纪弗吉尼亚的白人和黑人的价值观念》，第 218、174 页。

　②　同上书，第 214、241 页。

　③　吉诺维斯：《奔腾吧，约旦河：奴隶们创造的世界》，第 194 页。

然后步行到入土的地方，大家一路唱着歌为死者送葬。"① 约瑟·霍姆斯对黑人葬礼的描述则更为详细：在葬礼上大家都衣帽整洁。当有人去世的时候，人们鸣枪来宣布噩耗。大家知道后将房中的火都熄灭。当有人生病的时候，即使是在夏天，他们也要在房间里生起一堆火，直到病人好了或死了才把火熄灭。服了某种特殊的药物的人才可以接触死者的尸体。准备好以后大家一起把死者送到墓地。在掩埋尸体之前要朝东西南北四个方向各鸣一枪。然后将死者放到墓中，再放进一些衣服和食物，也许还有一杯咖啡。接着用榆树皮把尸体盖上，最后埋上土。掩埋完毕后大家鼓掌微笑，但不可踩坟墓周围的新土，因为据说那会使人把疾病带回家。回家后各自在自家的房子四周撒上一种药，并重新生起火。②

多数黑人的葬礼是在夜间举行的，一是因为主人不愿让奴隶耽误白天劳动的时间，更重要的是奴隶们也更喜欢夜里为死者送葬，这样邻近种植园的亲友也可以来参加。这种习惯在整个南部很普遍，尤其是在黑人人口密集、非洲文化连续性强的地区，可见这是具有非洲特色的习俗。在内战结束之后很长的一段时间里，黑人仍然继续沿用夜间举行葬礼的惯例，从而证明黑人的这一习俗并非仅仅源于主人的压力。③

黑人坟墓的装饰也在一定程度上保持非洲的特色。美国南部黑人的坟墓和非洲西海岸的墓地有明显的相似之处。例如，南卡罗来纳与非洲的刚果、尼日利亚、加纳和象牙海岸等国在坟墓的装饰方法上如出一辙。非洲黑人和美国黑人的坟墓都是

---

① 《奴隶自述》，http://xroads.virginia.edu/~HYPER/wpa/wpahome.html.
② 同上。
③ 吉诺维斯：《奔腾吧，约旦河：奴隶们创造的世界》，第197页。

在地上堆起一座土丘，把表面拍打平整，然后用贝壳装饰起来，还要在坟墓顶部摆上死者生前用过的物品。[①] 黑人把这些物品放在坟墓上"以使亡灵得以安心"[②]。

奴隶制下，黑人的葬礼对黑人群体意识的形成起着重要的作用。它促进了来自非洲不同族裔的黑人之间的联系，发现彼此之间在文化上的共同之处，使参加者感受到他们是一个群体，有着自己的传统和信仰。1850 年的《费城年鉴》中有一段黑人葬礼的描写：在墓地上有 1000 多名黑人男女，他们分成无数小组，唱歌跳舞。每个组都操着自己的语言，按照非洲各地不同的习俗为死者送葬。[③] 虽然在一般种植园，奴隶的葬礼没有如此宏大的场面，但对黑人奴隶群体意识的形成起着同等重要的作用。对死者的尊重意味对生者的敬重，即对人类群体沿革的敬重和每个人在其中的位置的认可。[④] 来自不同地方的黑人对葬礼的看法，显示出在北美奴隶制下黑人信仰的共同点。南部的黑人奴隶，无论是来自黄金海岸、刚果—安哥拉，还是几内亚湾的其他地区，他们的融合都使非洲传统的观念得以加强：他们都相信葬礼是人生的顶点，死者生前的财产应摆在他的坟墓上以示对亡灵的敬仰。[⑤]

当然，由于客观条件的限制，黑人奴隶无法受到正规的非洲传统宗教的教育，也很难保持和遵守道德规范以及饮食的禁忌。而且从非洲贩运来的黑人与他们的土生子女存在着语言交

---

① 索贝尔：《他们共同创造的世界：18 世纪弗吉尼亚的白人和黑人的价值观念》，第 219 页。

② 斯塔基：《奴隶的文化：民族主义理论与美国黑人社会的奠基》，第 41 页。

③ 转引自斯塔基《奴隶的文化：民族主义理论与美国黑人社会的奠基》，第 23 页。

④ 吉诺维斯：《奔腾吧，约旦河：奴隶们创造的世界》，第 202 页。

⑤ 斯塔基：《奴隶的文化：民族主义理论与美国黑人社会的奠基》，第 42 页。

流上的障碍，不能充分交流思想，这也使得传统的非洲宗教在北美很难延续。土生黑人受到更大的社会背景的熏陶，把西非传统的宗教与基督教加以融合，逐渐形成了有黑人特色的宗教。[①]

五　黑人宗教的功能

宗教对黑人来说具有非同寻常的意义。黑人的灵歌中唱道："宗教对于万事都好，宗教使你幸福……宗教给我耐心，噢，记住，要信宗教，它是那么甜美。"[②] 这表明宗教在黑人群体生活中的位置至关重要。黑人是一个有着悠久宗教传统的种族，到了北美，黑人成了无法支配自己命运的"动产"，所以对他们而言宗教的意义就显得格外重要了。如史学家莱文所说："无法控制自己的生活，无力把握自己的命运，这使得黑人进一步去追寻神圣的世界，寻求超自然的力量和解决问题的办法。"[③] 如果黑人不是受如此深重的剥削和压迫，也许他们不必如此笃信宗教。

黑人奴隶一直在设法保持自己的宗教文化，追寻属于自己的精神世界。只要他们能找到助他们成功的超常力量，他们不惜信仰新的神，甚至一种全新的宗教。[④] 利昂·瓦特指出，"黑

---

① 麦克尔·戈梅斯：《美国早期的穆斯林》（Michael A. Gomez, "Muslims in Early America"），《南部史杂志》（*The Journal of Southern History*），第 60 卷第 4 期（1994 年 11 月），第 706—707 页。

② 罗斯编：《北美奴隶制文献史》，第 493 页。

③ 莱文：《黑人文化与黑人意识》，第 62 页。

④ 富兰克林：《从奴役到自由：美国黑人的历史》，第 27 页。

人宗教是美国社会生活中一支独立的宗教力量，在各个方面都与美国宗教体系的信条不同，其主要原因在于它惟独与被压迫群体息息相关。"① 丹尼尔·布尔斯廷认为，黑人初到北美的处境与初到新世界的清教徒颇有一些共同之处，都是四顾茫茫，孤立无援，所以他们力图摆脱这种孤立的困境，从宗教中得到心灵的安慰，使他们觉得生活在自己的社会之中。②

与其他种族的宗教一样，黑人的宗教首要的作用就是为黑人奴隶创造了一个独立的精神世界。他们可以把现实中无法实现的愿望寄托于这个精神世界。黑人宗教中突出的思想就是改变现世的处境。黑人教堂里的福音圣歌表明，很多黑人把宗教作为一种逃避现世的压迫和弥补自己被打破了的梦想的一种方式。③ 当黑人中有人去世的时候，他们会认为死者的灵魂去了天堂，从此不再受奴役之苦，永远得到安宁。这种寄希望于天堂的思想在一首黑人歌曲里生动具体地体现出来，这是在一名佐治亚黑人女奴死后，同伴为她唱歌：

> 我也有鞋穿，
> 你也有鞋穿，
> 上帝所有的孩子都有鞋穿；
> 有朝一日我要上天堂，
> 一定会把鞋穿上，
> 自由地在天堂徜徉。
> 我也有礼服，

---

① 转引自穆尔斯《宗教的局外人与美国的成长》，第 195—196 页。
② 布尔斯廷：《美国人：建国历程》，第 230 页
③ 伯林：《没有主人的奴隶》，第 300 页。

> 你也有礼服,
>
> 上帝所有的孩子都有礼服;
>
> 有朝一日我要上天堂,
>
> 一定会把礼服穿上,
>
> 自由地在天堂叫嚷。①

有些黑人奴隶在宗教仪式和赞美诗中逃避现实。奴隶的歌曲中对来世的憧憬可以体现出他们对现世社会地位的不满。如"在那希望之乡有盛大的野营会";"主啊,往天堂看";"我的灵魂将要去天堂"。还有的灵歌中唱道:"这世界不是我的家,这世界不是我的家。这世界是茫茫荒野,这世界不是我的家。"从这些灵歌中可以看出黑人希望现世的痛苦在来世能够解除。②

奴隶的宗教并非只是一种凝想来世的宗教,它是一种使艰难的生活可以忍受的途径,它是"现世"所能允许的唯一一种抵抗方式。③ 在宗教中,奴隶可以得到心灵上暂时的解脱。他们相信上帝在看着他们,因此黑人忍受现世的痛苦以期得到来自天堂的回报。宗教的虔诚使奴隶的生活有了最终的目标,使他们有了群体感和个人价值的意识,减轻了焦虑与恐惧。帮助他们维持了基本的心理健康。④ 宗教在黑人的生活中起到一种镇静剂的作用,它并不仅仅使黑人在每天劳动之后得到精神上的一种解脱,产生在将来会获得拯救的希望,在精神世界中找到一个避难所。对于受压迫的人而言其更重要的意义在于给了

---

①　斯塔基:《奴隶的文化:民族主义理论与美国黑人社会的奠基》,第39—40页。

②　富兰克林:《从奴役到自由:美国黑人的历史》,第151页;莱文:《黑人文化与黑人意识》,第32页。

③　穆尔斯:《宗教的局外人与美国的成长》,第176页。

④　斯坦普:《奴隶社区:内战前南部的种植园生活》,第310页。

他们抵抗压迫的必要手段。[①] 尤金·吉诺维斯认为，黑人宗教"是奴隶们抵抗奴隶制道德与心理侵犯的最锐利的武器"[②]。

宗教聚会也加强了黑人奴隶之间的联系。在宗教聚会中奴隶居住区的黑人可以在一起议论当天发生的事情，从群体中汲取力量以面对个人的现实，鼓励自己在逆境中生存，共同商议群体的对策。[③] 黑人的宗教仪式经常是邻近的种植园的奴隶都参加的活动，所以他们的宗教仪式在很多方面与主人的宗教礼拜很相似：它是朋友和情人聚会的地方，是一种行使领导职责的途径，也是发泄被压抑的感情的方式或仅仅是喝得酩酊大醉的机会。[④]

宗教礼拜是奴隶获得的极少的聚集机会之一，所以对于黑人奴隶来说，教堂的作用异乎寻常。查尔斯·约翰逊在对种植园的黑人进行采访后写道：

> 教堂是黑人可以行使自治的重要机构，而且因为它是唯一使奴隶可以实现自身需要的地方，其功能是多样的。人的宗教感情需要外在的表达渠道，而教堂正提供了这种渠道。而且，教堂是人与人之间关系的重要场所。它是真正意义上的社会机构。它提供了从生活的劳累中得到娱乐与放松的途径。教堂也是当一个人遇到不幸时寻求帮助的媒介。在共同歌唱、共同进餐、共同祈祷、分享同伴的快乐时，教堂给他们一种群体感。最重要的是它使人们共同感受某种痛苦的经历，从而使这种痛苦得以暂时的解脱。

---

① 拉维克：《从日落到日出：黑人社区的形成》，第33页。
② 吉诺维斯：《奔腾吧，约旦河：奴隶们创造的世界》，第659页。
③ 拉维克：《从日落到日出：黑人社区的形成》，第37页。
④ 布拉辛格姆：《奴隶社区：内战前南部的种植园生活》，第129页。

它也是将各个家庭及小的群体聚在一起的媒介。[1]

在宗教聚会中，他们会感到与其他的黑人在精神上达到一种和谐的统一，感到在上帝的眼中他们与白人是平等的。

黑人的宗教集会给有才干的黑人提供了独一无二的当领导的机会。传教士在黑人中拥有独特的威望。从内战前黑人教士的自传中可以发现，教士被认为是受上帝的恩宠的人，他们深谙黑人群体的需要。这些教士通常是充当社区领导、政治领袖、医生和律师。一些奴隶起义的领袖，如纳特·特纳，通常是这种人。[2] 种植园中的奴隶们把黑人牧师当做领袖，他可以去白人主人那里为他们争取一些小小的恩惠。[3] 由于害怕黑人"受教育过多"，白人总是把黑人传教士的文化程度保持在半文盲的水平，这使他们只能当牧师而不能当教师。当传教士的主要条件是会演说、会唱、会表演，还要懂一点《圣经》。[4] 虽然黑人牧师中并非每个人都有登马克·维奇、加布里埃尔·普罗瑟和纳特·特纳的领导才能，但他们对于黑人群体的作用却至关重要。他们借助宗教的形式，使具有文化不同背景、不同信仰的黑人找到彼此之间的共性，相互融合，逐步形成一个统一的黑人群体。

黑人的宗教是对非洲文化遗产的继承和发展。黑人奴隶的宗教是非洲土生的宗教与欧洲人的宗教观念相结合的产物，它由有才干且富有想象力的人进行改造使之适应奴隶制，黑人奴隶尝试建立自己的精神生活，一方面将奴隶与主人的文化联系

---

[1] 转引自拉维克《从日落到日出：黑人社区的形成》，第50页。

[2] 拉维克：《从日落到日出：黑人社区的形成》，第38页。

[3] 米尔达尔：《美国的困境》第2卷，第860页。

[4] 布尔斯廷：《美国人：建国历程》，第238页。

起来，另一方面又使他们保持一定程度的独立与自主。在祈祷会上和晚间歌唱会上，非洲的黑人同化为美国的奴隶，而在北美出生的奴隶通过与来自非洲的新移民的交流重新与非洲产生了联系。[①] 在黑人奴隶寻求他们新的宗教的过程中，非洲的共同因素得以保持，它不仅是作为新奇的文化遗迹，而且也是奴隶文化的一种重要的创造性因素。[②]

　　黑人的宗教是黑人在奴役中求得生存的一种重要手段。白人试图将宗教作为对黑人进行精神统治的一种手段，而黑人却从圣经中找到抵抗心理压迫的武器，创造了自己的精神世界。通过宗教的礼拜活动，他们找到了一种群体的归属感，减轻了他们的孤独与恐惧。同时通过黑人宗教的特殊形式，他们找到了发泄被压抑的情感的重要渠道，维持了起码的心理健康。更重要的是黑人的宗教将非洲的宗教传统与基督教结合起来，形成了奴隶制下特有的黑人宗教信仰，使之成为黑人文化的重要组成部分。

---

①　拉维克：《从日落到日出：黑人社区的形成》，第33—34页。
②　莱文：《黑人文化与黑人意识》，第53页。

第六章

"痛并快乐着"——黑人奴隶的娱乐

有的史学家认为奴隶终日在强制下埋头劳动，心情始终处于压抑的状态，无娱乐可言。如约翰·霍普·富兰克林在其著作中写道："如果奴隶在工余时间能找到快乐，那么他或者有着非凡的适应能力，或者对自己地位之低下全然无知。"① 实际上，奴役下的黑人不仅需要物质上的生存，也需要精神上的放松以保持基本的心理健康。在繁重的体力劳动之后，在主人的精神控制之外，奴隶们设法创造属于自己的精神生活。他们在继承非洲原有的文化传统的基础上进行了再创造，并吸收利用了北美文化中的一些因素，使之成为黑人文化的一部分，为长期受压抑的情感找到了宣泄的途径，从而使黑人在受奴役的苦痛中寻找到一丝快乐。

一 黑人奴隶对娱乐活动的渴求

无可否认黑人奴隶多数时间是在为主人劳动，而且常常是

---

① 富兰克林：《从奴役到自由：美国黑人的历史》，第143页。

从日出工作到日落，可想而知少有快乐。即使是工余的时间，他们也多数花在照看子女、耕种菜园、打猎捕鱼等维持生计的事情上。奴隶们在工余时间打猎捕鱼，不仅是调剂饮食的手段，也是一种消遣娱乐的方式。黑人虽然受到捕猎工具的限制，但他们的渔猎技术令白人赞叹。一位白人旅行者对北卡罗来纳黑人捕鱼的情景做了描写："在早春和秋后，他们会在星期六的下午带上鱼钩和鱼虫，懒洋洋地在水边垂钓，或是在水里设下自制的捕蟹工具，到晚上把捕到的螃蟹捉起来，然后一路唱着歌走回家。"①

1831年以前，北卡罗来纳的奴隶可以带枪打猎，法律允许黑人用火器为种植园捕获猎物或射杀乌鸦之类有害庄稼的鸟类。有些黑人开始用猎狗，他们把非洲的打猎习惯与欧洲的技术结合起来。曾经有人根据新英格兰奴隶打猎的资料，得出如下结论：也许是因为黑人的生活比白人更接近原始的状态，他们比白人更了解动物。白人必须经过训练才能掌握打猎的技能，而黑人天生就有捕获猎物的能力。他们在打猎时出奇地耐心，感觉十分灵敏，而动作非常稳健。不管是狐狸还是鹌鹑，他们都会准确地把握住时机，百发百中。②

直到19世纪后期，路易斯安那的黑人仍然在用他们自己的语言传唱着一首打猎歌曲：

> 我们穿过树丛，
> 把船划向水中，
> 带来大小猎物，

---

① 转引自斯塔基《奴隶的文化：民族主义理论与美国黑人社会的奠基》，第109页。
② 同上书，第110页。

供家人享用。①

　　从主人的角度看，奴隶在自由支配的时间里耕田打猎一方面可以增加经济利益，另一方面又是避免黑人惹是生非的绝好办法。② 而对于黑人奴隶而言，他们也有了属于自己群体的相对独立的时间和场合。如史学家拉维克所说，"在黑人群体内奴隶能够找到一个港湾，使他们得以生存下来。他们从日出到日落为别人创造财富，但从日落到日出，在星期天，在节假日，有时在星期六的下午，在所有他们能够支配的不工作的时间甚至在工作当中，他们在创造和再造着自己"③。

　　为了得到精神上的放松他们不惜放弃休息的时间。杰斐逊认为黑人"似乎需要的睡眠时间（比白人）短。一个黑人在一天的劳累之后，虽然他知道次日天刚破晓就得去劳动，也会为了一个小小的娱乐活动熬到午夜甚至更晚"。④ 很多奴隶主为奴隶们担忧，因为奴隶们在应该为第二天的劳动养精蓄锐的时候狂欢嬉戏。他们发现白天抱怨劳动强度太大的奴隶到了晚上奇迹般地又恢复了生气，步行十多里路到邻近的种植园去整夜跳舞。英国人约翰·史密斯在 18 世纪 80 年代曾到弗吉尼亚旅行。他详细地描述了一名奴隶在全天劳动之后参加的黑人的夜间聚会：

　　　　人们通常以为奴隶在一天的劳动之后会待在家里。而

---

① 霍尔：《路易斯安那殖民地时期的非洲人》，第 197 页。
② 伍德：《佐治亚殖民地时期的奴隶制》，第 166 页。
③ 拉维克：《从日落到日出：黑人社区的形成》，第 32 页。
④ 托玛斯·杰斐逊：《弗吉尼亚笔记》（Thomas Jefferson, *Notes on Virginia*），转引自弗纳斯《与汤姆大叔告别》，第 116 页。

实际上，他往往不顾劳累和天气的闷热，步行五六英里去参加一场黑人的舞会。舞会上，在班卓琴和鼓的伴奏下，他跳舞的动作出奇的敏捷，充满活力，而且节奏准确。他会一直跳到筋疲力尽为止。①

有的奴隶主说黑人"似乎比其他任何动物都更能忍受睡眠不足"。有些种植园主认为黑人晚上不需要睡眠，因为他们掌握了在白天一边劳动一边休息的技巧。② 无论如何，奴隶们只要有机会就有精力自娱自乐。每逢节日或其他工余时间，在河流沿岸的低洼地区，奴隶们举行划船比赛；查尔斯顿的黑人喝酒、掷骰子；新英格兰的奴隶们则赌博取乐。③

奴隶们总是想方设法最大限度地享受聚会的乐趣，甚至不惜为此而受到主人的惩罚。如果主人不慷慨地赠送一头猪或几只鸡，奴隶们会自己想办法。即使偷窃行为被主人或监工发现受到惩罚也无怨无悔，他们认为为了一次快乐的聚会付出这点小小的代价是值得的。如弗吉尼亚的黑人查尔斯·格兰蒂所做出的解释："次日我们可能要挨鞭子，但我们跳舞尽了兴。我们想玩到什么时候就玩到什么时候，不在乎一大早就得下地干活儿。舞会结束大家各自散去，临走对组织聚会的人唱：吃了你的肉，啃了你的骨头，再见了，查里，我要回家喽。"④ 以上话语足见黑人奴隶对娱乐活动的重视程度。

① 转引自索贝尔《他们共同创造的世界：18世纪弗吉尼亚的白人和黑人的价值观念》，第33—34页。

② 索贝尔：《他们共同创造的世界：18世纪弗吉尼亚的白人和黑人的价值观念》，第33页；吉诺维斯：《奔腾吧，约旦河：奴隶们创造的世界》，第571页。

③ 赖特：《殖民地时期的美国黑人》，第114页。

④ 吉诺维斯：《奔腾吧，约旦河：奴隶们创造的世界》，第571页。

二 黑人的舞蹈和音乐

歌舞是美国黑人文化的显著特点。有人甚至认为，与黑人相比，"白人没有韵律感、跳舞没有感觉、天生冷淡、缺乏热情"①。因此，有些白人将黑人在歌舞方面的天赋视为一个种族的特点。黑人刚到达北美之时，除了身上的枷锁以外，一无所有。不过，黑人奴隶作为一个群体，具有能歌善舞的天赋，即使是在北美奴隶制的艰难环境中，他们仍牢记黑人传统的音乐和舞蹈，使之成为美国黑人文化不可或缺的一部分。

黑人的舞蹈有着深厚的非洲渊源。黑人把他们的舞蹈从非洲带到了美洲，他们在狂热的宗教仪式中所跳的舞蹈，例如，以逆时针方向跳的环状舞，就是来源于非洲祭祀祖先和祭拜神灵时所跳的舞蹈。②在非洲的不同文化中，环状舞的含义也有差异。在刚果文化中，非常重视人在一生中从一阶段进入另一阶段的转折点，如从青少年进入成年，因此以隆重的"通过仪式"进行庆祝，每次庆典，环状物都必不可少；在曼丁哥人中，人们跳环状舞庆贺结婚、生子；在沃洛夫文化中，环状舞则是多数舞蹈的核心。③除了在宗教仪式中唱歌跳舞以外，黑人还在各种节日和集会中唱歌和跳舞。在新罕布什尔、哈德福德有黑人特有的"头人节"，奴隶跳舞的方式是在小提琴的伴奏下拖着步子、拍着腿部。在纽约、宾夕法尼亚和马里兰地区

① 米尔达尔：《美国的困境》第2卷，第960页。
② 斯塔基：《奴隶的文化》，第12页。
③ 霍洛威：《"非洲所给予美洲的"：非洲因素在北美黑人中的延续》，载霍洛威主编《美国文化中的非洲因素》，第51页。

有"品克斯托节",黑人们跳着刚果舞,并且敲着他们尼格罗人的鼓。① 在新奥尔良,黑人奴隶夜间聚会常常跳起一种名为"卡琳达"(Calinda)的男女双人舞,这种舞蹈源自非洲刚果或安哥拉;另一种起源于非洲的舞蹈——查尔斯顿舞,原名为"朱巴舞"(Juba)。黑人奴隶在 1735 年至 1740 年之间从刚果带到南卡罗来纳的查尔斯顿,该舞蹈也因此而得名,其特点是节奏快,伴有击掌、跺脚、捶胸等动作。甚至到 20 世纪 20 年代,查尔斯顿舞仍盛极一时。新奥尔良有个专供黑人跳舞的地方,1817 年由市政议会定名为"刚果广场",黑人定期到那里跳具有非洲特色的舞蹈——奥布里盖德舞(Ombliguide)。这种舞蹈由四男四女表演,极具安哥拉舞蹈的特色。②

黑人奴隶大多来自中西非地区,音乐在非洲文化中占有极其重要的地位。在非洲,音乐不仅仅是一种自娱自乐的消遣活动,而且也是构成社会整体所必需的一种社会活动,兼自娱功能与社会功能于一体,这也是其区别于世界其他音乐的一个显著特征。黑人各族的音乐艺术产生于生产劳动和社会生活之中,音乐是他们宣泄感情的途径和获得力量的源泉。从摇篮到坟墓,音乐伴随着非洲人的一生。

在非洲,歌曲不仅有保持群体价值和团结的特点,而且通过这种形式,人们可以表达在平时不能用言语表达的深藏于内心的情感。例如,非洲的不少部落都定期举行聚会,鼓励居民通过唱歌、跳舞、讲故事等形式公开抒发彼此之间的情感和对头领们的看法。黑人深谙这种情感的宣泄对心理的缓解作用。

---

① 约翰·桑顿:《大西洋世界形成过程中的非洲和非洲黑人》(John Thorton, *Africa and Africans in the Making of Atlantic World*),剑桥 1992 年版,第 228 页。

② 霍洛威:《"非洲所给予美洲的":非洲因素在北美黑人中的延续》,载霍洛威主编《美国文化中的非洲因素》,第 51—52 页。

在非洲，歌曲通常反映个人或群体所关注的事情：有的讲述日常琐事或历史事件，有的告诉听众时事动态，有的赞扬或嘲笑周围的人，甚至听歌的人也可能成为歌曲所唱的对象。音乐家，尤其是游吟诗人，往往被认为是道德的权威，因为他们在歌曲中可以宣扬社会的道德规范，通过歌曲的传唱来教育人。[①]有很多旅行者都记述了非洲黑人如何"围坐成一圈，欢歌笑语，用奇怪的曲调赞扬或责备同伴中的某个人"[②]。在整个非洲都普遍存在着这种习俗，而且这种直抒个人情感的方式不仅仅限于正式场合。在非洲社会里，有伤心事的人也会雇一位歌曲作家写一首歌来表达内心的情感。

非洲阿散蒂部落的一名牧师曾对一名采访者解释道：

> 因为每个人都有一个灵魂，它会受伤，也会患病，从而有损身体。身体不健康常常是由于别人头脑中对你的怨恨造成的。同样，也可能因为别人冒犯了你而心生怨恨，这也会导致灵魂受折磨而害病……当一个人把想说的话都说出来后，他就会感到灵魂平静下来，同时，受到责备的那个人的灵魂也会得到安宁。[③]

黑人刚到达北美之时除了身上的枷锁以外，一无所有。不过，黑人奴隶作为一个群体，仍牢记黑人传统的音乐和舞蹈。

---

① 罗杰·亚伯拉罕斯：《歌唱主人：美国黑人文化在南部种植园的产生》（Roger D. Abrahams, "*Sing the Master*：*The Emergence of African American Culture in the Plantation South*"），纽约1992年版，第112页。

② 艾琳·索森：《美国黑人音乐史》（Eileen Southern, *The Music of Black Americans*：*A History*），纽约1983年版，第18页。

③ 莱文：《黑人文化与黑人意识》，第9页。

虽然他们没有带来任何物质的东西，但他们仍铭记故乡丰富的文化传统，并且将其传给子孙后代，这使得非洲传统的黑人音乐在北美得以保存和发展。

奴隶向他们的孩子传授源自非洲的歌曲，而且代代相传。黑人学者杜波依斯曾谈到他的一段亲身体验：他的祖父的祖母被荷兰奴隶贩子俘获，带到美国的哈得孙河谷。她常在凛冽的寒风中眼望群山，对她怀抱里的孩子哼唱一首"奇异"的旋律：

> 杜巴——那，可——巴，吉——纳米，
> 杜巴——那，可——巴，吉——纳米，
> 本得奴——里，奴——里，奴——里，本得里。①

杜波依斯写道："她的孩子再把这支歌唱给她的子孙听……这样过了 200 年，就一直流传到我们的耳朵里，而我们也照样唱给我们的孩子听，我们并不知道歌词的意思，但却很清楚音乐的含义。"②

对于被贩卖到美国的非洲黑人而言，音乐更是他们社会生活中不可或缺的一部分，在奴隶制的高压之下，他们更需要宣泄长期受压抑的情感，音乐使黑人在肉体和精神上得到一定程度的放松，黑人奴隶更从音乐中找到生活的力量。

与非洲音乐相似，美国的黑人歌曲也有很多功能。音乐是美国黑人奴隶之间一种主要的交流方式。一位名为维尼·布伦森的黑人回忆说："黑人几乎什么事情都唱，那是他们表达情

---

① 杜波依斯：《黑人的灵魂》，第 208 页。
② 同上书，第 209 页。

感的方式。高兴时唱歌可以使他们更快乐，悲伤时唱歌能减轻他们的痛苦，他们唱歌是感情的自然流露。"① 他们用歌声来表达自己的希望和失望，彼此嬉笑怒骂，表达对现实的不满。同伴中如果有谁犯了错误，他们会当众奚落羞辱他，目的是督促干活儿偷懒的同伴完成自己的份额，使对妻子或丈夫不忠的人改过自新。他们的这些歌曲是羞辱做错了事的人，是维持生活圈内秩序的一种手段，虽然言辞可能很犀利，但并无恶意。

非洲黑人有着边劳动边歌唱的习惯，他们把这种习惯带到了北美。② 很多白人对黑人的这种习惯有误解，他们将其理解为黑人精神麻木的表现，认为黑人对于自己受压迫的处境、失去亲人、失去自由的痛苦会无动于衷。然而，事实并非如此。一名黑人奴隶在被问到为什么总表现得很快乐的时候回答道："我们一直在努力打起精神。我们要是不保持快乐的心情那会怎么样？如果任心情低落，我们就会死掉。"③ 关于黑人的音乐，黑人领袖弗雷德里克·道格拉斯写道："奴隶的歌曲并不代表他们的欢乐，而是代表他们的悲伤。就像眼泪一样，它们是一种调剂痛苦心情的方式。它与人头脑中的理智并不矛盾……表达欢乐平静有它们的歌曲，表达悲伤寂寞也同样有它们的歌曲。"④ 黑人的劳动歌曲，包括忧伤的布鲁斯和优美流畅的曲调，是在非洲黑人音乐的基础上逐渐形成并发展起来的，黑人使其流行于全世界。尽管在节奏和音阶上有非洲音乐的痕迹，但这种音乐具有美国特色。它利用和修改了白人的音乐。它主要是在美国

---

① 梅隆编：《奴隶记忆中的鞭笞岁月：一部口述史》，第144页。
② 索贝尔：《他们共同创造的世界：18世纪弗吉尼亚的白人和黑人的价值观念》，第29页。
③ 索森：《美国黑人音乐史》，第187页。
④ 威什编：《南部奴隶制》，第76页。

这块土地上黑人群体的创造，是具有美国黑人特色的音乐。

很多奴隶主也要求奴隶边劳动边唱歌，以使他们保持统一的劳动节奏。一名农场主曾写道："在他们（奴隶）劳动时我不反对他们唱欢快的歌，但我不允许他们在田地里唱有气无力的曲子，因为他们的动作总是和歌曲的节奏是同步的。"① 主人希望田间奴隶唱歌加快节奏，而奴隶们则尽量放慢歌曲的节奏，从而减缓干活儿的速度。

然而，创造一种节奏使劳动与之同步，给他们提供控制身体运动的节拍只是歌曲的众多功能之一。黑人的任何性质的工作都伴随着劳动歌曲，因为劳动歌曲有一种精神效应，这种效应不亚于物质所起的安定作用。在劳动中歌唱是奴隶们对环境的一种积极的应对方法，虽然他们并没有试图打破奴隶制，但体现了他们对时间、劳动以及生存状况的态度。奴隶们坦言，歌曲可以减轻工作的单调乏味，而且可以使他们干得更快。当霍华德·奥德姆问黑人他们的歌唱是否会影响他们的劳动效率时，他得到的反应都是一脸的惊讶，然后是一阵大笑。一个黑人告诉他："上尉，正是因为唱着歌我们才能干得这么好。"另一个对他说："我唱歌就是为了帮助自己干活儿。"②

不论在形式上还是功能上，黑人劳动歌曲都是一种群体交流的工具。它使奴隶们将自己身体和精神上的需要与同伴协调一致，它是交流情感、互相倾诉和表达感情的重要途径。

黑人奴隶随时随地唱着各种歌曲：起初他们和白人殖民者一起唱赞美诗，到18世纪他们和所有的人一样唱圣歌，特别是在奴隶的特殊节日，他们唱所有能记起来的古老的非洲歌

---

① 索森：《美国黑人音乐史》，第160页。
② 莱文：《黑人文化与黑人意识》，第212页。

曲。酒馆里、大街上黑人也哼唱白人的民谣和粗俗的小曲。当他们厌倦了这些之后就会自己创作歌曲来表达自己的情感。[1]杜波依斯认为，非洲音乐在美国的发展经历了三个阶段：第一阶段是非洲音乐，第二阶段是非洲—美国音乐，第三阶段是黑人音乐和在美国土地上听到的音乐的混合。[2]

　　黑人的歌曲的重要特征在于它的创造性。在黑人的歌曲中，他们重视即兴发挥，无论是曲调还是歌词，都有很大的灵活性。他们可以即兴给现成的曲子填词，也可以临时创造韵律特殊的歌曲。有人曾惊叹黑人"居然能使长短不一的词与曲调和得天衣无缝。如果歌词太短，就把某个字音拉长来补足节拍；如果字多，可以把三四个音节唱成一个音符"。[3] 著名诗人爱伦·坡的一位朋友伯佛里·塔克在给他的信中对黑人音乐的"不规则"的节奏描述道："其节拍变幻莫测，没有规则；也不刻意追求完全合拍，但其节奏恰到好处，抑扬顿挫，别有韵味。"[4] 奴隶经常即兴编唱一些彼此能听懂而白人不明白的歌曲。在黑人中流传着这样一个故事：有一次，一个主人在雨天去他的奴隶家听他拉小提琴。正巧那个奴隶刚刚偷了一头小猪崽藏在床下。怕主人发现，他边拉着琴边唱道："叮—叮，老太婆把猪脚再往床里放。"他的妻子边朝床边走边附和道："哼……"，并迅速用床单盖住猪脚。主人对这首即兴发挥的歌很满意，听后说道："不错，这是支新的。"奴隶也回答说："是

---

[1]　索森：《美国黑人音乐史》，第48页。

[2]　杜波依斯：《黑人的灵魂》，第210页。

[3]　亚伯拉罕斯：《歌唱主人：美国黑人文化在南部种植园的产生》，第118页。

[4]　同上。

的，老爷，这是**只**新的。"[1]

黑人歌曲的内容大多描述他们的现实境遇。对奴隶而言，现实的境遇是艰辛的，他们也无法改变自身多舛的命运，只能把内心的情感融入歌曲之中，在歌唱中减轻一些压抑。

早期的黑人歌曲揭示出黑人奴隶初到北美时的茫然无助和身处异乡的孤独。一首歌中这样唱道：

> 有时我感觉自己像一个没娘的孩子，
> 有时我感觉自己像一个没娘的孩子，
> 远离故乡，漂泊流浪。
> 有时我觉得自己好像远在他乡，
> 有时我觉得自己好像远在他乡，
> 无依无靠，到处流浪。[2]

物质生活条件的艰辛也常常在黑人的歌曲中体现出来。弗雷德里克·道格拉斯在自述中曾提到一首奴隶讽刺主人吝啬的歌曲：

> 我们种麦子，他们给我们吃玉米；
> 我们烤面包，他们给我们吃面包皮；
> 我们种粮食，他们给我们吃谷糠；
> 他们吃肉，我们吃皮；
> 世间哪有如此的道理……[3]

---

[1] 莱文：《黑人文化与黑人意识》，第11页。
[2] 斯塔基：《奴隶的文化：民族主义理论与美国黑人社会的奠基》，第315—316页。
[3] 吉诺维斯：《奔腾吧，约旦河：奴隶们创造的世界》，第581页。

得克萨斯的一名前奴隶记得这样一段歌词，歌中唱出黑人奴隶对现实的不满：

> 主人睡着柔软的床，
> 黑人睡在地板上；
> 有朝一日我们上了天堂，
> 就不再有人侍候在他们身旁。[①]

有些黑人的歌曲讽刺白人的不守诺言，有一首歌中这样唱道：

> 女主人答应过我，
> 在她死后给我自由。
> 但她活了那么久，变得那么穷，
> 最后还是让我在她的园子里抡锄头。[②]

在奴隶制下，黑人的婚姻、家庭没有法律的保障，家人离散时有发生，骨肉分离的痛苦给黑人的心灵留下了严重的创伤。反映这种离别之苦的歌曲也令人心碎。马里兰的奴隶们在一首歌曲中唱道：

> 威廉·里诺把亨利·西尔维斯卖了，嗨罗，嗨罗；
> 卖给了佐治亚的奴隶贩子，嗨罗，嗨罗；

---

① 吉诺维斯：《奔腾吧，约旦河：奴隶们创造的世界》，第581页。
② 莱文：《黑人文化与黑人意识》，第13页。

他的妻子哭，孩子叫，嗨罗，嗨罗；
把他卖给了佐治亚的贩子，嗨罗，嗨罗！①

一首题为《卖往佐治亚》的黑人歌曲也表达了被卖的奴隶与亲人别离的痛苦：

再见了，同伴们！
我就要离开你们，
离开这地方，
我被卖到佐治亚；
再见了，种植园，
再见了，小木屋，
再见了，爹和娘，
再见了，主人；
亲爱的妻子和孩子，
我已经肝肠寸断，
以后再难相见，
再难相见！②

另一首歌描述的是一位黑人母亲即将被卖掉，她宁死也不愿与自己的孩子骨肉分离：

那墙上的污迹，
是人的脑浆，

---

① 莱文：《黑人文化与黑人意识》，第14页。
② 索森：《美国黑人音乐史》，第156—157页。

因为一位妇女要被卖掉，
但她舍不得自己的孩子，
就一头撞到墙上。[①]

黑人的歌曲还会唱及对他们的生活产生深远影响的事情。
如一首歌中生动地描述了黑人逃避白人巡逻队抓捕的场面：

跑啊，黑奴，快跑，
巡逻队要抓到你，
快跑，黑奴，马上就要到白天，
这个黑奴跑，那个黑奴颠，
还有的撕裂了衬衫；
有的喊"别抓我，有人藏在树林里"，
有的吓得连喊带叫，有的摔个嘴啃泥，
还有一个跑不动，晃着他的大肚皮；
跑啊，黑奴，赶快跑，到了天亮来不及。

翻过山，下了坡，
还是被巡逻队活捉；
这个跑，那个颠，
还有的裤子撕成片。
跑啊，黑奴，赶快跑，
巡逻队抓住不得了；
小心啊，那些家伙太狡猾，
手里有枪更可怕，

---

① 斯塔基：《奴隶的文化：民族主义理论与美国黑人社会的奠基》，第 9 页。

天啊，巡逻队就是魔鬼的恶爪牙。[1]

黑人奴隶的歌曲也用来记述历史事件。如在路易斯安那有一首黑人歌曲，它反映了奴隶不愿在 1815 年的英美新奥尔良战役中充当炮灰的情绪：

> 英国人的滑膛枪砰砰响，
> 肯塔基的来复枪响砰砰，
> 我要保住自己的命，
> 撒腿跑到了河岸边，
> 回来已经到天明。
> 太太见我脸发青，
> 不跟着主人去卖命，
> 胆小如鼠当逃兵，
> 绑在柱子上一顿打。
> 但我情愿挨鞭打，
> 也不愿在英国人枪下送了命。[2]

黑人歌曲的特点是反映他们的现实境遇。有些是对日常生活自然的描述，如：

> 肉吃没了怎么办？
> 肉吃没了怎么办？
> 嘴巴撅得真难看。

---

[1] 梅隆编：《奴隶记忆中的鞭笞岁月：一部口述史》，第 139 页。
[2] 霍尔：《路易斯安那殖民地的非洲人》，第 199—200 页。

> 有肉吃了怎么样？
> 有肉吃了怎么样？
> 满嘴流油喜洋洋。①

有些歌曲用简洁而生动的语言来刻画日常生活的一个场面：

> 一个黑大汉，躲在树后边；
> 手指扣扳机，眼睛朝猪看；
> "砰"的一声响，主人追来了，
> 吓得大汉赶紧跑。②

在奴隶的歌曲中还有描写男女爱情的。当黑人理查德·托勒在多年以后回想起下面这首题为《黑眼睛苏茜》的歌曲时，带着发自内心的喜悦，仿佛回到了过去：

> 黑眼睛苏茜，你是那么美丽，
> 黑眼睛苏茜，你是属于我的苏茜。
> 我们正在一起分享快乐时光，
> 噢，黑眼睛苏茜，要相信你属于我，
> 我想我们不必再转弯抹角，
> 我们应该坦诚相告。
> 黑眼睛苏茜，我认为你很美丽，

---

① 《奴隶自述》，http：//xroads. virginia. edu/～HYPER/wpa/wpahome. html。
② 同上。

黑眼睛苏茜，我相信你是我的苏茜。①

路易斯安那的一首奴隶歌曲也描写了黑人男子对所爱的人的钟情：

苏萨特，你不爱我，
啊，苏萨特，你为何不爱我？
我要去丛林，亲爱的，
我去砍柴，亲爱的，
我把所有的钱都给你。

苏萨特，你不爱我，
啊，苏萨特，你为何不爱我？
我要去森林，亲爱的，
我去打猎换回很多钱，亲爱的，
我把所有的钱都给你。②

黑人的歌曲也唱到爱情上的挫折：

我在的时候她叫我"亲爱的"，
我走后她跟谁都会甜言蜜语。③

即使是在奴隶制艰辛的环境中，黑人也并非毫无欢乐，黑

---

① 《奴隶自述》，http：//xroads. virginia. edu/～HYPER/wpa/wpahome. html。
② 霍尔：《路易斯安那殖民地的非洲人》，第 197—198 页。
③ 吉诺维斯：《奔腾吧，约旦河：奴隶们创造的世界》，第 317 页。

人的歌曲中也体现出他们对短暂快乐时光的珍惜：

> 天已晚，鸡在叫，
> 要想跳舞赶快跳。
> 唱歌也得要用心，
> 一不留神就跑调。
> 星光依稀挂满天，
> 老灰熊望月枯藤边。
> 快乐时光别错过，
> 太阳一出全不见。[①]

　　黑人也利用歌曲来嘲笑周围的白人。一名英国旅行者克莱斯威尔在 1774 年在北美时初次接触黑人音乐后在日记中写到，在奴隶们的歌曲里唱到主人的时候，常常"带着明显的讽刺的语调"。[②] 例如，白人认为黑人惯于偷盗，而路易斯安那的黑人歌曲中有一首是对白人有力的反击：

> 黑人走路口袋里装着玉米，
> 那是为了偷鸡。
> 混血儿走路口袋里装着绳子，
> 那是为了偷马匹。
> 白人走路口袋里装着钱，
> 那是为了偷良家妇女。[③]

---

①　梅隆编：《奴隶记忆中的鞭笞岁月：一部口述史》，第 142 页。
②　索森：《美国黑人音乐史》，第 49 页。
③　吉诺维斯：《奔腾吧，约旦河：奴隶们创造的世界》，第 604—605 页。

还有一些讽刺的歌曲用诙谐夸张的修辞来取笑白人。如有一首奴隶们在剥玉米时唱的歌:

老主人打了一只野鹅，呦豁伊嘿呦，

七年才掉下来，呦豁伊嘿呦，

又煮了七年，呦豁伊嘿呦，

刀砍不动，呦豁伊嘿呦，

叉子刺不穿，呦豁伊嘿呦。①

有时黑人的歌曲不过是大声的呼喊，而这种呼喊可能具有多种意味，或许是需要水和食物，或许是需要同伴帮助，也可能是想让别人知道自己在哪里劳动，甚至只是因为孤独、悲哀，或许是因为高兴而用喊叫宣泄一下情绪。奴隶的喊叫被同伴听到后会得到回应。1853 年一位旅行者记述了他在南卡罗来纳目睹的黑人奴隶的这种呼喊:

突然一名奴隶发出了一声我以前从未听过的声音，那声音绵长而响亮，富于乐感，音调高低起伏，然后逐渐变成假声，穿过树林，响彻寒冷的夜空，如同号角响亮。当他的声音结束后，另一个黑人继续接着他的旋律呼喊，再有下一个传呼下去，最后成为多人的齐声高呼。②

除了描述现实世界，黑人奴隶歌曲内容的另一特点是表达

---

① 亚伯拉罕斯:《歌唱主人:美国黑人文化在南部种植园的产生》，第 115 页。

② 索森:《美国黑人音乐史》，第 156 页。

他们对美好未来的憧憬和对自由的渴望。

一首 19 世纪初在纽波特和波士顿等地的黑人教堂传唱的歌曲《允诺之歌》中唱道：

上帝告诉耶利米说：

你将我所说的一切话都写在书上；

耶和华说：日子将到，我要使我的百姓以色列和犹太被掳的人回归；

我也要使他们回到我所赐给他们列祖之地，他们就得以这地为业。

故此耶和华说："我的仆人雅各啊，不要惧怕；以色列啊，不要惊惶。"

因我要从远方拯救你，从被掳到之地拯救你的后裔。

雅各必回来得享平靖安逸，无人使他害怕。阿门。①

这首歌的歌词基本上是《旧约》中《耶利米书》相关章节的全文照录。从表面上看，黑人的宗教礼拜歌曲和白人的没有什么两样，但由于境遇的不同，黑人对歌曲的理解必定与白人大相径庭，因为"他们把白人讲给他们的《圣经》故事变成了他们自己的故事"。② 他们希望上帝能像帮助以色列人逃出埃及一样拯救他们。

黑人宗教歌曲的歌词常常将祈祷词、圣经以及基督赞美诗中的内容拼凑起来，再加上合唱或副歌。这种不同于白人的圣

① 索森：《美国黑人音乐史》，第 70 页。
② 索贝尔：《他们共同创造的世界：18 世纪弗吉尼亚的白人和黑人的价值观念》，第 241 页。

歌或赞美诗的宗教歌曲被称为"灵歌"。黑人的灵歌所选取的内容总是和自身的境遇紧密相关。黑人的灵歌多属即兴创作，虽然并非完全是创新，而是把先前的老歌与新的曲调结合在一起，但他们根据自身的境遇对圣经故事做出了自己的解释，既是个人也是群体创造性的表现。

黑人宗教歌曲多是利用圣经的内容表达内心的情感，如对自由的憧憬和对天堂的向往。一首黑人灵歌利用以色列人在埃及受奴役的故事，表达了奴隶们对自由的渴望：

> 摩西和他的同伴们要逃出埃及，
> 后面有敌人追逼，
> 前面是大海汪洋无际，
> 上帝为他们在水中开出一条大道，
> 帮他们从此逃脱奴役，
> 上帝和那时一样与我们在一起。
>
> 但以理忠于上帝，
> 不向奸佞卑躬屈膝，
> 那些人把他投进狮子洞里，
> 上帝锁住了狮子的嘴巴，
> 使它的利齿无法开启，
> 上帝和那时一样与我们在一起。①

这首歌曲将《圣经》中的两个人物巧妙地联系在一起，充分表达了黑人获得自由的信心。

---

① 贝恩等编：《从自由到自由：美国土地上的非洲根源（选读）》，第250页。

还有一首黑人歌曲题为《有一片纯净的乐土》，这首歌让黑人奴隶们相信在悲惨的世事生活之后，他们会尽享天堂的极乐世界：

> 有一片纯净的乐土，
> 那里的主宰是不朽的圣徒，
> 那里全是白昼没有黑夜，
> 快乐无边驱走痛苦。
>
> 那里四季春常在，
> 鲜花盛开永不败；
> 死亡不会再来，
> 一如大海将天堂与我们隔开。
>
> 在奔流的洪水之后有一片甘美的土地，
> 四季常青，翠色欲滴，
> 那就是犹太人的迦南，
> 约旦河流淌其间。[①]

如果说宗教歌曲用隐晦的方式表达了黑人的情感，那么俗世的歌曲就显得更为直白。他们会通过歌曲来表达自己现世难以实现的愿望：

> 静静的小溪，咆哮的大河，奔流不息，
> 亲爱的，我们要永远活下去，

---

① 索森：《美国黑人音乐史》，第77页。

我们要去那美好的地方，

我想要一个漂亮的老婆，

和一个好大好大的农场。①

黑人的这些歌曲生动地再现了他们在奴隶制下的境遇，表达了黑人奴隶的内心情感。黑人在自己的宗教礼拜、生产劳动以及秘密的娱乐活动中，在非洲传统文化的基础上，结合特殊的生存环境，逐渐形成了具有美国黑人特色的音乐，它是黑人奴隶生活中不可或缺的一部分。黑人通过具有深厚非洲传统的方式来抒发内心的情感，保持了他们富有表现力的文化共同参与的特点，利用口头艺术传承传统的价值观念，加强群体的凝聚力。黑人歌曲是群体交流的重要工具，它使黑人奴隶在奴隶制艰难的环境中得到一丝心灵的慰藉，使压抑的情感得以宣泄，维持了基本的心理健康，因而黑人歌曲成为奴隶制下黑人的一种重要的生存策略和文化特征。

黑人演奏音乐时所使用的乐器也体现出他们的非洲文化传统。黑人从非洲带来了班卓琴、乐弓和很多其他的弦乐器，还有打击乐器。其中最常用的乐器是鼓。在非洲祭奠祖先的仪式上离不开这种乐器。根据非洲黄金海岸地区的神话传说，鼓有三种神奇的功能：召唤祖先的神灵；帮这些神灵传递信息；仪式结束后将神灵送回他们的寓所。②但由于18世纪南卡罗来纳的奴隶曾经以击鼓作为暴动的信号，所以鼓一度被禁止使用。③黑人经常使用的另一种乐器是小提琴。这种传统源于非洲的古

---

① 罗斯编：《北美奴隶制文献史》，第503页。

② 斯塔基：《奴隶的文化：民族主义理论与美国黑人社会的奠基》，第19—20页。

③ 伍德：《佐治亚殖民地时期的奴隶制》，第114页。

马里王国,至今在非洲加纳中部沃尔特河上游地区,黑人仍然用小提琴来召唤祖先的神灵。而且,小提琴在非洲属于大众乐器而不是贵族乐器,所以奴隶贸易时期在非洲各地普遍使用,也是北美黑人奴隶不可缺少的乐器。甚至在黑人的动物故事中也体现出这种乐器的重要性。在一个关于"兔子"的故事中讲到,"如果你把他的小提琴抢走,那他就活不下去了"[①]。班卓琴也是黑人必不可少的乐器之一,这种乐器通常用于为讲故事的人伴奏。黑人不必经过专门训练就能演奏班卓琴,其演奏方法与小提琴很相似。

在新大陆,黑人奴隶既继承了非洲传统的乐器的演奏,也学会了使用各种欧洲人常用的乐器。在对奴隶居住区遗址的发掘中出土了黑人所使用的乐器,如在弗吉尼亚的很多种植园发现了口琴,20世纪80年代在杰斐逊的蒙蒂塞洛庄园发现了小提琴弓和玻璃钟琴。在奴隶的遗址中经常发现动物的下颌骨。非洲的一种乐器就是用动物的下颌骨制成,用金属棒或类似的东西摩擦发出声音。19世纪晚期的一些照片上有黑人用骡子的下颌骨演奏的情景,因此在奴隶遗址中发现的动物下颌骨很可能是用作乐器的。敲击调羹源于非洲敲击骨头的传统。在有些种植园中所发现的雕有图案的金属勺,是通过音乐向神祈祷的乐器,而不是餐具。[②]

黑人的聚会离不开乐器,但乐器来之不易。有时候热心的主人会送给奴隶一把班卓琴或小提琴,有时奴隶会利用工余劳动所得买上一件,而多数情况下他们就地取材自制乐器。因为

---

① 斯塔基:《奴隶的文化:民族主义理论与美国黑人社会的奠基》,第21页。
② 桑福德:《美国黑人奴隶制和物质文化的考古研究》,《威廉-玛丽季刊》第53卷第1期(1996年1月),第110、111页。

很少有机会进行专门的训练，他们需要弹奏容易、携带方便的简易乐器。他们用马鬃、兽皮或动物的膀胱、葫芦制成弦乐器，用金属盘子、圆木和其他能找到的材料制成打击乐器。一名叫做沃什·威尔逊的黑人回忆道："那时候没有乐器。我们用羊的肋骨、牛的下颌或一块铁做乐器，有时用一只旧桶或空葫芦和一些马鬃做成鼓。有时他们把一段树干掏空然后在上面蒙上一块羊皮…… 他们把野牛角削割做成笛子。"① 鲍勃·梅纳德在回忆中说，"那时我们晚饭之后就在门外围成一圈，唱歌或是弹奏音乐。我们的乐器就是罐子、大瓶子、锅盖或是平底锅，用根木棒或是骨头敲打。我们还会用芦苇做成笛子，吹起来很好听"。②

奴隶们演奏乐器的主要目的是自娱自乐，与同伴共同享受音乐的乐趣，当然熟练演奏一种乐器也有其他的回报。所罗门·诺瑟普曾感叹，如果没有他心爱的小提琴，他如何能够熬过漫长的奴役岁月："它把我带进了'大房子'，使我在田里劳累多日之后得到放松，使我的小屋多了些舒适，我因为有这一技之长而受到格外的优待，可以有自己的烟斗，多得到几双鞋子，外出演奏小提琴经常使我不必看到严厉的主人，而有更多的机会目睹欢乐愉快的场面。它是我的伙伴。它使我闻名于一方，使我交到了朋友，如果我没有这一技之长，人们根本不会注意到我。在每年一度的宴会上同伴们总是让我坐在显著的位置，在圣诞舞会上我也总是最受欢迎的人。"③

有的种植园，尤其是大的种植园，还把能歌善舞的奴隶组

---

① 吉诺维斯：《奔腾吧，约旦河：奴隶们创造的世界》，第572页。
② 梅隆编：《奴隶记忆中的鞭笞岁月：一部口述史》，第145页。
③ 威什编：《南部奴隶制》，第55页。

成乐队为白人演出。黑人作家对早期的黑人娱乐曾作过描述：
每个种植园都有自己的黑人演出队。演出队的成员讲笑话，在
班卓琴和骨制乐器的伴奏下唱歌跳舞。那些骨制乐器是把羊或
其他小动物的骨切割成长短适宜的小块，打磨干净，然后在阳
光下漂白而制成的。种植园的主人要招待客人的时候，他只需
唤出他的黑人演出团来就可以了。[①]

三　口述故事

黑人另一种娱乐的方式是口述故事。非洲黑人各民族有着
悠久的口述文化传统，各民族的历史变迁、伦理道德、祖先遗
训乃至工艺技术等都通过口传亲授一代一代地流传。口述故事
是黑人文化的重要组成部分，对北美的黑人奴隶而言，由于他
们被剥夺了受教育的权利，不会读书识字，口述故事的作用就
显得尤为重要了，它不仅是娱乐消遣的方式，更是启发教育的
手段。奴隶制下黑人的故事是奴隶们演练自己的战术、嘲笑主
人和自己的缺点、教育子女在奴隶制下如何生存的一种途径。
许多口述故事强调，了解有权力的人的行为方式是非常必要
的，因为弱者为了生存必须这样做。[②] 背井离乡的非洲人和他
们的后代并没有把他们祖先流传下来的民间故事原封不动地保
留下来，而是继承了非洲口述文化传统中改革和创新的特点。
有些美国黑人的口述故事来源于非洲，如一些有关动物的童

---

① 米尔达尔：《美国的困境》第 2 卷，第 989 页。
② 莱文：《黑人文化与黑人意识》，第 125、115 页。

话，都来源于由沃洛夫人、豪萨人和曼丁哥人的民间传说。[①]有些则是来源于欧洲或亚洲，还有一些是他们在新的生存环境中创造出来的。在新大陆，黑人所面临的自然环境和社会环境与非洲迥然不同，因此他们的口述故事擅长就地取材，并进行创造性发挥，继承了非洲传统叙述方法的审美感，同时又在内容上有所创新。例如，在奴隶的骗术故事中愿望的满足和角色的颠倒，比在非洲的民间故事中的意义更为突出，美国黑人的民间故事亦是奴隶们应付新环境并巧妙处理各种问题的例证。

黑人口述故事中最普遍的形式是动物童话。这些动物童话有一些共同点：它们都强调弱小而机智的动物凭借智慧可以战胜比自己强大的敌人。它们虽然身体弱小，但却大胆、自信，充满反抗精神。通过自然与社会象征性的认同，在这些动物故事中，狡猾的动物及其骗术既是必要的又是有益的。它们都强调欺骗的策略，喜欢看到弱者智胜并羞辱强者，都具有抒发被压抑的情感和教导人生存技巧的双重作用。在动物童话故事中，现实与幻想错综复杂，可以充分表达深层的意义。完全人性化的动物起到一种象征性的作用，他们像人一样思考，行为举止和人一样，也有喜怒哀乐，也和讲故事的人一样生活在现实世界之中。但它们仍然明显的保持着动物的特征：大的动物通常很强壮但不很聪明，它们经常被相对弱小的动物所欺骗。

在黑人的民间故事中动物骗子以各种形式出现。通常是兔子，也有时是乌龟、松鼠或者鹌鹑。路易斯安那的一则黑人民间故事即反映了这一主题。两只兔子——拉宾和布奇有一天在

---

① 霍洛威：《"非洲所给予美洲的"：非洲因素在北美黑人中的延续》，载霍洛威主编《美国文化中的非洲因素》，第50页。

海边偷听了大象和鲸鱼的对话，大象对鲸鱼说："你是海里最大最强的动物，我是陆地上最大最强的动物，我们必须让百兽听从我们的通知，如果谁敢反抗，我们就杀了它。"鲸鱼回答说："就这么定了！你管陆地，我管大海。"布奇听了非常恐惧，而拉宾泰然自若："不必担心，我比它们都聪明，看我怎么收拾它们。"它找来一根很粗很长的绳子，先找到大象，跟它说："先生，您又善良又强大，我遇到了困难，我的牛陷到淤泥里了，希望您能帮我的忙，把牛从泥里拉出来。"大象欣然答应。于是拉宾把绳子拴到大象的鼻子上，告诉他听到敲鼓的声音就用力拉绳子。然后又到海边找鲸鱼，对它说了同样的话，鲸鱼也把绳子咬住准备帮它"拉牛"。拉宾敲响了鼓，两只巨兽开始用力拉绳子。双方都拉得筋疲力尽，才知道上了兔子的当，恼怒之下决定以后不准兔子在陆地吃草，也不让他喝海里的水。后来兔子布奇又捡到一张脱了毛的鹿皮，披在身上假装是头鹿。大象见了问："可怜的小鹿，你怎么这副惨相？""就是因为我按照你的吩咐不让兔子布奇吃草，他给我下了诅咒，才弄成这样。它跟魔鬼定了约，如果你再不小心它就对你不客气了！"大象听了惊慌失措，"小鹿，快去告诉拉宾，我是他最好的朋友，青草让它想吃多少就吃多少"。而后又用同样的办法骗过了鲸鱼，也答应它可以随意喝海里的水。之后拉宾得意地对布奇说："怎么样，我比它们都聪明吧？我想捉弄它们就能捉弄它们。"[①] 兔子也不总是胜利者，在与鹌鹑遭遇时它自己又成了受骗者。故事中这种角色的转换有着重要的意义，因为它突出了民间故事对奴隶的教育作用。从这种角色的转换中奴隶们不仅学到了如何仿效故事中的骗术，而且也学会了如

---

① 罗斯编：《北美奴隶制文献史》，第520—522页。

何避免上当受骗。

动物骗术故事的主题通常是骗子与其对手争夺食物与伴侣，在多数故事中都有关于动物之间彼此争食的情节。在动物故事中食物不能共享，动物之间总是为获取食物而斗争。在黑人的故事中，食物是地位和权力的象征，而骗子则不仅仅满足于占有食物，它要从更强大的动物那里夺取食物。在"兔子和奶牛"的故事中，兔子和狼共有一头奶牛。但狼厌倦了这种伙伴关系，于是要求把牛分为两半，它要后半身。兔子"慷慨地"让狼把整头牛都拿去，但继续把牛奶全偷走。① 在"兔子、狐狸和鹅"的故事中，兔子总是趁菜园的主人不在家时偷园子里的食物吃，于是主人嘱咐自己的女儿：如果兔子下次再来就不放过它，同时让狐狸去把兔子吃掉。但兔子对狐狸说如果它不吃它，它就告诉它哪里有味道鲜美的鹅。于是狐狸就去追鹅，但兔子又告诉狐狸一只熊在追它，狐狸便吓跑了，最终兔子得以脱险。② 从这类故事中可以看出奴隶们明白偷窃食物的好处，许多奴隶偷主人的东西也证明了类似故事对奴隶的教育作用。

在奴隶的动物故事中经常出现角色的颠倒。在另一个兔子和狼的故事中，两只动物追求同一个"漂亮女孩"。兔子决定向"女孩"展示狼不过是它的坐骑。在一起去舞会的路上，兔子要狼当它的马。快到舞场的时候，兔子紧催狼快跑。所有的"女孩"都看到了兔子把狼当马骑，因此都嘲笑它。在这个故事中骗子不仅战胜了它的对手，而且还羞辱了它，抢了它心仪

---

① 乔伊纳：《沿河岸边：一个南卡罗来纳的奴隶社区》，第177页。
② 同上书，第176页。

的女孩。① 这种角色颠倒的象征意义使奴隶在情感的压抑中得到精神上的缓解，使他们在想象中攻击主人和监工。更为重要的是，它提醒奴隶们现存的权力关系不一定是合理的。由此可以看出民间故事在塑造奴隶的世界观方面也起了重要的作用。其寓意很清楚：在与强大的对手周旋时，运用骗子的价值标准有百利而无一害。由此可见，黑人在处理与同伴的关系和与白人的关系时，使用的是双重道德标准。这是奴隶制下黑人为了寻求生存而形成的特殊的文化特征。

　　黑人的民间故事似乎告诉奴隶们：即使骗术不成功，也能运用智慧逃脱惩罚，自己不会有什么损失。比如在"大熊的鱼"的故事中，大熊带着刚刚捕到的鱼走过树林时，看到小路上好像有一只死兔子。实际上那是兔子在装死。等大熊走过之后，兔子又跑到前面，把它的伎俩又重演三次。最后，大熊放下鱼回去捡那四只"死兔子"。当它回来时发现兔子已经在炖鱼了。熊把鱼要了回来，但兔子却逃脱了惩罚。② 黑人妇女安妮·里德所讲的另一则故事也反映出类似的主题：狐狸请动物们吃饭，大家都在忙着准备午餐，把一桶奶油放到河边晾着。兔子看着奶油很眼馋，想自己全吃掉，于是告诉狐狸说："我太太要生孩子，我得马上回家。"然后就跑进树林，假装朝自己的家跑去，实际上是绕到河边，拿起那桶奶油吃得一干二净，吃饱之后擦擦嘴就在树荫下睡着了。到开饭的时候才不慌不忙地从林子里走出来。狐狸问他刚生的孩子叫什么名字，兔子回答说叫"甜童"（因为他刚刚"舔"过"桶"）。狐狸说："好，名字很有趣，我们吃饭吧。"这时才发现奶油被偷吃了。

---

① 乔伊纳：《沿河岸边：一个南卡罗来纳的奴隶社区》，第180页。
② 同上书，第176页。

为了查出谁偷吃了，每个人都被倒提起来，奶油从谁的嘴里流出来谁就是偷吃的人。结果兔子被发现了。大家商量如何发落，要么把它扔到火里，要么扔到荆棘地里。狐狸问兔子："你想怎么受罚？"兔子说："把我扔进火里吧，千万别把我扔到荆棘地里，我怕荆棘刺坏了我的眼。"结果他还是被扔到了荆棘里。而兔子抖抖身体爬到山上，得意地说道："谢谢你，狐狸！你忘了我就是在荆棘中长大的。"① 这类故事的结局都是兔子运用智慧足吃足喝，却逃避了惩罚。

口述故事中体现出黑人奴隶的道德标准。比如"柏油娃娃"的故事就教育人们，如果拒绝帮助自己的同伴将会受到惩罚。在一段干旱时期，只有兔子知道有一口秘密的井，但它不愿让其他动物共享井里的水，而告诉它们自己每天早起喝露水，这个秘密被发现后其他动物伺机报复兔子。有一天晚上山羊终于发现了兔子的井，于是马上跑去告诉其他动物。它们决定给兔子一个教训，就在井边放了一个柏油做的娃娃。兔子去喝水时看到娃娃就跟它打招呼，但柏油娃娃没理他。兔子发怒了，对娃娃说："你最好开口跟我说话，要不然我一巴掌打碎你的下巴！"娃娃仍没有反应。兔子就打了它。结果手被黏住了。兔子转而用另一只手去打，也同样被柏油黏住，直到全身都被黏到了柏油娃娃的身上。后来山羊和其他动物狠狠地斥责兔子之后才把它放开。因为兔子自私，所以其他动物才报复它；由于兔子的虚荣、自傲和愚蠢才使动物们的报复计划得以成功。② 从这个故事中奴隶们可以得到许多生活的启示。另一则鸟类争夺伴侣的故事也隐约可见黑人的种族观念：一只雄嘲

① 梅隆编：《奴隶记忆中的鞭笞岁月：一部口述史》，第47—48页。
② 乔伊纳：《沿河岸边：一个南卡罗来纳的奴隶社区》，第181—182页。

鸟和一只猫头鹰同时追求一只雌嘲鸟，雌嘲鸟对它们说："你们两个谁能不吃不喝坚持的时间长，我就和谁作伴侣。"每次雄嘲鸟唱着歌飞到雌嘲鸟身边时，都装作要亲吻雌嘲鸟的样子，而雌嘲鸟趁机将口中的食物喂给雄嘲鸟。而当猫头鹰飞到雌嘲鸟身边时，雌嘲鸟却对它说："走开，你的翅膀刺到我了。"猫头鹰只得忍饥挨饿。这样过了数日，最终猫头鹰饿得奄奄一息。就在它再次飞到雌嘲鸟身边时，被它扇了一翅膀，落地身亡。两只嘲鸟终成眷属。[①] 这个故事除赞扬两只同类用智慧共同对付异类外，或许也体现出黑人对不同种族间通婚的态度。由此可见奴隶们很擅长运用象征的手法来表达自己的思想。

另一则关于"秃鹰大王"的民间故事说明如果出卖同伴将会受到惩罚。故事讲的是一个非洲部落的酋长屡次把自己的族人骗到贩奴船上，白人抓住他的族人，用铁链锁起来运到大洋彼岸卖为奴隶。当白人最后一次到这个地方时，他们把那个酋长击倒，用铁链锁上也带到了北美。但这个黑人酋长死后，天堂和地狱里都没有他的位置。因为他出卖了同族的人，害了千百条性命，上帝认为他的地位比所有人、兽都低，他的灵魂永远只能在世间游荡，没有固定的寓所，他死后在精神世界中也永远不得安宁，只能到处流浪，以腐肉为食，在精神世界中被称作"秃鹰大王"。[②]

在奴隶的民间故事中还体现出一条道理：正确的道德标准在有些情况下则不适用。友谊和利他主义在奴隶社区范围内被视为正面的品德，但在骗子与其强大的对手的关系中这种特征

---

① 罗斯编：《北美奴隶制文献史》，第522页。
② 斯塔基：《奴隶的文化：民族主义理论与美国黑人社会的奠基》，第4—5页。

却没有体现出来。例如，奴隶在现实中经常使用的欺骗方法——撒谎、偷盗、毁坏财物、装病等，显然与非洲传统的价值观和宗教的信条不符，但在奴隶制的特殊情况下则成了被认可的行为。偷了同伴的东西是错误的，而偷主人的东西并不算真正的偷，因为他们把主人与奴隶的关系本身就看做"贼"与"赃物"的关系。这一点从上述"秃鹰大王"的传说中可以找到一些根据：非洲黑人是被"骗"到船上，然后用铁链锁起来才贩卖到美洲作了奴隶。所以黑人有理由认为，奴隶"拿"一点儿主人的财产与白人的偷盗行为相比，简直是小巫见大巫。如果白人不算盗贼，黑人哪能算呢？

在黑人的动物故事中，还会体现出宗教在他们生活中的重要性，上帝的信徒可以凭借智慧战胜强大的敌人。一则故事讲道：兔子在去教堂的路上遇到了狐狸。狐狸对兔子说："我现在正饿着肚子，我要把你当做一顿美餐。"兔子急忙说："不要吃我，我告诉你一个地方，那有很多小猪足够你吃。如果你不相信，就把我绑在这里，你到我说的那座房子里去看看。"于是狐狸把兔子捆上，自己朝兔子说的方向跑去。结果，不但没有找到小猪，却被一大群猎狗追了出来。狐狸径直往回跑。看到兔子就对它喊："那里哪有什么小猪？只有一群猎狗。"兔子回答说："你不是要吃我吗？现在轮到你给这群猎狗作美餐了！"结果猎狗把狐狸抓住吃掉了。最后兔子对那些猎狗说道："上帝保佑！妨碍上帝的信徒去教堂就该有这种下场！"①

黑人的民间故事的主人公除了象征奴隶的动物，还有真正的奴隶。这些故事中多数是关于主人与奴隶之间的斗智。相当一部分是奴隶偷吃了东西而凭借机智逃脱惩罚的故事，有两则

---

① 罗斯编：《北美奴隶制文献史》，第518—519页。

笑话具有代表性。一则笑话讲道：有一次主人请一位客人吃饭，负责端菜的奴隶偷吃了一条鸡腿。客人发现后问为什么这只鸡只有一条腿，那个奴隶忙回答说：我们这里的鸡都是一条腿，不相信您可以到外面去看。饭后奴隶随着主人和客人到户外散步，看到所有的鸡都在金鸡独立地晒太阳，奴隶对客人说：怎么样，我没有骗您吧？客人朝着鸡"嘘"了一声，所有的鸡立刻两条腿站立。奴隶机智地说：如果您在饭桌上也"嘘"一声，那只鸡的另一条腿也会伸出来！另一则笑话是这样的：主人请一位牧师吃鸭子，但开饭前奴隶就把鸭子吃掉了。这个奴隶趁主人准备宰鸭子时对牧师说：我们的主人要杀你！牧师听了赶紧跑了。见到主人，奴隶马上禀告：牧师跑了，还带走了鸭子！[①]

在奴隶制下，黑人常常因为在劳动中偷懒而受到主人和监工的鞭打，但是在黑人的故事中，奴隶却可以凭借自己的幽默避免被责打并得到主人的宽恕。下面就是一个奴隶运用机智幽默使自己免于受罚的故事。在弗吉尼亚，曾有一位奴隶主吩咐自己的一个奴隶把船划到半岛的另一端，自己从陆上走过去等他。当主人走到约定的地点时，还不见小船的影子。于是主人沿着岸边步履艰难地往回走，以为能在半路与自己的奴隶会合，但走了很长时间也不见奴隶把船划来。最后当他找到自己的小船时，发现奴隶竟在船里睡觉。被主人惊醒后，那个奴隶对主人说："主人，早晨我正准备开船时，一条大鱼跳到了船里，好大的一条鱼啊！我很高兴，就想坐在船里等更多的大鱼跳进来。但是我不知不觉就睡着了，一直到您来了我才醒。我知道我应该受罚，因为即使有大鱼跳进船里，它见我在睡觉也

---

①　莱文：《黑人文化与黑人意识》，第128—129页。

就又跳回水里了，所以我没抓到鱼，您打我吧！"奴隶这种解释显然是夸大的，但主人认为好笑，因此原谅了他。[1]

在黑人的民间故事中，主人公不仅凭借机智获得一些小小的好处，甚至可以获得自由。有一个故事就讲述了一个名叫约翰的奴隶凭借"先知"的功能幸运地获得了自由。奴隶约翰在种植园中被誉为"先知"，因为他经常偷听主人和太太的谈话，他总能预先知道主人想做什么。但主人却以为他真能先知先觉。有一次邻近的种植园主朱尔上尉和约翰的主人打赌说："我今晚要带着狗去打猎。我以我的整个种植园外加七百块钱作赌注，我肯定约翰明天早晨到这里猜不出我捕到了什么。"约翰的主人接受了这场赌博。第二天早晨约翰和主人一起骑马来到上尉的种植园。上尉把捕到的猎物放在后门，用一个大盆扣着。当约翰和他的主人到了以后，上尉问："这就是你的先知？好吧，约翰，告诉我盆底下是什么？"约翰仔细看，抓耳挠腮，看看天，看看地，但都没有用。最后约翰放弃了，无奈地对主人说："老爷，跟您说实话吧，您真是难为老熊了！"[2]他原本是自称为"老熊"。主人把盆掀开，下面果然是一只很大的老浣熊。于是主人给了约翰自由，还给了他一所房子和一大块土地，从此约翰成了富有的人。[3]

黑人的民间故事有着明显的理想化倾向，很多故事中的反面角色——强大的动物或白人，头脑似乎过于简单，太容易被

---

① 索贝尔：《他们共同创造的世界：18世纪弗吉尼亚的白人和黑人的价值观念》，第33页。

② 原文是"You caught the old coon at last"。这是一句双关语，约翰的本意是"您确实把我老黑难住了"，但这句话的字面意思又可以理解为"您抓到了这老浣熊"。

③ 乔伊纳：《沿河岸边：一个南卡罗来纳的奴隶社区》，第186页。

欺骗。但对于奴隶来说，其重要的意义在于奴隶们把在现实生活中无法实现的梦想寄托在这些故事中，在故事中找到替身，由他在假想的世界里实现自己现实无法实现的凤愿。

黑人的民间故事最充分地表达了自己的希望与恐惧。人虽然在他们的故事中人也获得胜利，但远不如动物的胜利更辉煌，人只是精神上的胜利者。他可以一次又一次地在与主人的交锋中以智取胜，但他主要是通过使主人出洋相而得到心理上的满足。[1] 但是，从这些故事中奴隶们找到了抵抗奴隶制、宣泄被压抑的情感的一种心理手段。史学家查尔斯·乔伊纳甚至认为，黑人的故事在很大程度上减少了大规模奴隶暴动的可能性。[2]

黑人也继承了他们的非洲祖先通过口述故事教育后代的传统，使非洲的文化在北美得以继承。从长者讲述的家族历史故事中，年轻的黑人可以了解自己的出身背景以及如何被贩卖到美洲作奴隶的经历。非洲特有的一些风俗习惯，如丧葬习俗，一代代地继承下来，通过长者的讲解，黑人的后代得以进一步明白这些风俗的意义所在，由此增强了他们的群体意识。

四　黑人的聚会活动

黑人喜欢各种聚会活动，他们利用一切可能的机会享受群体活动的快乐。

圣诞节是奴隶最重要的节日，是黑人奴隶最快乐的时候。

---

① 莱文：《黑人文化与黑人意识》，第 131、132 页。

② 乔伊纳：《沿河岸边：一个南卡罗来纳的奴隶社区》，第 194 页。

通常主人会在圣诞节给奴隶们三天以上的假期。只有少数奴隶主让奴隶休假一天或两天，更多的主人给奴隶五天至一周甚至更长时间的休假。在有些种植园，圣诞假期的长短以一根圆木的燃烧时间来决定。于是奴隶们四处寻找最大而且燃烧最慢的木头。如果天气不好或活儿不太多，主人会把假期延长，以借机显示一下他们的仁爱之心。[①] 有些相邻的种植园主特意将庆祝的时间错开，以便不同种植园的奴隶可以相互招待。在圣诞聚会上会有丰富的烤肉，大量威士忌酒，奴隶们可以通宵唱歌跳舞。查雷·赫特回忆起当年在主人家过圣诞节的情景时，言语中充满了兴奋："每到圣诞节，主人会在院子里放上一缸威士忌或白兰地，在缸的边上挂上锡制酒杯，我们随意畅饮。开始大家互相取乐，然后开始唱歌，个个欢天喜地。如果谁喝醉了，主人就把他送回小屋睡觉。那是我们最快乐的日子，所有人都陶醉在喜悦之中，忘记了自己还是奴隶。"[②] 所罗门·诺瑟普在自传中对奴隶们"欢庆圣诞节"做了更为生动的描述。圣诞节是奴隶最向往的日子，不论长幼人们都同样愉快；甚至艾布拉姆大叔都不再颂扬安德鲁·杰克逊；帕齐在欢乐的氛围中也忘却了她的所有悲伤。那是欢歌笑语的日子，是被奴役的孩子尽情嬉戏的时候。那几天奴隶们被允许拥有一点点的自由。在圣诞节诺瑟普的主人会将相邻种植园的奴隶都请来，通常有300人到500人。在种植园里大摆筵宴，大家围坐在桌子边，男子在一边，女子在另一边，相互钟情的男女总是设法相对而坐。大家尽情欢乐，暂时忘却了各种不快。圣诞节之后，奴隶可以获得在一定范围内出行的自由。这时候他们会脸上带着无

---

① 吉诺维斯：《奔腾吧，约旦河：奴隶们创造的世界》，第573页。
② 梅隆编：《奴隶记忆中的鞭笞岁月：一部口述史》，第145页。

比喜悦的神情急急忙忙奔往各个方向，他们这时和在田地里劳动时判若两人。由于短暂的放松，暂时忘却恐惧，从鞭打中解脱出来，这使他们在外表和行为举止上都发生了彻底的改变。①

通常主人会在圣诞节送给奴隶们圣诞礼物。多数主人喜欢送给奴隶烟草、丝带和其他类似的物品，也有很多主人送给奴隶钱，钱数量从一美元到五美元不等。奴隶们彼此之间也用工余时间的劳动所得互赠礼物。② 在圣诞节黑人小孩和白人的孩子一样是最快乐的。主人夫妇会把黑人小孩和自己的子女召集到一起，扮圣诞老人，讲故事，分发礼物。南卡罗来纳的朱尼厄斯·夸特尔鲍姆清晰记得当年过圣诞节的情景：

> 圣诞节早晨，主人把所有奴隶叫到圣诞树旁，他让小孩们坐在树下，大人们手拉手围成一圈，然后开始分发圣诞礼物；先发给小孩，再从树上取下礼物一一发给每个奴隶。所有礼物都发完之后，女主人站在圆圈中央，举起手，低头默默感谢上帝，所有的奴隶也照做；最后大家皆大欢喜，四处洋溢着欢歌笑语……我至今仍然怀念那过去的好时光。③

有些种植园将美国独立日也作为一个重要的节日来庆祝。路易斯·休斯在自传中对一个棉花种植园奴隶们庆祝独立日的场面做了生动的描述。在这一天，奴隶们不论男女老幼，个个喜气洋洋。大家一起吃一顿丰盛的烤肉野餐，唱歌跳舞，欢声

---

① 威什编：《南部奴隶制》，第52、56页。
② 吉诺维斯：《奔腾吧，约旦河：奴隶们创造的世界》，第566—567页。
③ 转引自吉诺维斯《奔腾吧，约旦河：奴隶们创造的世界》，第575页。

笑语。除了一顿美餐，奴隶们还可以做自己喜欢做的任何事情。休斯感到那种节日的快乐"难以言表"，节日的喜悦会在他们的记忆中萦绕数月，在心中"感谢"主人让他们在"黑暗的生活中看到一缕阳光"①。

除圣诞节外，其他的节日，如感恩节和复活节，如果安排得开，有些主人也会给奴隶们假期，但并不像圣诞节那样所有的奴隶都能享受得到。克莱顿·霍尔伯特在提起当年的假期时说："我们的圣诞假期从圣诞前夕到新年，但我们没有感恩节，我们也从来没听说过那个节日。"②

除了大的节日，每个星期天和星期六的下午通常是奴隶们的假日，种植园的记录和奴隶的自述中显示出大多数奴隶主星期六只让奴隶劳动半天，相当一部分奴隶星期六的中午到下午三点之间工作就结束了。法律、习惯以及奴隶的抵制等因素都阻止奴隶主强迫奴隶在星期天劳动。当主人需要奴隶在星期天劳动的时候，他们让奴隶自愿参加，并给他们额外的报酬。比如在收获甘蔗的季节必须在星期天加班，否则收成就要打折扣。在这种情况下奴隶们一般会得到补偿，或者以后另找时间让他们放假，或者给予他们物质的奖励。③ 通常星期天是属于奴隶自由支配的时间，所以通常周六的晚上或星期天，黑人奴隶们会在班卓琴和小提琴的伴奏下狂歌劲舞，尽兴而归。弗吉尼亚的一名黑人回忆起他在 19 世纪四五十年代的经历时说道，"每个星期六的晚上，我们都悄悄地离开住处，溜到大约五英里之外的树林里。那里有一间很旧的木屋，每个女孩子都带着

---

① 休斯：《三十年奴隶生涯：从奴役到自由》，第 50—51 页。
② 《奴隶自述》：http://xroads.virginia.edu/~HYPER/wpa/wpahome.html。
③ 吉诺维斯：《奔腾吧，约旦河：奴隶们创造的世界》，第 574 页。

自己的男友。我们用两把小提琴、两把班卓琴和两套骨制乐器来演奏，还有一个名叫乔的男孩会吹口哨……"① 一位名叫尼古拉斯·克雷斯韦尔的英国人在 1774 年参加了一次他称之为"黑人舞会"的聚会，在此之后他写道："星期天是这些可怜的人唯一属于自己的时间，他们通常聚集在一起，在班卓琴的伴奏下跳舞，那种琴是一种类似吉他的葫芦形四弦琴。"有的奴隶还唱着滑稽的歌曲，那些歌是从主人那里学来的，他们用一种嘲讽的方式在翻唱白人歌曲。他认为那种音乐"粗俗"不堪，那种舞蹈"毫不正规，离奇怪异"。他最后得出结论认为，"所有的黑人在这种嬉戏中都显得异常高兴，似乎忘记了他们悲惨的处境"②。有西非特色的鼓由于曾被黑人用作起义的信号，所以被禁止或限制使用，黑人常常以拍手和敲击骨头来代替打击乐器。他们的骨制打击乐器是将牛的肋骨刮净抛光制成的，敲击时发出沉闷的响声。这种方法既利用了白人的音乐也利用了白人的乐器，就像玻利尼西亚人利用水兵的快步舞、葡萄牙人的吉他和传教士的赞美诗，虽然其歌词大体接近，却巧妙地修改了节奏和旋律。③

　　在很多种植园，奴隶们一旦皈依了宗教就不再跳舞了。所以一些年轻的奴隶开始以其他的方式进行娱乐活动，比如喝酒、赌博。但多数奴隶花更多的时间做礼拜，大家围成一圈唱圣歌来代替世俗的舞蹈。到 19 世纪中期，几乎每个大种植园

---

　　① 转引自斯塔基《奴隶的文化：民族主义理论与美国黑人社会的奠基》，第 66 页。

　　② 《尼古拉斯·克雷斯韦尔日记，1774—1777》(*The Journal of Nicolas Cresswell, 1774—1777*)，转引自巴滕霍夫·李《十八世纪切萨皮克地区的奴隶制问题》(Butenhoff Lee, "The Problem of Slavery in the Eighteenth-Century Chesapeake")《威廉-玛丽季刊》(*The William and Mary Quarterly*)，1986 年第 3 期，第 333 页。

　　③ 弗纳斯：《与汤姆大叔告别》，第 117 页。

都有一些奴隶因为皈依宗教而将跳舞视为罪恶的行为。但奴隶们仍然努力创造机会在星期六的晚上参加聚会,虽然有夜间宵禁的规定和白人巡逻队的检查,都无法阻止黑人奴隶聚会的热情,很多主人或监工也只好对此听之任之。①

收获后,各种植园通常会举行一场隆重的庆祝活动,其中包括一场盛大的黑人舞会。在舞会上,有些奴隶手举松木火把围成一圈,其他人在中间跳舞。他们的舞蹈中有很多是对劳动的模仿——挥舞镰刀,用叉子往马车上叉草,举棉花包,运烟草,锯木头和锄玉米地。在这种活动中他们才能真正体会到劳动的快乐,因为他们此时在重复平时的劳动,但不必听从主人或监工的命令。② 在这段时间,通常奴隶们可以放假一天,吃一顿盛大的烤肉野餐。很多奴隶多年以后对这种庆祝活动仍记忆犹新。他们记得如何一边把主人举起来扛在肩膀上一边唱着"摇晃我,朱莉,摇晃我",也会记得主人为了让他们开怀畅饮送给他们大量威士忌酒。③ 多数主人在淡季也偶尔会临时决定让奴隶们放松一下。④ 一名田纳西州的黑人克莱顿·霍尔伯特,内战前曾作过奴隶,他回忆道:"在最热的八月份,庄稼收割好以后,我们就可以放一段假,在这段时间里我们通常去吃烤肉野餐或做我们愿意做的任何事情。"⑤

有些集体劳动对于黑人而言也如同过节一样,其中他们最喜欢的集体活动是剥玉米,它给很多黑人奴隶留下了难忘的回忆。此外,黑人的葬礼也是群体聚会的机会之一。这种活动既

---

① 吉诺维斯:《奔腾吧,约旦河:奴隶们创造的世界》,第569—570页。
② 斯塔基:《奴隶的文化:民族主义理论与美国黑人社会的奠基》,第65页。
③ 弗纳斯:《与汤姆大叔告别》,第118—119页。
④ 吉诺维斯:《奔腾吧,约旦河:奴隶们创造的世界》,第576页。
⑤ 《奴隶自述》,http://xroads.virginia.edu/~HYPER/wpa/wpahome.html。

体现了对亡者的悼念，也使亲朋好友得以相聚。

在美国奴隶制下，黑人奴隶就是这样痛并"快乐"着。这些娱乐方式不仅使奴隶们在生活中找到一片独立的天地，远离主人的控制，也是抑制愤怒和发泄不满的重要心理缓解方式，使奴役下的黑人得以保持心理的平衡。奴隶们尽其所能希望能够生活得快乐一些，他们不仅在肉体上而且在精神上都需要生存下去，他们不仅作为个体而且作为一个民族也要生存下去，这种愿望在一定程度上也为他们树立了自尊，而这种自尊在受奴役的阶层中并不多见。奴隶的娱乐活动使他们悲惨的生活中加进了一些喜剧色彩，使艰难的生活变得可以忍受。

结　语

　　美国的黑人奴隶制已结束一百五十余年，但其对美国黑人的影响远未消失。奴隶制下黑人群体的一些特征，在当今美国黑人的身上仍清晰可辨。奴隶制时期是黑人文化形成的基础阶段，研究这一时期的黑人文化有助于进一步理解当代美国黑人问题。

　　关于内战前的黑人文化，史学界观点不一，但承认奴隶制下黑人文化的存在已经成为史学界的共识。在奴隶制下，与白人相比，黑人无疑是一个弱势群体，其文化也必然处于劣势。在与白人文化的接触中，黑人多数情况下陷于被动，存在着被同化、丧失自身传统文化特征的危险。在奴隶制的艰难处境中，黑人改变自身命运的空间极其有限，他们无法选择自己的主人，无法把握自己的命运，无法通过大规模的起义夺取自由，但是，黑人毕竟是奴隶制这种特殊制度下的一个特殊的群体，他们与白人的背景和经历截然不同，因此黑人文化具有其自身的特点。

　　奴隶制的特殊环境塑造了黑人作为一个群体的共同特征。被贩卖到北美的黑人来自非洲各个部族，在文化上存在着很大的差异；在北美奴隶制下，黑人的生存环境也各不相同，对黑人的文化也会产生不同的影响。然而，黑人的传统文化中彼此之间存在着共性。而且，无论在主人对奴隶的态度、黑人人口的比例、种植园的规模以及劳动方式等方面的差别有多大，黑人奴隶所面临的生存条件都有着共同之处：低下的地位、低劣的物质生活条件和不稳定的家庭生活。这些共同点决定了黑人作为一个群体必然具有共同的文化特征。

黑人奴隶的文化是在奴隶制下为了应付环境、谋求生存和发展而逐步形成的，是历史的必然产物。

奴隶主为了维护奴隶制，最大限度地从奴隶身上获利，运用各种手段来达到自己的目的。他们用暴力强制奴隶劳动，以物质刺激诱发奴隶劳动的积极性；他们鼓励黑人组成家庭以期维持种植园秩序的稳定，同时以拆散黑人家庭作为一种威慑力量，使不服管教的奴隶驯服；他们还希望通过对奴隶进行基督教化实现对奴隶的精神奴役，让黑人心甘情愿地忍受现世的痛苦。

为了争取自己的生存空间，黑人奴隶以各种策略应对主人。虽然主人设法使奴隶提高效率，黑人在劳动中力求保持自己的习惯；对主人提供的有限的物质生活条件，奴隶以各种方式进行弥补；面对不稳定的家庭，黑人采取特殊的方式维持自己的家庭生活，教育子女在奴隶制下的生存之道，使黑人的文化得以延续；借助基督教的形式，黑人发展了自己的宗教信仰，在宗教中找到了精神的寄托，并利用宗教聚会加强彼此之间的联系，培养一种群体感，从群体中汲取生活的力量。此外，黑人还在奴隶制的重压之下设法找到属于自己的娱乐方式，使压抑的心情得到缓解，以维持心理的健康。

黑人奴隶文化体现出奴隶制下黑人群体的特色。奴隶制度下的美国黑人为并非消极地应付白人所强加的一切，而是为了生存，一方面努力顺应艰难的环境，另一方面也在竭力抗争。背井离乡的黑人无法完全继承和保持其祖先的传统文化，但其传统文化的特征也没有在新大陆完全消失。在奴隶制下，他们为了生存和发展，对传统的非洲黑人文化进行了改造，同时也将白人文化的一些因素吸收过来。黑人奴隶的文化不同于任何一种非洲社会的文化，更不同于白人的文化，而是在奴隶制的特殊条件下形成的独具特色的美国黑人文化。

参考文献

英文著作

Abrahams, Roger D. , *Sing the Master: The Emergence of African American Culture in the Plantation South*. New York: Pantheon Books, 1992.

Adler, Mortimer J. ed. , *The Annals of America* (Vol. 1). Chicago: Encyclopaedia Britannica, Inc. , 1976.

Aptheker, Herbert, *A Documentary History of the Negro People in the United States*. New York: The Citadel Press, 1969.

Bain, Midred et al. eds. , *From Freedom to Freedom: African Roots in American Soil: Selected Readings*. New York: Random House, 1977.

Barton, Keith C. , "Good Cooks and Washers: Slave Hiring, Domestic Labor, and the Market in Bourbon County, Kentucky", in *The Journal of American History*, September 1997, 440.

Berlin, Ira, *Slaves without Masters: The Free Negro in the Antebellum South*. New York: Pantheon Books, A division of Random House, Inc. , 1974.

——*Many Thousand Gone: The First Two Centuries of Slavery in North America*. Cambridge, Mass: The Belknap Press of Harvard University Press, 1998.

—— "Time, Space, and Evolution of Afro-American Society on the British Mainland North America," in *The American Historical Review*, Vol. 85, No. 1, February 1980, 77.

——From Creole to African: Atlantic Creoles and Origins of African-American Society in Mainland North America. *The William and Mary Quarterly*, No. 2, 1996: 251—288.

Blackburn, Robin, *The Making of New World Slavery: From the Baroque to the Modern, 1492—1800*. New York: Verso, 1997.

Blackwell, James E. , *The Black Community: Diversity and Unity*. New York: Harper and Row, Publishers, 1975.

Blassingame, John W. , *The Slave Community: Plantation Life in the Antebellum South*. New York: Oxford University Press, 1979.

Blauner, Bob. , *Black Lives, White Lives: Three Decades of Race Relations in America*. Berkeley: University of California Press, 1989.

Blight, David W. ed. , *Narrative of the Life of Frederick Douglass, An American Slave, Written by Himself*. New York: Anchors Book, 1993.

Boskin, Joseph, *Into Slavery: Racial Decisions in the Vir-*

ginia Colony. Philadelphia: Lippinott, 1976.

Bourne, George, *Picture of Slavery in the United States of America*. Detroit, Mich.: Negro History Press, 1972.

Bracey, Jr., John H. and Manisha Sinha, *African American Mosaic: A Documentary History from the Slave Trade to the Twenty-First Century* (Vol. 1). New Jersey: Pearson Education, Inc., 2004.

Bracey, Jr., John H. et al. eds., *American Slavery: the Question of Resistance*. Belmont, Calif: Wadsworth Pub. Co., 1971.

Branley, Benjamin, *A Social History of the American Negro*. New York: The Macmillan Company, 1921.

Boles, John B., "Masters and Slaves in the House of the Lord", Larry Madaras and James M. SoRelle eds., *Taking Sides* (Vol. 1) Connecticut: Duskin/McGraw-Hill, 2000. pp. 221—235.

Orville Vernon Burton, *Slavery in America*. Detroit: Gale, 2008.

Campbell, Randolph B., "Slave Hiring in Texas", in*The American Historical Review*, Vol. 93, 1988. 114.

Cody, Cheryll Ann, "Naming, Kinship, and Estate Dispersal: Notes on Slave Family Life on a South Carolina Plantation, 1786 to 1833", in The *William and Mary Quarterly*, 3rd Series, Vol. XXXIX, No. 1, 1982.

Chan, Michael D., Alexander Hamilton on Slavery, *The Review of Politics*, Vol. 66, No. 2 (Spring, 2004), pp. 207—231, http://www.jstor.org/stable/1408953, 19/05/2009.

Cheryll Ann Cody, "There Was No 'Absalom' on the Ball

Plantations: Slave-Naming Practices in the South Carolina Low Country, 1720—1865", in *The American Historical Review*, Vol. 92, No. 3, June 1987, 564—573.

Colonial Laws, http://www.pbs.org/wgbh/aia/part1/1h 315t.html, 2003.

Cook, Blanche Wiesen et al. eds., *Past Imperfect: Alternative Essays in American History* (Vol. 1). New York: Alfred A. Knopf, 1973.

Craven, Wesley Frank, *White, Red, and Black: The Seventeenth Century Virginian*. New York: W. W. Norton and Company. Inc., 1977.

Cunliffe, Marcus, *Chattel Slavery and Wage Slavery: the Anglo-American context, 1830—1860*. Athens: University of Geogia Press, 1979.

Davis, David Brion, *The Problem of Slavery in the Age of Revolution: 1770—1823*. Ithaca: Cornell University Press, 1975.

Davis, David Brion, *From Homicide to Slavery: Studies in American Culture*. New York: Oxford University Press, 1986.

Deburg, Willian L. Van, *The Slave Drivers: Black Agricultural Labor Supervisors in the Antebellum South*. Westport, Conn.: Greenwood Press, 1979.

Doing as They Can: Slave Life in the American South, http://ashp.cuny.edu/ashp-documentaries/doing-as-they-can/, March, 2010.

Du Bois, W. E. B., *The Souls of Black Folk*. New York: Washington Square Press, 1969.

Dunaway, Wilma A., *The African-American Family in*

Slavery and Emancipation. New York: Cambridge University Press, 2004.

Dunn, Richard S. , *Suger and Slaves: The Rise of the Planter Class in the English West Indies, 1624 — 1713.* New York: W. W. Norton, 1973.

Dusinberre, William, *Them Dark Days: Slavery in the American Rice Swamps.* New York: Oxford University Press, 1996.

Eaton, Clement, *The Growth of Southern Civilization: 1790 — 1860.* New York: Harper Torchbooks, 1963.

Elkins, Stanley. , *Slavery: A Problem in the American Institutional and Intellectual life.* Chicago: University of Chicago Press, 1968.

Faust, Drew Gilpin, "The Meaning of Power on an Antebellum Plantation", Michael Perman ed. , *Perspectives on the American Past.* (Vol. 1) Scott, Foresman and Company, 1989. pp. 259 — 270.

Fields, Jeanne Barbara, *Slavery and Freedom on the Middle Ground: Maryland during the Nineteenth Century.* New Haven: Yale University Press, 1985.

Finkelman, Paul, *Southern Slavery at the State and Local Level.* New York: Garland Publishing Inc. 1989.

Fishel, Leslie H. Jr. and Benjamin Quarles, *The Black American: A Documentary History.* Glenview (Ill): Scott, Foresman &.Co. , 1976.

Fogel, Robert William and Stanley Engleman, *Time on the Cross: The Economics of American Negro Slavery.* New York:

参考文献 247

Little Brown and Co. , 1974.

Fogel, Robert William, *Without Consent or Contract: The Rise and Fall of American Slavery.* New York: W. W. Norton, 1989.

Foner, Eric ed. , *Nat Turner.* Englewood Cliffs, New Jersey: Prentice-Hall, 1971.

Foner, Phillip S. ed. , *W. E. B. DuBois Speaks: Speeches and Addresses, 1920－1963.* New York: Pathfinder Press, 1970.

Franklin, John Hope, From Slavery to Freedom: A History of American Negroes. Third Edition, New York: Alfred A. Knopf, 1967.

Franklin, John Hope. *From Slavery to Freedom: A History of American Negroes.* Fifth Edition, New York: Alfred A. Knopf, 1980.

Furnas, J. C. , *Goodbye to Uncle Tom.* New York: William Sloane Associates, 1956.

Gallay, Alan " The Origins of Slaveholders' Paternalism: George Whitefield, the Bryan Family, and the Great Awakening in the South," in *The Journal of Southern History*, Vol. LIII, No. 3, August 1987, 369－394.

Genovese, Eugene D. , "American Slaves and Their History", Blanche Wiesa Cook, et al. eds. , Alternative Essays in American History. New York, 1973. pp. 221－235.

——*The Political Economy of Slavery: Studies in the Economy and Society of the Slave south.* New York: Random House, Inc. , 1967.

——The World the Slaveholders Made. New York: Random

House, Inc. , 1969.

——Roll, Jordan, Roll: the World the Slaves Made. New York: Vintage Books, 1976.

——From Rebellion to Revolution: Afro-American Slave Revolts in the Making of the Modern World. Baton Rouge: Louisiana State University Press, 1979.

Gordon, Michael ed. , The American Family in Social-Historical Perspective. New York: St. Martin's Press, 1978.

Grant, Donald L. , The Way It Was in the South: The Black Experience in Georgia. Secaucus, N. J. : Carol Publishing Group, 1993.

Hall, Gwendolyn Midlo, Africans in Colonial Louisiana: The Development of Afro-Creole Culture in the Eighteenth Century. Baton Rouge: Louisiana State University Press, 1992.

Gutman, Herbert G. , The Black Family in Slavery and Freedom: 1705 — 1925. New York: Vintage Books, 1976.

Handler, Jerome S. and JoAnn Jacoby, "Slave Names and Naming in Barbados", in The William and Mary Quarterly, 3rd Series, Vol. LIII, No. 4, October, 1996, 685 — 728.

Handlin, Oscar, ed. , Readings in American History (Vol. 1) New York: Alfred A. Knopf, 1970.

Harding, Vincent, There is a River: the Black Struggle f or Freedom in America. New York: Harcourt Brace and Company. 1981.

Hine, Darlene Clark, ed. , The State of Afro-American History: Past, Present, and Future. Baton Rouge: Louisiana State University Press, 1986.

Holloway, Joseph E. ed. , *Africanisms in American Culture*. Bloomington: Indiana University Press, 2005.

Hughes, Louis, *Thirty Years a Salve: From Bondage to Freedom*. New York: Negro University Press, 1969.

Ingersoll, Thomas N. , " 'Releese Us out of this Cruell Bondegg': An Appeal from Virginia in 1723," in *The William and Mary Quarterly*, 3rd Series, Vol. LI, No. 4, October 1994, 782.

Jacobs, Harriet A. , *Incidents in the Life of a Slave Girl*. Cambridge, Massachusetts: Harvard University Press, 2000.

Jordan, Winthrop D. , *White over Black: American Attitudes toward the Negro, 1550 — 1812*. New York: W. W. Norton & Company, 1977.

Joyner, Charles *Down by the Riverside: A South Carolina Slave Community*. Chicago: University of Illinois Press. 1984.

Klepp, Susan E. , "Seasoning and Society: Racial Differences in Mortality in Eighteenth-Century Philadelphia," in *The William and Mary Quarterly*, 3d Series, Vol. LI, No. 3, July 1994, 482.

Kulikoff, Allan *Tobacco and Slaves: The Development of Southern Cultures in the Chesapeake, 1680 — 1800*. Chapel Hill: The University of North Carolina Press, 1986.

Lee, Jean Butenhoff "The Problem of Slavery in the Eighteenth-Century Chesapeake," in *The William and Mary Quarterly*, 3rd Series, Vol. XLIII, 1986, 333.

Levine, Lawrence W. , *Black Culture and Black Consciousness: Afro-American Folk Thought from Slavery to Free-*

dom. New York: Oxford University Press, 1977.

Lincoln, C. Eric *Race, Religion and the Continuing American Dilemma*. New York: Hill and Wang, 1984, Fifth printing, 1990.

Lyman, Jane Louise "Jefferson and Negro Slavery", *The Journal of Negro Education*, Vol. 16, No. 1 (Winter, 1947), pp. 10 − 27, http://www. jstor. org/stable/2965834, Accessed: 19/05/2009 22: 02.

Mellon, James, ed. , Bullwhip Days the Slaves Remember: An Oral History. New York: Aron Books, 1988.

Moore, R. Laurence, *Religious Outsiders and the Making of Americans*. New York: Oxford University Press, 1986.

Moore, Wilbert E. , *American Negro Slavery and Abolition: a Sociological Study*. New York: Third Press, 1971.

Morgan, Edmund S. , *American Slavery, American Freedom: The Ordeal of Colonial Virginia*. New York: Norton. 1975.

Morgan, Edmund S. , "Slavery and Freedom: The American Paradox", *The Journal of American History*, Vol. 59, No. 1 (Jun. , 1972), pp. 5 − 29, http://www. jstor. org/stable/188 8384, 19/05/2009.

Morgan, Kathryn L. , *Children of Strangers: The Story of a Black Family*. Philadelphia: Temple University Press, 1980.

Morgan, Philip D. , "Work and Culture: The Task System and the World of Lowcountry Blacks, 1700−1800", in *The William and Mary Quarterly*, 3rd series, Vol. XXXIX, No. 1982, 565−569.

Morgan, Philip, *Slave Counterpoint: Black Culture in the*

Eighteenth-Century Chesapeake and Lowcountry. Chapel Hill：University of North Carolina Press，1998.

Myrdal，Gunnar，*An America Dilemma* (Two Volumes) . New York：Harper and Row，1964.

Nash，Gary B. ，*Red*，*White*，*and Black*：*The Peoples of Early America.* Eaglewood Cliffs，New Jersey：Prentice-Hall，Inc. ，1974.

Oakes，James，*The Ruling Race*：*a History of American Slaveholders.* New York：Alfred A. Knopf，1982.

Outland III，Robert B. ，"Slavery，Work and Geography of the North Carolina Naval Stores Industry，1835—1860"，in *The Journal of South History*，Vol. LXII，No. 1，February 1996，27—28.

Parker，Freddie L. ，*Running for Freedom*：*Slave Runaways in North Carolina 1775 — 1840.* New York：Garland Publishing Inc. ，1993.

Phillips，Ulrich B. ，*American Negro Slavery.* New York：D. Appleton，1918.

Raboteau，Albert J. ，"Slave Autonomy and Religion"，Larry Madaras and James M. SoRelle eds. ，*Taking Sides* (Vol. 1) Connecticut：Duskin/ McGraw-Hill，2000. pp. 210—220.

Raboteau，Albert J. ，Slave Religion：The "Invisible Institution" in the Antebellum South. New York：Oxford University Press，1978.

Rawick，George P. ，*From Sundown to Sunup*：*The Making of the Black Community.* Westport，Connecticut：Greenwood Publishing Company，1972.

Rivers, Larry Eugine, *Slavery in Florida: Territorial Days to Emacipation*. Grainesville: University Press of Florida, 2000.

Rose, Willie Lee, *Slavery and Freedom*. Ed. by William W. Freehling. New York: Oxford University Press, 1984.

Rose, Willie Lee ed. , *A Documentary History of Slavery in North America*. New York: Oxford University Press, 1976.

Samford, Patricia, "The Archaeology of African-American Slavery and Material Culture", in *The William and Mary Quarterly*. 3rd series, Vol. LIII, No. 1, Jan, 1996.

Singleton, Theresa A. *The Archaeology of Slavery and Plantation Life*. New York: Academic Press, Inc. 1985.

Slave Narratives: http: //vi. uh. edu/pages/mintz/htm, 2002.

Slave Narratives: http: //xroads. virginia. edu/∼ HYPER/wpa/wpahome. html, 2002.

Smith, Daniel Blake. *Inside the Great House: Planter Family Life in Eighteenth-Century Chesapeake Society*. Ithaca: Cornell University Press, 1980.

Sobel, Mechal, *The World They Made Together: Black and White Values in Eighteenth Century Virginia*. Princeton: Princeton University Press, 1989.

Southern, Eileen, *The Music of Black Americans: A History*. 2nd edition. New York: W. W. Norton Company, 1983.

Stamp, Kenneth M. , *The Peculiar Institution: Slavery in the Antebellum South*. New York: Random House, Inc. , 1956.

Stampp, Kenneth M. , "A Troublesome Property", Bkanche Wiesa Cook, et al. eds. , *Alternative Essays in American Histo-*

ry. New York, 1973.

Stuckey, Sterling, *Slave Culture: Nationalist Theory and the Foundations of Black America*. New York: Oxford University Press, 1987.

Takaki, Ronald, *A different Mirror: A History of Multicultural America*. New York: Little Brown Company, 1993.

Thorton, John, *Africa and Africans in the Making of Atlantic World*. Cambridge: Cambridge University Press, 1992.

Vail, Leroy and Landeg White, "Forms of Resistance: Songs and Perceptions of Power in Colonial Mozambique", in *American Historical Review*, Vol. 88, No. 4, October 1983, 883—919.

Washington, Booker T., *Up from Slavery*, New York: Airmont Pub., 1967.

Weinstein, Allen, and Frank Otto Gatell eds., *American Negro Slavery: A Modern Reader*. New York, 1968.

White, Shane and Graham White, "Slave Hair and African American Culture in the Eighteenth and Nineteenth Centuries," in *The Journal of Southern History*, Vol. LXI, No. 1. February 1995, 45—76.

Wish, Harvey ed., *Slavery in the South: A Collection of Contempory Accounts of the System of Plantation Slavery in the Souhtern United States in the Eighteenth and Nineteenth Centuries*. New York: The Noonday Press, 1964.

Wood, Betty, *Slavery in Colonial Georgia, 1730—1775*. Athens: University of Georgia Press, 1984.

Wright, Donald R., *African Americans in the Colonial Era: From African Origins through the American Revolution*.

Arlington Heights，Illinois：Harlan Davison，Inc.，1990.

Young，Jeffery R.，"Ideology and Death on a Savannah River Rice Plantation，1833—1867：Paternalism amidst 'Disease and Pain'，" in *The Journal of Southern History*，Vol. LIX，No. 4，November，1993.

中文著作

［法］阿历克斯·托克维尔：《论美国的民主》，商务印书馆 1991 年版。

艾周昌主编：《非洲黑人文明》，中国社会科学出版社 1999 年版。

丹尼尔·布尔斯廷著，中国对外翻译出版公司译：《美国人：建国历程》，三联书店 1993 年版。

高春常：《文化的断裂——美国黑人问题与南方重建》，中国社会科学出版社 2000 年版。

何顺果：《美国"棉花王国"史》，中国社会科出版社 1995 年版。

李剑鸣：《种族问题和美国史学》，南开大学历史研究所编：《南开大学历史研究所建所二十周年纪念文集》，南开大学出版社 1999 年版，第 689—699 页。

李剑鸣：《文化的边疆：美国印第安人与白人文化关系史论》，天津人民出版社 1994 年版。

李剑鸣：《美国的奠基时代：1585—1775》，人民出版社 2001 年版。

刘祚昌：《美国内战史》，人民出版社 1978 年版。

南开大学历史系：《美国黑人解放运动简史》，人民出版社1977年版。

唐陶华：《美国历史上的黑人奴隶制》，上海人民出版社1980年版。

王恩铭：《美国黑人领袖及其政治思想研究》，上海外语教育出版社2006年版。

王希：《何谓美国历史》，《美国研究》1998年第1期。

解英兰：《美国黑人文化》，中国妇女出版社2003年版。

南开大学历史系美国史研究室及七二届部分工农兵学员：《美国黑人解放运动史》，人民出版社1977年版。

后　记

　　本书是在我的博士论文的基础上修改而成的。

　　或许出于偶然，或许是一种机缘，在做了七年的英语语言文学专业的学生之后，我转而涉足历史学这一领域。我于1999年秋有幸考入南开大学，师从李剑鸣教授开始美国史的学习和研究。入学之时，仅对通史大体了解，虽感兴趣的问题不少，多数是关于重大事件和精英人物的，而真正开始研读才发现那些问题的相关研究已著述颇丰，我作为跨专业的初学者，在这些问题的研究方面很难有所创新。在导师的悉心指导下，我选择了美国内战前黑奴的生活与劳动作为大致的研究方向；而且南开有关美国黑人研究的文献相当丰富，使我得享近水楼台之便，本研究可有资料的保证。以前的印象中，黑人奴隶一直生活在水深火热之中，困苦不堪，饥寒交迫，忍气吞声，走投无路。读书的过程中逐渐形成了研究的问题：奴隶制下的黑人在如此艰辛的条件下如何得以生存下来？物质上的匮乏他们如何解决？精神的压抑如何缓解？而且，在浏览黑人自述的资料时无意中发现，曾经身为奴隶的黑人年逾古稀者甚多，百岁以上者也不乏其人。经历过奴隶制的艰难环境，他们何以如此长寿？于是决定以美国奴隶制下黑人的生存策略作为研究的主题。目标既定，将大量的时间用于搜集、阅读黑人历史文化的文献，可以说"从日出到日落"，历时两年有余，终于写成了博士论文。毕业之后，由于教学工作的繁忙，一度将书稿搁置，只是偶尔将其中的部分章节修改后试投一些期刊。书稿的第一章、第四章、第五章和第六章的主要内容分别在《史学月刊》、《史学集刊》和《解放军外国语学院学报》等期刊上相继发表，直到2009年年底我才得以着手书稿的出版事宜。

我的研究与写作得到了多方面的帮助。在南开园学习的三年为我的研究打下了基础，我在专业知识上有所长进，心灵更得到净化。南开大学美国史教研室的老师们人格高尚、学风严谨、淡泊名利，他们的教诲令我受益终生。我庆幸自己在人生中能得遇这些可敬的师长，使我在喧嚣的世界中寻得一方净土，这是我在南开园最大的收获。张友伦教授、陆镜生教授曾就论文的选题提出过许多宝贵的意见。在论文写作的过程中，导师李剑鸣先生的启发、鼓励，更使我每每在欲懈怠、沮丧之时又重新获得自信。导师对书稿从文章的思路、结构、文字到标点符号都逐句逐一修改，使我在汗颜之余更为导师的严谨和耐心所感动。论文答辩中王德仁教授和胡国诚研究员指出论文中多处讹误。美国史研究室的张聚国老师、师兄孔庆山先生和师妹张彩梅女士都对书稿提出过中肯的建议。高春常教授在参加学术会议的间隙也在我的研究方面给予点拨。在2007—2008学年我到北京外国语大学做访问学者期间，梅仁毅教授在学术研究方面的启发也对我的写作助益良多。师母陈亚丽教授对我的研究一直给予热心关注，每发现与我研究相关的文献即刻提供给我。同学李颜伟女士在赴美做访问学者期间，于百忙之中代为复印重要资料。丁见民先生帮助下载了大量网上文章，朱会玲老师、夏晓林老师在资料借阅方面给予诸多方便。殷恒光先生在电脑的操作方面给了我诸多的帮助，李春尧先生和岳中生先生也给予了各种支持和鼓励。天津市哲学社会科学规划后期资助项目和天津师范大学学术出版基金的资助为此书的出版提供了资金保证。天津师范大学科研处的各位老师也为拙作的出版付出了诸多辛劳……这些都是本书得以成稿不可或缺的条件，在此一并表示诚挚的感谢。

家人的关爱与理解也为我的研究提供了动力。在撰写书稿过程中，经历了工作调动、小女出世两件大事，教学和研究工作的繁忙又常常令我感到身心疲惫，更无暇为家事操心。多亏父母不辞辛劳代为照顾幼女，操持家务，使我得以安心读书写作。爱人陈霞在工作之余，总是我文章的第一位读者，她从文章的结构到文字的表达都提出了很多合理的建议。小女陈曦虽然顽皮，却娇憨可爱，使我在紧张、劳顿之时增添了一份生活的乐趣。

在书稿即将杀青付梓之际，心中如释重负，更有一种惴惴不安之感。虽然几经修改，但囿于本人水平，仍感觉粗浅，望前辈和同人不吝指正。

陈志杰谨识

2010 年 3 月